翻訳家たちの挑戦

翻訳家たちの挑戦

——日仏交流から世界文学へ

澤田直・坂井セシル 編

水声社

序　翻訳という幸福の瞬間

本書は、二〇一八年四月に東京の日仏会館で行われた国際シンポジウム「世界文学の可能性、日仏翻訳の遠近法」の記録集である。ただし、発表原稿そのままの形ではなく、大幅な加筆修正が施された原稿も少なくないし、書籍という形であらためて読者に発信するという気持ちで編まれたものである。

日仏間で交わされた文学作品の翻訳の歴史はたいへん長く、すでに百五十年近くになる。よく知られるように、日本で最初にフランス文学の作品が翻訳出版されたのは一八七八年。ジュール・ヴェルヌの『八十日間世界一周』を、川島忠之助が原作刊行の五年後にフランス語から直接翻訳し、『新説　八十日間世界一周』（前編）として私家版で刊行した（後編は八〇年）。一方、フランスではそれに先立つ一八七一年に、レオン・ド・ロズニーによる『日本詞華集――日本の島びとたちの古今の詩歌[1]』が出版されている。多くの挿絵と日本語の原詩を含むこの本は翻訳というよりも、紹介に近いものだった。とはいえ、同じ年にはロズニーのスイス人門下生フランソワ・トゥレッティーニによって、『平家物語』の抄訳を含む『あつめ艸』と題するアンソロジーも出版されている[2]。したがって、日仏翻訳交流は、その出発点でフランスのほうが一歩先んじていたわけだが、その後、長きにわたって、日高仏低の状況が続く。日本では膨大な点数が毎年訳されていたのに対して、フランスでは重要な作品がぽつりぽつりと訳されるだけだった。だが、一九八〇年代になるとフランスでも日本文学の翻訳が活発になり、多くの翻訳家も育ってきた。今回のシンポジウムは、日本とフランスの翻訳事情をあらためて確認したいという気持ちが出発点にある。ただ、企画提案者の坂井セシルと相談しながら確認したことは、日仏交流を軸としながらも、より立体的に翻訳の問題にアプローチしようということだった。

一九九〇年以降、翻訳研究《トランスレーション・スタディーズ》、翻訳学、翻訳論が世界的に研究領域として発展してきたことは無視できない大きな流れである。翻訳の理論と実践に関する考察はもちろん長年にわたってなされてきたが、重要な学問領域として定着したのはさほど昔のことではない。そして、それと連動するように、翻訳の問題は、一学問研究領域という以上に、ディシプリンを超えて、重要なテーマおよびメタファーとして着目されるようになった。比較文学や人類学が積極的に翻訳の問題を取り込んだ問題設定を行うようになっただけでなく、哲学思想においてもあらためて重要なトポスとして浮かび上がってきた。ここは翻訳をめぐる学問的関心の全体をサーベイする場所ではないので詳細には立ち入らないが、このような状況に鑑みて、日仏間の文学作品の翻訳交流を中心にしながら、それを世界文学へとつなごうという気宇壮大な意図のもとで私たちのシンポジウムは構想された。

翻訳はしばしば双方向的な問題として扱われてきたし、問題構成そのものもしばしば二項対立的な形で立てられてきた。起点言語と目標言語、翻訳の可能性と不可能性、不実な美女か貞節な醜女か、意味の忠実さか文字の忠実さか、などなど。むろん、これらの問いは、翻訳にまつわる永遠の問いと言っても過言ではない。しかし、二極のあいだを揺れ動きながらも、太古の昔から翻訳は行われてきたし、今後も同じように続くことであろう。じっさい、翻訳の作業の現場は二極のどちらかではなく、つねに中間にある。様々な矛盾を意識しながらも、翻訳に携わる者たちは気がついたときにはもうすでに翻訳を始めているのだ。また、読む側から言っても、原語以外のものは読めないとなったら、読書空間はかぎりなく貧しくなることにちがいない。

さらに、近年の流れとして、再翻訳、新訳の問題もぜひ取り上げたいという思いもあった。新訳が大きな潮流としてあるのは、翻訳状況が熟成したことを端的に表しているが、それと同時に、読書に本質的に内在する再読の問題を反映してもいる。作品は読まれるたびに、そのつど新たな相貌をもって立ち現れる。ポール・リクールが述べるように、(3)新訳の存在は完全な翻訳がないことを意味するが、しかし、それはけっして不完全性をかこつ場ではない。新訳、再訳とは、そのつど新たにテクストがよみがえることであり、究極の翻訳がないことは、むしろ翻訳に必然的に伴う幸福へと訳者と読者を、そしておそらくは作者を誘うものではなかろうか。

日仏間の翻訳を主題にした研究はこれまでに長い歴史があるし、それをここですべて振り返る余裕はないが、今回の試みが、ちょうど四年前に同じく日仏会館で会館創立九〇周年を記念して行われたシンポジウムを引き継ぐものであったことは記しておきたい。日仏を代表する翻訳者たちが一堂に会して濃密な議論を交わしたこの国際会議は、文学の翻訳と並んで人文社会科学の翻訳にも光をあてた点で画期的なものであった[4]。私たちのシンポジウムは、その延長線上に位置づけられるが、それでも先に述べたような事情を踏まえて、日仏翻訳を軸にしながら、別の角度からの補助線を引こうと考えた。そこで採用したのが「世界文学」という第三の視点だ。それは流行の切り口に安易に乗ることではもちろんない。いま翻訳の問題を語ることが「世界文学」という視点に立つことなくしてありえないのは、グローバル化がますます進行しているためばかりではない。近代化の過程で市場が拡大し、文化が地球規模で流通するという歴史の流れのなかで、文学翻訳の立ち位置も例外ではありえないからだ。翻訳が本として出版されるにあたっては市場の原理を当然受けざるを得ない。だが、より内在的に考えてみれば、翻訳はもともと世界文学をその地平に成立していたと考えるべきだし、逆に「世界文学」というパースペクティヴそのものも、翻訳と密接に結びついてこそ成り立つ展望だからである。デイヴィッド・ダムロッシュによって、新たな観点から再提示されたゲーテの「ヴェルトリテラトゥーア」という切り口がもつ豊穣さを最大限に意識したいと考えたのは、翻訳の本質とも言える「距離と差異との対話」がそこに横たわっているためだ。

ここで、「世界文学とは何か」という大きな問いを立てようとは思わない。むしろ、本書に収められた論考のそれぞれが翻訳をとおした世界文学の実践だと言いたい。ダムロッシュの『世界文学とは何か？』（第二部は翻訳に充てられている）の主張をかなり図式的に提示すれば、世界文学というトポスは、一、国民文学を楕円状に屈折させたものであり、二、翻訳によって豊かになる作品であり、三、作品を正典《キャノン》として捉えるのではなく、読解行為の様態、つまり自身の場所と時間を超えたところで距離をとって世界と関わる方法である。(5) そして、まさにこの視座により、現在の状況と、私たちを取り巻く多様な異文化の間の三角測量が可能になり、日仏間の交流という双方向性だけではこぼれ落ちるものを掬うことができるのではないか、という思いが、「世界文学」という大仰にも見えるタイトルをつけた理由であるし、日仏だけではなく、アメリカ、ドイツ、東欧と関係が深い方々にご参加を乞うた理由でもある。

少し脇道に逸れるとは言え、言い添えておきたいことがひとつある。「小さな」言語は、「大きな」言語なしには流通されないということだ。フランス語が、英語に比肩しえないとしても世界レンジの言語であることは言うまでもない。フランス語は多くのマイナー言語で書かれた文学の媒介者として大きな役割を果たす言語でもあるのだ。それでは日本語はどうか。日本語は圧倒的に国内市場に支えられた閉鎖性をもつ言語である点で、小さな言語と共通点は多いが、話者の数からすれば「小さな言語」とは呼べない、独特の立ち位置にある「中くらい」の言語である。歴史的に大言語のひとつであるフランス語と、歴史的に一度たりとも大言語になったことはないが、ナショナルな文学として成立してきた日本語。それぞれの文学がもつ意味合いを見極めるためには、世界的な文学システムを参照することはいまや不可欠であり、その意味でも、翻訳の社会学をこれまでにもまして積極的に取り入れる必要があるだろう。(6)

書籍の形にするにあたって、シンポジウムのプログラムをそのまま踏襲するのではなく、全体を五部に編成しなおしたので、簡単に構成について述べておきたい。

第Ⅰ部「翻訳史から見える展望」として巻頭においたのは、今回の基調講演ベルナール・バヌンの『フランス語翻訳史』を書くということ——企画、方法、展望をめぐって」。氏が現在フランスで進行中の四巻本のプロジェクト『フランス語翻訳史』を紹介しつつ、翻訳の問題を通時的かつ共時的に論じている。(7)「誰が、何を、いつ、誰に向けて、どのように訳してきたのか」について明確な見取り図を与えてくれる、歴史学・社会学的であると同時に地政学的な問題構成を踏まえた議論である。

第Ⅱ部「作家と翻訳」では、自らも翻訳と深く関わり、また翻訳の問題がご本人の創作の根源において重要な役割を果たしている二人の作家のお話を収録した。多和田葉子「文法のすれちがいと語りの声」と堀江敏幸「無名の手に身を委ねること」はどちらも、翻訳と創作の根底にある声を浮かび上がらせており、期せずして共鳴している。

第Ⅲ部「初訳、再訳、新訳（古典、娯楽小説）」は、文字通り翻訳の現場からの報告であり、古典作品や娯楽文学をどのように訳すかについての各論を集めた。西鶴や子規をフランス語で読むとどうなるのか、ラブレーやプルーストを別の文化の文脈に移し替えることの難しさと楽しさはどのようなものか。新訳の意義を説く宮下志朗「新訳の必要性——ラブレーの場合」から、ダニエル・ストリューヴ「西鶴の文体を翻訳する」、エマニュエル・ロズラン「欄外文学を翻訳する——正岡子規の『病状六尺』」、エンタテインメント小説の場合を論じるアンヌ・バヤール＝坂井「二流文学、二流翻訳、二流読者?――娯楽小説の場合」と平岡敦「『オペラ座の怪人』の面白さ――エンタテインメント小説の翻訳」から、いままさに『失われた時を求めて』の新訳を進行中の吉川一義「プルースト邦訳の可能性」まで、あたかも翻訳家の仕事場をのぞき見するような臨場感を覚える。「インタールード」として差し挟んだ多和田葉子作/坂井セシル訳「出産/Naissance d'ours blancs/白熊の」は、今回のシンポジウムを象徴する、創作と翻訳をつなぐ、日仏語を自在に織り混ぜた詩。遊び心がいっぱいにつまっている。

第Ⅳ部「翻訳という経験と試練(思想、映画、詩)」も、翻訳家の実践報告であるが、少し理論的な傾向をもつ論考を集めた。澤田直「開く、閉じる――文学と哲学を翻訳する際の差異について」が思想書における翻訳、マチュー・カペル「映像のような言葉――可視化された字幕のために」が映画の字幕の問題を扱い、ジャック・レヴィ「翻訳における他性の痕跡としての発話行為」は、みずからの中上健次と阿部和重の翻訳を通して、「語り」の問題を解きほぐす。一方、翻訳における最大の難関と言われる詩を扱うのがドミニック・パルメ「大岡信と谷川俊太郎の詩にみる言葉遊び――翻訳家の挑戦」と中地義和「韻文口語訳の音楽――ランボー「陶酔の船」*Le Bateau ivre* を例に」である。豊富な具体例を挙げながら、詩の翻訳がいかに可能なのかが説得的に語られる。

第Ⅴ部「世界文学と翻訳、残るものとその可能性」では、世界文学の視点から、翻訳が内蔵する未来の姿を、水村美苗氏と野崎歓氏に存分に語っていただいた。「「世界文学」と「日本近代文学」」、「翻訳という名の希望」は、それぞれ、世界文学を直接に意識した独自の翻訳論であると同時に文学論でもあり、総括にふさわしい、豊かさと長い射程を備えているだけでなく、現在進行形での世界文学翻訳の指針を示してくれる。
以上、簡単な紹介ではとうてい語り尽くせない多様で多角的な議論を提供してくださった発表者のみなさまに、この場を借りてあらためて心よりお礼を申し上げたい。また、諸般の事情により本書には収録できなかったものの、シンポジウム当日には、熱のこもった貴重なご発表をいただいたパトリック・ドゥヴォス、沼野充義の両氏にも深謝します。

翻訳の世界は尽きることのない水脈であり、今回のシンポジウムもそのほんのわずかな水系をたどったにすぎないことは言うまでもない。とはいえ、個々の作品の翻訳という、いわば小さな流れこそが世界文学という大海原の源流であることが、本論集によって伝われば、私たち編者としてはこれに勝る喜びはない。

翻訳者のメタファーとして挙げられる者のひとつに「渡し守 passeur」がある。ひとつの岸からもうひとつの岸へとテクストを届けるというイメージは、たしかにしっくりする比喩だし、霧の立ちこめる水面を見通しも立たないまま進む小舟を操る気持ちは翻訳をしているときの実感でもある。だが、今回収められた論考を読んで、最初に見えてきたのは、なによりも翻訳の喜び、幸福感だった。翻訳に誤訳と苦しみはつきものだが、本書で語られるのはそれ以上に、翻訳することの楽しみである。そこから浮かんだ形象は渡し守よりはむしろ隠遁者、神秘家の姿だ。誰もいないノーマンズランドのような場所に引きこもり、不在の原著者とひたすら対峙する。作品と一体化しながら、その合一の歓喜にひたる神秘家。そして、イルミネーションの瞬間が訪れる。だが、翻訳家もまた、神秘家と同様、こちらの世界に戻ってこなければならない。そのとき、あれほど明晰に見え、感じたものが、もどかしいほど言葉にならない。それはたしかにやるせない。それでも翻訳家は、自分の信じるテクストを伝播しようという確信に満ちて、紙に向かう。その意味で翻訳家はまた、伝道師《ミッショナリー》のような存在でもある。翻訳というミッションは、毎回不可能に見えるが、それでも彼らはそれを見事に成し遂げる。本論集はいわば、そのようなミッション・インポッシブルから帰還した冒険家たちの物語と言える。みなさまには、多様な言葉のオデュッセイアを心ゆくまで楽しんでいただければ幸いです。

澤田直

【註】

（1）　*Anthologie japonaise : poésies anciennes et modernes des insulaires du Nippon*, traduites en français et publiées avec le texte original par Léon de Rosny, avec une préface par Ed. Laboulaye, Paris, Maisonneuve et Cie, 1871. フランス国立図書館のオンライン（Gallica）で読むことができる。

（2）　*Atsume Gusa*, pour servir à la connaissance de l'Extrême Orient, recueil publié par F. Turrettini, Genève, Georg, 1871. こちらも Gallica で閲覧できる。

（3）　Paul Ricœur, *Sur la traduction*, Bayard, 2004.

（4）　その報告は、西永良成・三浦信孝・坂井セシル編『日仏翻訳交流の過去と未来——来るべき文芸共和国に向けて』、大修館、二〇一四年。

（5）　デイヴィッド・ダムロッシュ『世界文学とは何か？』秋草俊一郎ほか訳、国書刊行会、二〇一一年、四三二頁。

（6）　じつは今回のシンポジウムでも出版社や編集者による討論が行われたのだが、その白熱した議論を、諸般の事情により本書に収録できなかったのは残念である。この場を借りて、あらためて河出書房新社の島田和俊、フランス著作権事務所のコリーヌ・カンタンの両氏に謝意を表したい。

（7）　その最終巻は二〇一九年五月に刊行され、企画は完結した。*Histoire des traductions en langue française des débuts de l'imprimerie jusqu'au xxe siècle, tome IV, xxe siècle*, sous la direction de Bernard Banoun, Isabelle Poulin et Yves Chevrel, Verdier, 2019.

翻訳家たちの挑戦＊目次

I　翻訳史から見える展望

『フランス語翻訳史』を書くということ
――企画、方法、展望をめぐって

ベルナール・バヌン

二十世紀における翻訳状況の大きな特徴は、一九一四年から二〇〇〇年、さらには現在に至るまで、あらゆる面において発展が見られることである。つまり、翻訳そのものの量が増加し、翻訳される分野が時間的にも空間的にも拡大し、翻訳論が確立した。翻訳を理論化する試みは一九六〇年代初頭に始まって以来きわめて活発である（広い意味での翻訳学である）。この拡大の特徴は、カルチュラル・スタディーズにおける比喩的な意味での「翻訳」という語の存在感にも表れている。例えば、ドリス・バッハマン＝メディックは「翻訳論的転回」[1]について述べている。グローバル化した社会では、諸文化は少なくともテクストと同じぐらいたえず翻訳されている。間文化性は、諸文化間の交流、接触、流通の可能な手段である。こうした交流の根幹には、理解や交渉の過程があり、それは翻訳と無関係ではない。こうした側面があってこそ、比喩は理解可能となるのである。文化は、一つの巨大なテクストとみなされ、だからこそ理解可能となるためには誰かに「翻訳される」ことが不可欠である。

それと同時に自らを「翻訳する」ことも必要であり、それによって他の文化と出会い、それを探求し、受け入れることが可能となる。

本稿の目的は、そのような比喩に溶けこんでしまう危険を回避しつつ、かといってカルチュラル・スタディーズの貢献を否定することなく、「翻訳論的転回」のいま一つの形として、私たちが出版している最中の『フランス語翻訳史』（ＨＴＬＦ）について、その起源と構築原理を提示することである。翻訳史の試みはもちろん、諸文化間の多国的な交流の巨大な運動の一部をなすものであるが、同時に一つの表明行為でもある。とはいえ、翻訳というものはそれ自体、本来の意味において豊かで複雑であり、さまざまな道の交差点にある。狭義での翻訳というパラダイムのもとで世界に向き合うことは、最も多様な知や領域を集結させ、世界を分析するための一つの解読格子を供することである。「翻訳のひとつの歴史を構築することは翻訳の近代的理論の第一の使命となる。(2)」哲学者であり、翻訳理論家、翻訳者でもあったアントワーヌ・ベルマンは、一九八四年にすでにこのように述べていた。一九九五年に死後出版された『翻訳作品の批評のために――ジョン・ダン』では、次のようにも書いている。

> 翻訳の「定義」というものは存在しない。それは詩や戯曲などと同様だ。しかしながら、翻訳、詩、戯曲には「理念」が存在する。それは定義不可能だが、決して空想ではないし、空虚でも抽象的でもない。それどころか、その内容は大変豊かなものだ。翻訳とは、無限《アド・インフィニトゥム》に翻訳「以上」の何かである。内容のこの豊かさに到達するための唯一の方法は、翻訳史である。翻訳とい

うものが、変化し、相対的で、同一性も境界もないということを立証するにはまだまだ至らないが、時代を追う翻訳史は、翻訳とその理念の驚くべき豊かさを私たちの目に晒すのである。

ベルマンの思想に特有なことだが、この予告的な言葉は、一種の矛盾を容認するものである。[3] というのも、一方で、整合性と一貫性にこだわる閉じたヴィジョンだが（翻訳のあるひとつの「理念」という考え方）、もう一方で「驚くべき豊かさ」へと向かう開放的な態度であるためだ。言語学から生まれ、その影響下にあった黎明期の翻訳学と袂を分かち、アントワーヌ・ベルマンは、十八世紀から十九世紀にかけてのゲーテとドイツ・ロマン主義の考察に依拠しつつ、翻訳史のおかげで翻訳という概念の可能性を広げた。本稿で紹介する『フランス語翻訳史』というプロジェクトは、ベルマンの主張を文字通りの形で引き受け、また、他国での翻訳史の先駆的な業績の延長線上に実行しようとするものである。その先駆的業績とは、後述するように、あるものはピンポイントに、あるものは浩瀚な形で、長い期間の巨大なコーパスに関わった、英語とスペイン語のものである。

緊密に結びついた二つの問題点を思い起こしておく必要がある。一つは、翻訳論の歴史においても、翻訳に関する一般的な世評においても、ネガティブな比喩、表象、言説が支配的であり、根強いということだ。翻訳は損失、不正確、「補助的なもの」などと言われる。しかしその一方で、翻訳者たちや、行為としての翻訳、テクストとしての翻訳は、ここ数十年再評価が著しい。翻訳史に関する今日的な研究は、こうした再評価の結果でもあり、具体的なしるしでもある。ベルマンの言葉を再び借りるなら、ひとつの歴史を作ることで、人は同時に「懐古の運動の中に入るのだが、それは自分自身を把握することである。[4]」

『フランス語翻訳史』プロジェクトを三段階で紹介しよう。まずは、イヴ・シュヴレルとジャン゠イヴ・マソンが策定した概要から始める。[5] 次に、各巻の構成の基本方針の概略、ただし二十世紀の巻に関してはより詳細に論じる。最後に、フランス語に翻訳される領域と言語の世界的な広がりに焦点をあて、特に日仏交流に特有ないくつかの要素について述べることにしよう。

『フランス語翻訳史』プロジェクトの全貌

このプロジェクトは、最初の何年かは国立研究機関（ＡＮＲ）の支援を受け、略号が与えられた。「フランス語への翻訳史（*Histoire des Traductions en Langue Française*）」という名づけから、それは「おのずと」ＨＴＬＦになった。はじめの二文字（「歴史」のＨと「翻訳」のＴ）がここで問題になるのは当然だが、後の二文字にも注意を向ける必要がある。ＬとＦは「フランス文学（littérature française）」ではない（そして「フランス語への文学的な」翻訳でもない）。文学研究者としてはそう期待したいところだろうが、そうではなく「フランス語（langue française）」なのだ。この点はとても重要な意味を含んでいる。

（1）ＨＴＦＬの「Ｌ」と「Ｆ」

私たちがフランスで行っているのと同じようなプロジェクトは他の国にもある。英語への翻訳に関する英国でのプロジェクトの責任者、ピーター・フランスは、自分のプロジェクトについて述べている。[6]「私たちはこの歴史を『英語における文芸翻訳の歴史』と名づけた。ただし、『文芸』(Literary)という語は、教養人に読まれうるすべてという意味である。つまり、その中には哲学、科学、歴史、神学が含まれる。『文芸』は決して、二十世紀の狭い意味で理解されるものではないのだ。[7]」ここでの「文芸」という英語の語義は、フランス語ではほとんど使われることのない、広い意味での「一般教養」を表す。フランス語でこの意味で用いることは不可能なので、「L」はフランス語(Langue française)に訳されうるすべてということになる。全巻に共通するのは、たとえ完全に実現することは不可能だとしても、理想的には、伝統的な文学ジャンルのテクスト――つまりすぐに思い浮かぶ、詩や戯曲、散文――だけでなく、少なくとも同じようにあらゆる種類のテクスト、ひとつの文化を正しく導き充実させるあらゆる分野のテクストを扱うということである。つまり、哲学や、科学や、宗教や、法律などである。さらに言うと、これはフランス語への翻訳を扱うのであり、フランスという国に向けた翻訳ではない。この点は英国のプロジェクトと共通するが、スペインのもの[8]とは異なる。スペインのプロジェクトは、スペインというひとつの国家空間、それ自体が多言語である空間に関わる。それに対して、『フランス語翻訳史』はフランス語圏という枠組みに位置付けられる。要するに――繰り返すが、あくまで理想としては――フランス語に翻訳することがかつて可能であった場所と、現在も翻訳をしているあらゆる場所に関するものである。つまり、国境を接する国(ベルギー、スイス)や、カナダ(ケベック)、かつての植民地やフランスとかかわりの深い国々(北アフリカ、レバノン、ベトナム)、ほかにも、十七世紀以降、フランス国外で開業していた出版印刷業者の事例もある（オランダ、英国、ドイツ語圏諸国〔第二巻『十七―十八世紀』〕）。あるいは、全く異なる歴史的・政治的文脈もある。冷戦の文化的枠組みの中で、翻訳出版が鉄のカーテンの向こう側でなされた後、フランス共産党の仲介によってフランスに向けて発信されたこともある。それだけでなく、ジョルジュ・ボノによる日本の古典詩歌の先駆的な本は、神戸の出版社で一九三三年から三五年にかけて出版されている。このように、『フランス語翻訳史』は、網羅的であることを標榜するものではないが、多様な中心地を持つ翻訳の地図を際立たせようと試みる。

（2）翻訳vs受容・影響、物質としての翻訳

このプロジェクトが翻訳史であることの理由の一つは、翻訳されたテクストの出現を歴史的観点から捉え、テクストが翻訳・出版される瞬間に焦点を当てるからである。これは重要な点であるが、実行するのは容易ではなく、何らかの「学問領域《ディシプリン》的規範」を要請する。実際、（文学）史では長い間、影響や「運命」という言葉で議論がされてきた。ある著述家による他の著述家への影響や、ある時代や国における著述家の「運命」である。文学研究では、その後コンスタンツ学派の理論によって、受容について議論がなされるようになった。それは読者という契機の重要性を再評価すること、作者の文学から読者たちへと視点をずらすことであった。ただ、それは本質的なこととはいえ、翻訳の問題からは離れてしまう。しかし、文学研究と人文科学の歴史にはもう一つの決定的な契機があった。ミヒャエル・ヴェルナーとミシェル・エスパーニュの一九八〇年代の著作による、文化移転理論の出現である。[9] それは、テクストや概念がある文化空間から別の文化空間に移行する際にどのように行われ

るのか、そして到着した文脈においてどのような変化を被るのかに注目する。こうした理論は翻訳史にとってきわめて重要である。なぜなら、「何を?」「誰が?」「どうやって?」ということを問題とし、ある空間から別の空間への移行における物質性に関心が向けられるからである。つまり、テクストが翻訳された後ではなく、翻訳される瞬間そのものに身を置くことであり、翻訳と受容を区別することで、翻訳を中心に位置づけながら、その物質性と「翻訳」という言葉の持つ二つの意味を検討する。すなわち、過程《プロセス》としての翻訳（翻訳行為及び翻訳に関する考察や翻訳者の役割に関わるあらゆるもの）と、結果としての翻訳、つまり翻訳されたテクストや作品、書物の物質性である。

（3）時代区分——各巻の年代的指標

歴史を書くことは、時代区分と不可分であるが、その区分は、確認し、総括することによってしか現れてこない。理想としては、全体調査を行ってから、大区分を決めることが望ましい。つまり、終わらせてから、始めることだ。その使命を実現するために、『フランス語翻訳史』プロジェクトの代表者たちは全四巻からなる配分を基礎とすることにした。それは必ずしも、フランスでの文学史（および大学での文学研究の組織構造）において支配的である、世紀に基づく区分とは厳密な仕方では一致しておらず、むしろ、歴史研究や歴史区分から着想を得ている。第一巻『十五—十六世紀』は、十五世紀半ばから始まる。印刷術が発明され、テクストの供給が急伸した時代である。これは書籍一般の歴史にもあてはまるが、翻訳はとりわけこの飛躍的な発展の恩恵を受けている。さらに、一四五三年のコンスタンティノープルの陥落と東ローマ帝国の滅亡によって、ビザンツの学者たちがローマに移り住むことになった。こうして、ギリシャ・ラテンの文化遺産がヨーロッパ文化の基礎となった。この時代の特徴は、中世的な「翻訳」が終わり、ヨーロッパの諸言語が言語として確立し、翻訳言語としてラテン語に取って代わったことである。フランス語は、「古代人たちが自らの言語で到達した卓越性」に到達しはじめたのである。この時代の終わりは一六一〇年、アンリ四世の暗殺とフランスの平定に対応する。文化史及び翻訳史の観点からすると、それは「ルネッサンス」の終わりである。それはまた新聞や雑誌が登場した時期でもある。黎明期の新聞は、翻訳と密接に関わることになる（特に十八世紀）。二番目の長い時代に充てられた第二巻は『十七―十八世紀』と題され、古典主義時代を扱うが、「偉大な世紀」に還元されるものではない。その時代は一六一〇年から一八一五年におよぶ。内乱状態にあったフランスの平定とほぼ同時期に起きたアンリ四世の暗殺から、ヨーロッパという空間が再編された一八一五年までを覆う。つまり、「地政学」による区分である。翻訳の実践という観点からすると、各国語（主にヨーロッパの）に関心が寄せられ、字義性（littéralité）を尊重するのか、それとも目標言語の特徴を重視すべきなのかという議論が起こった時代である。ところで、たとえフランス語が「明晰」な言語であることを自負するとしても、他の言語の特質すべてを持ち込むことはできない。「不実な美女」という概念はそこに由来する。つまり、翻訳とは、フランス語の「特質」のお陰で、概念を明晰化して移し替えることだとされたのである。第三巻の時代は一八一五年から一九一四年まで。この時代区分もやはり、一般的に十分に認知されている地政学的区分に基づいている（二十世紀は第一次世界大戦によって始まった。それは政治・文化・人類学的な大変動だった）。こうして、第四の、最後の時代は、第一次大戦から二〇〇〇年までとなる。翻訳史を編むことが、別の仕方で歴史記述の考察をうながすものだということがわかるだろう。いずれにせよ、文学史の支配的表象とは必ずしも一致しない別の区切り、運動、力学が明らかにされるのである。

各巻の構成、特に二十世紀の巻の構成について

プロジェクト全体として主に考慮した側面は四つ、計量書誌学、翻訳者の役割と状況、翻訳論（及び「理論」と実践の関係）、翻訳領域である。ここでは特に、第四巻『二十世紀』について詳述しよう。[*]

（1）書誌

第一の側面は、書誌文献学と計量書誌学の役割である。つまり著作がいつ翻訳されたのかを知り、種類別に一定の期間の計量化を行い、翻訳の流れと大きな傾向について見解を得られるようにすることである。量的な要素を問題とし、翻訳史によってそれを再現することは重要だ。「源泉」に立ち戻ってみると、翻訳史と、私たちの翻訳に関する記憶とが異なることがわかるからである。私たちの集合的記憶は、いわば「フィルター」をかけており、時代を画し、文化的遺産の一部となったいくつかの翻訳を記憶している。ところが、それは氷山の一角にすぎない。量的側面は重要だが、自明と言えるものではない。なぜなら『フランス語翻訳史』は書誌文献学にとって代わろうとするものではないからだ。目録やリストを作ろうとしているわけではない。そして、『フランス語翻訳史』は辞書でもない。

書誌文献学は、あらゆる時代、あらゆる言語に同等に存在するわけではない。二十世紀の特徴は、——世界の地政学的な事情のために不安定であるとはいえ——、大変有用な計量書誌学という道具を確立したことだ。『翻訳索引《インデクス・トランスラティオーヌム》』がそれである。この道具はあまり知られておらず、使われてもいないが、きわめて重要な象徴的価値を持つため、それについて言及することは重要である。『翻訳索引』は、加盟各国の文献目録を基礎として、翻訳に関するデータを集めたものである。一九三〇年代初頭に国際連盟の庇護のもとに設立されたときは、データを提供していたのはわずか六カ国にすぎなかったが、以下の情報の全部もしくは一部を含むカードを作成することでカタログ化されていた。原題、翻訳された題、原語、翻訳者名、出版社、出版年月日である。作品はいくつかの大項目（文学、科学、教育など）に分類されていたが、それは年の経過に従って変化した。『翻訳索引』は一九三一年から、三カ月ごとに大部の分冊として刊行された。数十年経つうちに、参加国も増え、言語も多様化した。一九四〇年一月に出版は一時中断したが、一九四八年に再開された。しかし不幸にも、二〇〇〇年代の最初の十年間に運動は衰退し、二〇一二年には（ほぼ完全に）停止した。理由の一つは、二〇一一年にパレスチナがユネスコに正式に加盟を認められた後、米国がユネスコへの分担金の支払いを中断したことである。[10]しかし一九七九年以降、『翻訳索引』はオンラインデータとして参照可能となった。以下に挙げるのは、そこから引き出すことのできる情報とその活用法のいくつかの例である。『翻訳索引』は、例えば、世界的な規模で使用されている言語からの翻訳に関する統計データを教えてくれる。一九七九年から現在まで、フィルターをまったくかけずに完全に手に入る基礎データとして、次の数値（タイトル数）が得られる。英語からの翻訳は約一二八万点、フランス語は約二一万三千、日本語は約二万九千。フランス語と日本語の間では（つまり、必ずしも「フランスに」ではなく）、一九七九年から二〇一二年までの期間について、次の数値が得られる。日本語からフランス語への翻訳は八六一〇。フランス語から日本語へは九九三一。両者の数値はさほどかけ離れてはいないので、そこには一種の相互性があり、二者の交流がほぼ完全に平等であるように見える。しかし、数値を年ごとに細かくみると、日本語からフランス語への翻訳の数が増加していることがわかる。一九七九年に『翻訳索引』に収録されていたのは二六点だったが、二〇〇五年（これはデータベースがほぼ完全な年である）には一一五九にも上っている。留意すべきは、この数字がフランス語圏全体を含んでいること、特にカステルマン社を擁するベルギーを含んでいることである。つまり、マンガによって数値が「ゆがめ」られているのだ。

　入手可能なデータとして、「トップ」、つまり上位十や五十がある。たとえば著者の「トップ50」は、世界の全言語（そして、翻訳の「全方向」）で、最も翻訳されている上位五十人である。ここでは上位十九名を挙げるにとどめよう。アガサ・クリスティー、ジュール・ヴェルヌ、シェイクスピア、イーニッド・ブライトン（一）、バーバラ・カートランド（二）、ダニエル・スティール（三）、レーニン、アンデルセン、スティーヴン・キング（四）、ヤーコプ・グリム、ヴィルヘルム・グリム、ノーラ・ロバーツ（五）、アレクサンドル・デュマ、アーサー・コナン・ドイル、マーク・トウェイン、ドストエフスキー、ジョルジュ・シムノン、アストリッド・リンドグレーン、教皇ヨハネ・パウロ二世となっている。推理小説、大衆文学、児童文学、政治、宗教が優勢であることがわかる。「世界文学」の作家と見なされうるのは、シェイクスピアとドストエフスキーのわずか二人である。

同期間で、一九七九年から二〇一七年の間にフランスに向けて翻訳された（今度はフランス「語」に、ではなく）トップ10は、バーバラ・カートランド、アガサ・クリスティー、イーニッド・ブライトン、カール＝ヘルベルト・シェール（六）、ダニエル・スティール、マシュー・ターナー（七）、ノーラ・ロバーツ、スティーヴン・キング、ヤーコプ・グリム、ヴィルヘルム・グリム。比較として、同期間中に日本語に最も多く翻訳されたのはノーラ・ロバーツ、ペニー・ジョーダン（八）、アガサ・クリスティー、チャールズ・モンロー・シュルツ（九）、ウィルバート・オードリー（一〇）、アン・メイザー（一一）、バーバラ・カートランド、キャロル・モーティマー（一二）、アーサー・コナン・ドイル、ダイアナ・パーマー（一三）である。

全体として、これらの統計からわかるのは、翻訳史が書籍の歴史と不可分であること、私たちは「傑作」だけを見て満足してはならないということである。

（2）翻訳の担い手——翻訳家

各巻には、翻訳家に関するデータとプロフィールが豊富に含まれている。翻訳家とは、何者なのか。どのような人物で、どのように生計を立てているのか。どのような作品を残しているのか。十分に正確と言える社会学的データが入手できるのは、十九世紀以降のことである。二十世紀を例に見てみよう。二十世紀の「翻訳家」の章では、翻訳家の社会・経済的状況の進展、後になってやっと整備された特別な養成課程などの情報が出ている。この章でもう一つ重要な点は状況の比較である。フランス、ベルギー、スイス、カナダでは状況は際だって異なっている。とりわけカナダでは、二カ国語併用という背景と、フランス語が英語の支配下にあったという事情のために、翻訳に関する意識が高く、早くから翻訳者の地位が明確化されてきた。

もうひとつ重要なことを述べたい。全巻には二種類の索引が付されている。重要人物および著者の索引(『二十世紀』の巻では、データの膨大さを考慮し、翻訳された外国人著者の索引のみ)、そしてもう一つが新基軸で重要なもの、可能なかぎり生没年を付した翻訳者の索引である。

『フランス語翻訳史』の試みを継続発展させることはおそらくできるだろうし、またそれは望むところでもあるのだが、それは、オンライン上で継続的に補完、更新していく翻訳者のリストとなるだろう。『フランス語翻訳史』に記載された翻訳者の数(つまり各巻で言及され索引に記載された数)は、『十五—十六世紀』六〇〇、『十七—十八世紀』一四〇〇、『十九世紀』一八〇〇、『二十世紀』四〇〇〇超である。

(3) 実践と理論

第三の側面は翻訳の実践と翻訳論である(時代や場合によっては翻訳思想や、翻訳理論と言われることもある)。この側面を際立たせるためには、翻訳に関する著作をコーパスに入れることが重要であるのだが、さまざまな規模の理論的著作、エッセイ、考察が問題となりうる。しかし、それらの多くは翻訳者によって書かれた前書きや端書き、あるいは単に、実践について詳細に語った「翻訳ノート」である。ここでもやはり、すでにあるものを浮かび上がらせること、あるいは再び出現させることが問題なのだ。実際、翻訳や翻訳者の存在は見えにくいものだとしても、翻訳に関する考察が常に存在したことはまちがいない。ヴァレリー・ラルボーが『聖ヒエロニムスの加護のもとに』の中で書いているように、それは「果てしない物語《クエント・デ・ヌンカ・アカバール》〔際限がないこと〕」である。「翻訳の理論家すべての数を数え挙げることは、果てしない物語となるだろうし、達成するには、目録辞書の形しかないかもしれない。だが、知られることの少ない彼らの著作からの抜粋でアンソロジーを編むのは興味深い仕事になるだろう――もし私が出版者なら、やってみたいと思う仕事だ――こうして、それらの最も優れた部分や楽しい部分が再び人目につく道を準備できるのだ。[11]」

　同時に、翻訳論を実践と付き合わせることも必要である。そこにこそ翻訳史のもう一つの挑戦がある。包括的で総合的視座によって、翻訳の多様なやり方のうちに、さまざまな運動や時代を見いだし、その視座にテクストと文例を付け加える必要がある。要するに、気の遠くなるほど膨大なコーパスの中から、選びだし、それぞれの用例の還元不可能な性質を尊重しつつ、なされた選択を明らかにしなければならない。

　こうした観点から、世紀の流れを追うことで、特徴が見えてくる。一方で、すでに述べたように、翻訳に関する同じような対立関係と比喩がある。他方で、それでも目的論的視野の罠に陥らないよう注意しなければならない。確かに、より「質の高い」翻訳へと向かう進歩を信じることはできるかもしれない。ところが、この進歩という観念には常に警戒する必要がある。むしろ、時代ごとの実践のうちに主流となる特色が確かに存在する（例えば翻案や「不実な美女」）と考えるべきであり、そうすることで、翻訳に関する自分たちの観念を別の時代の実践に「投影」し、自分たちの尺度で判断することで生じる時代考証の誤りを犯すことを避けるべきなのだ。『フランス語翻訳史』は、この「寛大な中立性」に従うことを試みる。しかし、それと同時に（これもまた重要な寄与なのだが）、これら支配的な特徴の一つの見方に満足せず、より多くの翻訳や翻訳者たちのパラテクストを検討すると、複数の実践が「共存」していることに気づく。つまり、「起点」と「到達」の間（ラドミラル[12]）の緊張関係、翻案になりがちな「自民族中心的」翻訳と、原典に能う限りの敬意を払う「倫理的」翻訳（ベルマン）の間の緊張関係は、常に存在してきた。最も有名な例は、シャトーブリアンによるミルトンの『失楽園』の翻訳と、その一八三六年版の序文である（誤訳の問題は除いて）。シャトーブリアンは次のように述べる。「私はミルトンの詩をガラス越しに透写した。フランス語にもっと寄せてしまえば、原文の精密さ、独自性、エネルギーが失われてしまうような場合には、フランス語の動詞の目的補語を変えることもおそれなかった〔……〕。」シャトーブリアンは自らが選択した「光を発する（émaner la lumière）」という他動詞的構文について、自分の選択を説明する。「フランス語では動詞 émaner（発散する、放射する）は他動詞ではないことは承知している。蒼穹は光を発さない、光が蒼穹から発せられるのである。しかし私のように訳してみると、イメージはどうなるだろうか。少なくとも読者は英語の精髄のうちに入り込むことができる[13]。」

だから、シャトーブリアンは、テクストを目標言語のあらゆる規範に従わせることも、「明確化」することも望まないのだ。彼は、翻訳者の説明的な傾向を警戒していたし、優美さよりも文字通りに翻訳することを優先したが、それは彼の時代において革新的なことだった。つまり彼は、ベンヤミン、ベルマン、メショニックの理論に通じるところがある。それらの理論が述べるのは、翻訳は安心させたり障害を取り除いたりするものであってはならないこと、むしろ、言語に対する暴力であるべきだということである。

『フランス語翻訳史』第四巻（二十世紀）の前半では、翻訳の実践に関するこのような問いが重要な位置を占めている。出版情勢や翻訳者に触れたあと、翻訳の理論と思想が扱われる。明確な時代区分に従って、二つの章があてがわれている。一つ目の時代は、一九一四年から一九五〇年代の終わりまで、二つ目は、翻訳論（翻訳学 traductologie）の飛躍的発展とともに幕を開ける。それは当初言語学と強く結びついていたが、数十年経つとアプローチは多様化し、とりわけ解釈学と歴史学・社会学と関連するようになった。

（4）翻訳領域

二十世紀の巻のそれに続く部分は、翻訳領域の問題に充てられている。文学に関する部分に含まれる項目は、再翻訳、ギリシャ・ラテン文献、中世文学、ヨーロッパ以外の文学、詩、演劇、散文体によるフィクション、証言文学、紀行文学、大衆文学、児童文学。詩、戯曲、小説という大きな「ジャンル」のみが扱われるのではないことがわかるだろう。注目していただきたいのは、例えば証言文学という概念である。これは二十世紀においてきわめて重要であり、特に全体主義、ナチズム、スターリニズムの時代に始まったが、核災害や自然災害にも当てはまる。

その後の複数の章は芸術に関するものである。美術史、音楽家の著作と音楽に関する著作、オペラ、歌謡、バンド・デシネ、映画。新しい領域が生じていることがわかる。いくつかの芸術は二十世紀以前には存在しなかったものだ。テクスト、イメージ、音によって提起される諸芸術間の関係についての問題は重要である。翻訳の実践に影響を及ぼすからだ。

第四巻の最後は科学と人文科学である。翻訳の領域としては、前巻と同様、例えば宗教もそこに入るが、新しい領域（心理学と精神分析など）や、最近になって現れたものもある（例えばジェンダー・スタディーズは非常に重要である。一九七〇年以降のフェミニズムの飛躍的発展よって、テクストの世界的流通のダイナミズムに加わったからである）。

このように、二十世紀の巻は非常に多くの領域に及ぼうとするものだが、それでも完全には網羅できていない（扱われていない領域としては、たとえば実用書が挙げられる）。

世界《グローバル》化と古典文学

二十世紀には、とりわけ、二つの次元で拡張がみられた。一つは、翻訳の歴史・地理的な拡張で、それによって、網羅的とまではいえないが、少なくとも十全なしかたで、世界文学を顕現させた。もう一つは、再翻訳の躍進で、こちらは文化遺産への回帰を示すとともに、翻訳の実践に対する問いかけを、多少とも明瞭な仕方で示している。ここでは以下の点のみについて簡単に述べることにしよう。翻訳出版点数が増加したこと、文化遺産が空間的に拡大され歴史的に深化された形で構築されたことについてである。

（1）翻訳本の爆発的増加

第四巻の第一章は、社会学者ジゼル・サピロ[一四]が担当したのだが、何よりもまずこの爆発的増加を明らかにしている。フランス語の全歴史において、一九六〇年以前のテクストとほぼ同じ量が一九六〇年以後に翻訳されている。つまり、何世紀にもわたる期間と、何十年かの期間が同じ量なのだ。このことによって、章の区切りは正当化される。たしかに、地政学的理由（第二次世界大戦の終結、ベルリンの壁の崩壊）による区分もあるが、計量書誌学的調査に由来するものもある。一九六〇年と一九八〇年の区切りは、翻訳に対する支援の確立と、翻訳を基本路線とする出版社の登場に対応している。後者の例は、アクト・シュッド社や『フランス語翻訳史』の版元であるヴェルディエ出版である。(14)『翻訳索引』によれば、一九八一年から二〇〇五年にかけてフランスで出版された翻訳書の数は、一九八一年から八九年までの十年間では年間二千から四千点の間で推移しているが、その後は倍増し、二〇〇五年には一万三千点にのぼる。

（2）時間的・空間的拡大

翻訳された言語に関しても、世紀を追うごとに、数が増加していることが確認できる。いくつかの言語、特にアフリカの言語の中には、二十世紀に入ってもごく最近まで一切翻訳されなかった（文字にさえなっていなかった）ものもある。「ヨーロッパ以外の古典文学」の冒頭の見出しはこうだ。「『世界文学』はついに完全なものになったのか。これまで知られてこなかった文学の発見と翻訳」。例えば、日本語に関しては、この本の中ではほぼ五世紀にわたってその進展を追うことができる。『十五―十六世紀』の巻では、イエズス会の活動が言及されるにすぎない。彼らがスペイン語やポルトガル語で書いたものはラテン語に翻訳され、ヨーロッパの他言語に向けて翻訳された。しかし、厳密に言えば「日本語から」の翻訳は存在しない。せいぜい、キリシタン大名の葬式で、ある日本語の単語（toni）をどう翻訳するかという疑問が呈された手紙が挙げられている程度である。（一五）結局、この言葉は単に文字転記（音写）されたにすぎない。十七世紀になると、日本語に関する初の言語学的著作（ラテン語で書かれている）が登場する。仏和辞典は十八世紀の終わりと十九世紀の初めに日本で刊行されたが、それはオランダ語を仲介言語として作られたものである。紀行文学の重要性を指摘する必要があるだろう。「kimono」という語は紀行文学によって伝来したのである。はじめは「quimon」だったが、のちに「kimona」となった。しかし、これらの時代全体に言えることは、まだ日本語が訳されてはいないということだ。日本語の「疑似翻訳」がせいぜいである。「疑似翻訳」とは、当時よく行われていた、いわば文学的ごまかしである。「翻訳」と称しているが、実は最初からフランス語で書かれているのだ。一方、十九世紀における重要な年は一八七三年である。（一六）この年に「日本・中国・タタール・インドネシア研究協会」が設立された。レオン・ド・ロズニーはフランス初の日本語の専門家である（「日本学者」という語の初出は一八七二年）。それ以前のものとしては、一八二五年に出版された、ポルトガル語で書かれたロドリゲス神父の『日本語小文典』（一七）のクレール・ド・ランドレス（一八）による翻訳がある。一八七一年には、ロズニーが『日本詞華集——日本の島びとたちの古今の詩歌』を出版する。また、同じ年、ロズニーのスイス人門下生フランソワ・トゥレッティーニは自らの翻訳をまとめ『あつめ艸』と題して出版する。中には『平家物語』（一九）のひとつの章も含まれている。一八七六年には、ロズニーは真言宗の開祖である空海の短い文章を二篇訳している。しかし、日本文学が徐々に翻訳されはじめるのは、二十世紀になってからである。ミュリエル・デトリー（二〇）によると、「日本文学は〔二十世紀の〕大発見であり続けている」。彼女は俳句の直接的な魅力を強調する。ただしその魅力の代償として、翻訳者たちは和歌集に収録されているより古典的な形式である短歌を顧みない傾向にあった（俳句は一九〇三―四年に若き医師ポール＝ルイ・クシューが出版した『日本の抒情短詩』に登場する）。一九一〇年と一九二〇年には戯曲が翻訳される。一九一〇年のミシェル・ルヴォン（二二）による『日本文学選集』には、能の『羽衣』、狂言の『三人片輪』、歌舞伎では近松門左衛門の『よぐり』と武田出雲の『忠臣蔵』の抜粋がある。同年には童話も翻訳されている。しかし、この時点では、日本はまだ日本に「関する」書籍を介してしか存在しなかった。たとえば、ドイツ語から翻訳された学術書、軍事関係書、あるいはラフカディオ・ハーンの著作などである（小説『知られざる日本の面影』の仏語版の翻訳者は、ハーンが記している日本語の単語や表現を省略してしまっている）。その後、日本語の翻訳は非常に発展することになる。一方で、ルネ・シフェールによって設立されたプレス・オリエンタリスト・ド・フランスがその一翼を担った古典作品の翻訳が驚くべき仕方でそれまでの遅れを取り戻し、他方で、近現代文学の作品が盛んに翻訳されたである。

＊

結論を述べよう。翻訳史の試みは、壮大で途方もないものであり、その対象と目的は世界化をめぐる議論に応答するものと言える。ここで世界文学として想定されるものには、もはやヨーロッパだけには限定されない偉大な作品群ばかりではなく、テクストの流通ということも含まれている。最後に、ドイツのロマンス語学者エーリッヒ・アウエルバッハの言葉を引用しよう。一九五〇年代初頭に書かれたエッセイの中で、彼は文化と文献学の将来を悲観し、文献学者が「世界文学文献学」に携わるのに必要な知識を有することに対して懐疑を示したうえで、ゲーテに応答する形で次のように述べた。「我々の文献学的『祖国』は地球である。この役割を演じるのはもはや国民国家（nation）ではありえない。[15]」アウエルバッハが表明した挑戦に応えること、それは、私たちがさまざまなテクストを翻訳し、再翻訳し続けることによって、この「終わりなき世界文学文献学」という仕事を続けることに他ならない。

（中田麻理訳）

【原註】

（1）以下を参照されたい。Doris Bachmann-Medick, *Cultural Turns. Neuorientierungen in den Kulturwissenschaften*, Reinbek, Rowohlt, 2007, 25-27, および « The translational turn », tr. Kate Sturge, *Translation Studies*, vol. 2, n° 1, 2009, p. 2-16.

（2）Antoine Berman, *L'Épreuve de l'étranger. Culture et traduction dans l'Allemagne romantique*, Paris, Gallimard, 1984.〔アントワーヌ・ベルマン『他者という試練――ロマン主義ドイツの文化と翻訳』藤田省一訳、みすず書房、二〇〇八年〕

（3）Antoine Berman, *Pour une critique des traductions : John Donne*, Paris, Gallimard, 1995, p. 61.

（4）Antoine Berman, *L'Épreuve de l'étranger*, *op. cit.*, p. 12.

（5）　この点については以下の論考を参照。Yves Chevrel et Jean-Yves Masson, « Pour une “histoire des traductions en langue française” », *Romanische Zeitschrift für Literaturgeschichte* 2006 1/2, p. 11-23.

（6）　*The Oxford History of Literary Translation in English*, Oxford University Press. 二〇〇五年より出版が始まり、現在五巻中四巻が刊行されている。

（7）　« Traduction et histoire culturelle » : *Vingt-quatrièmes Assises de la traduction littéraire* (Arles 2007). Traduction / Histoire, ATLAS/Actes Sud, 2008, 130-165 [table ronde animée par Peter France, avec Yves Chevrel, Jean-Yves Masson, Bernard Banoun, Sylvie Le Moël, Miguel-Angel Vega], p. 154.

（8）　Francisco Lafarga et Luis Pegenaute (dir.), *Historia de la traducción en España*, Salamanca, Editorial Ambos Mundos, 2004.

（9）　Michel Espagne et Michael Werner (dir.), *Transferts. Les relations interculturelles dans l'espace franco-allemand (XVIII*ᵉ*-XIX*ᵉ *siècles)*, Éditions Recherche sur les Civilisations, 1988.

（10）　例えば、『ル・モンド』紙、二〇一七年十月三日の記事を参照。

（11）　Valery Larbaud, *Sous l'invocation de saint Jérôme*, Gallimard, 1946, rééd. 1973, p. 99.

（12）　Jean-René Ladmiral, *Sourcier ou cibliste*, Les Belles Lettres, coll. « Traductologiques », 2014.

（13）　Yves Chevrel, Liven D'hulst, Christine Lombez, *Histoire des traductions en langue française. XIX*ᵉ *siècle*. Lagrasse, Verdier, 2012, p. 736.〔このシャトーブリアンの翻訳については、ベルマンが以下の論考で、詳細に分析している。Antoine Berman, *La traduction et la lettre ou l'Auberge du lointain*, Le Seuil, 1999. アントワーヌ・ベルマン「シャトーブリアン、ミルトンの翻訳者として」、『翻訳の倫理学』藤田省一訳、晃洋書房、二〇一四年所収〕

（14）　アクト・シュッド（Actes Sud）は一九七八年にユベール・ニセン（Hubert Nyssen）がアルルで設立した出版社、国内外の文学、人文科学、児童文学、バンド・デシネなどを手がける。ヴェルディエ（Verdier）は一九七九年南仏ピレネー山脈に近いラグラースで設立された出版社、文学、人文科学、哲学書を専門とする。

（15）　Erich Auerbach, “Philologie der Weltliteratur” in *Weltliteratur. Festgabe für Fritz Strich*, Bern, 1952, p. 49.

［訳註］

＊　『フランス語翻訳史』第四巻（二十世紀）の目次は以下の通り。

序　章　翻訳の時代
第1章　翻訳の展開の趨勢
第2章　翻訳家
第3章　翻訳学前史──方法と試み（一九二〇─一九六〇）
第4章　翻訳学、一九六〇年以後の新学問
第5章　再翻訳
第6章　ギリシャ・ラテン作家
第7章　中世の文献
第8章　ヨーロッパ以外の古典文学
第9章　詩
第10章　戯曲
第11章　散文小説
第12章　歴史的証言
第13章　紀行文学
第14章　大衆小説
第15章　児童文学
第16章　美術史
第17章　作曲家の著作と音楽評論
第18章　オペラ
第19章　歌謡
第20章　バンド・デシネ
第21章　映画
第22章　宗教
第23章　哲学
第24章　歴史
第25章　法律
第26章　科学技術
第27章　人類学と社会学
第28章　心理学と精神分析
第29章　文芸評論
第30章　フェミニズムとジェンダー・スタディーズ
総　括
＊
フランス語への翻訳者索引
作家索引

（一）　イーニッド・ブライトン（一八九七─一九六八）　英国の児童文学作家。日本では『冒険の島』シリーズが知られている。

（二）　バーバラ・カートランド（一九〇一─二〇〇〇）　英国の作家。ヴィクトリア朝ロマンス小説を中心に、七百以上の著作がある。演劇作品や脚本、雑誌記事やエッセイの執筆のほか、テレビ出演も頻繁に行った。

（三）　ダニエル・スティール（一九四七─）　米国のロマンス及び児童文学作家。作家活動と同時に、被虐待児童やホームレスのための基金も運営している。

（四）　スティーヴン・キング（一九四七─）　米国の作家。ホラー、ファンタジー、SFなどのジャンルで著作多数。

『ショーシャンクの空に』（一九九四年）、『グリーンマイル』（一九九九年）などの映画化作品がある。
（五）　ノーラ・ロバーツ（一九五〇―）　米国のロマンス作家。J・D・ロブ名義でも書いており、これまで一九五作品がニューヨークタイムズのベストセラーにランクインしている。日本語版の多くはハーレクイン社及び扶桑社から出版されている。
（六）　カール＝ヘルベルト・シェール（一九二八―一九九一）　ドイツのSF作家。第二次世界大戦中はUボート乗組員の訓練を受けた。一九四八年より、ドイツにそれまで例のなかったSFというジャンルでキャリアを築く。一九五八年にヒューゴー賞を受賞。一九六一年より『宇宙英雄ペリー・ローダン』シリーズに携わる。
（七）　マシュー・ターナー（Matthew Tanner）　生年と経歴は不詳。ヤングアダルト向きの『某月某日』（*C'était ce-jour là...*）シリーズで、一年のうちのある日の星占い、その日生まれの有名人、できごとなどを記した本を多数出版している。
（八）　ペニー・ジョーダン（一九四六―二〇一一）　英国のロマンス作家。英国ロマンティック小説家協会のコンペティションをきっかけにデビュー。ハーレクイン社から刊行されたものだけで、計一八七点の著作がある。
（九）　チャールズ・モンロー・シュルツ（一九二二―二〇〇〇）　米国の漫画家。チャーリー・ブラウンと飼い犬のスヌーピーが登場する漫画『ピーナッツ』を一九五〇年から二〇〇〇年まで連載。
（一〇）　ウィルバート・オードリー（一九一一―一九九七）　英国国教会の牧師。CGアニメ『きかんしゃトーマス』の原作となった『汽車のえほん』の作者。
（一一）　アン・メイザー（一九四六―）　英国のロマンス作家。ほとんどの作品をハーレクイン社及びミルズ＆ブーン社から刊行している。
（一二）　キャロル・モーティマー（一九六〇―）　英国のロマンス作家。ハーレクイン社の看板作家の一人。USAトゥデイ及びアマゾン・ベストセラー第一位を何度も獲得している。
（一三）　ダイアナ・パーマー（一九四六―）　米国のロマンス作家。ハーレクイン・ロマンスでキャリアを築く。ニューヨーク・タイムズベストセラー作家。ケンジントン移籍後の作品は扶桑社から翻訳が出ている。

（一四）ジゼル・サピロ（Gisèle Sapiro，一九六五―）フランスの歴史学者・社会学者。ピエール・ブルデューの下で博士号を取得。著書に『文学社会学とはなにか』（鈴木智之・松下優一訳 世界思想社、二〇一七）など。

（一五）「トニ」（Toni）は日本に関する著作において以下のように説明されている。「トニ（Toni）またはトノ（Tono）という肩書きは通常、領主や諸侯を含む」（Jean Crasset, *Histoire de l'Eglise du Japan*. E. Michallet, 1689, p. 24）。つまり、「トニ」は「殿」だったと考えられる。

（一六）レオン・ド・ロズニー（Léon de Rosny，一八三七―一九一四）フランスの民俗学者・日本学者。一八六二年に第一回遣欧使節団に接触し、一八六八年からパリ東洋語学校（現在の国立東洋言語文化大学）の初代教授を務める。「ロニ」または「ロニー」と表記されることが多いが、「ロズニー」と発音されるようである。

（一七）ポルトガル人イエズス会士ジョアン・ロドリゲス神父（João Rodrigues）によってポルトガル語で書かれ、一六〇四年から一六〇八年の間に刊行された『日本語大文典』（*Arte da Lingoa de Iapam*）をもとに、一六二〇年にマカオで刊行されたもので『大文典』に比べ簡潔に記されている。クレール・ド・ランドレスによる仏訳は、フランス王立図書館に所蔵された『小文典』（*Arte Breve da Lingoa Iapoa*）の手稿を一六〇四年版と照合したものに基づいている。

（一八）クレール・ド・ランドレス（Ernest Augustin Xavier Clerc de Landresse，一八〇〇―一八六二）東洋学者、フランス学士院司書助手。フランス国立古文書学校出身。一八二二年に設立されたフランスアジア協会の会員。

（一九）フランソワ・トゥレッティーニ（François Auguste Turrettini，一八四五―一九〇八）ジュネーヴ出身。レオン・ド・ロズニーのもとで日本語と中国語を習得。抄訳に註釈を交えた小冊子『あつめ艸』において『平家物語』や『日本外史』などを西洋世界に初めて紹介するとともに、多くの後進を育成した。

（二〇）ミュリエル・デトリー（Muriel Détrie，一九五七―）パリ第三大学准教授。比較文学専攻、特に中国文学および日本文学。

（二一）ミシェル・ルヴォン（Michel Revon，一八六七―一九四三）法学者、日本学者。一八九三年から九九年まで来日、東京大学で教鞭を執り、日本政府の顧問法学者としてギュスターヴ・エミール・ボワソナードの後任を務めた。

※ 翻訳に際しまして、坂井セシル先生より多くのご助言をいただきました。この場を借りて感謝申し上げます。

Ⅱ　作家と翻訳

文法のすれちがいと語りの声

多和田葉子

日本語では、翻訳することを「なおす」と表現することがあります。たとえば、「英語の文章を日本語になおす」などと言いますが、なおすというのは、機械をなおすとか、悪い癖をなおすとか、テストの答えをなおすとか、壊れたものや間違ったものをなおすことです。去年、『雪の練習生』をドイツ語からオランダ語に訳してくださったヘリット・ブッシンクさんとじっくり話をする機会がありました。『雪の練習生』のドイツ語のタイトルは『Etüden im Schnee』、ベルナール・バヌンさんによるフランス語訳のタイトルは『Histoire de Knut』です。この小説はわたしがまず日本語で書き、それを自分で磨きながらドイツ語に訳したので、日本語版とドイツ語版はどちらもオリジナルであると言っていいかと思います。日本語版が出版されてすぐに日本語から中国語に訳され、それからドイツ語版が出て、ドイツ語から英語、フランス語訳、イタリア語訳、スペイン語訳、オランダ語訳などに訳されました。これからロシア語、デンマーク語、アイスランド語などにも訳される予定です。オランダ語訳者のヘリット・ブッシンクさんと交わした会話の中で印象に残っているのは、わたしのドイツ語に特殊性がある場合、それをオランダ語でもその通りに真似して訳すべきか、それとも「普通」のオランダ語になおすべきか、という話です。この小説の場合は、言葉や文体そのものがそれほど特殊性を持っているわけではなく、内容を追って読んでいくことができるのですが、どうやら時々あれっとつまずくことがあるようなのです。そういう箇所がもっとたくさんあれば、これは何か意図があるのだろうと読者は納得するでしょう。でも、ひっかかる回数が少ないので、校正が見落とした間違いではないか、と思ってしまうかもしれない、とオランダ語訳者は心配しているのです。まず、語りの地の文の中に内的モノローグが混ざっている場合にどうするか、という問題があります。たとえばこんな文章です。

「彼は町中を速歩で歩いていた。僕はこれから本当に彼女に会いにいくんだろうか。街灯のあかりが今日は暗く感じられる。月はまだ出ていない。彼は足を止めた。」これは『雪の練習生』からの引用ではなく、今説明しやすいように例文をつくってみたのですが、これをそのままドイツ語に訳すと、語り手の人称が統一されていないことになります。「彼」という三人称で語られる小説を読んでいるつもりの読者は、急に一人称の「僕」が現れた瞬間、地震が来て、足の下で地面がぐらっと揺れたみたいに感じます。「僕はこれから本当に彼女に会いにいくんだろうか」という部分だけ、活字をイタリック体にすればいいのですが、わたしの感覚からすると、地の文と内的モノローグの境界線をそこまではっきりさせるのは、なんだか、逃げるはずのない動物を檻の中に入れるみたいで抵抗感があるのです。そのままドイツ語にすると間違っているように見えるのは、一人称と三人称が混ざっている点だけではなく、過去形と現在形が混ざっている点です。「彼は町中を速歩で歩いていた。」は過去形で、「俺はこれから本当に彼女に会いにいくんだろうか。街灯のあかりが今日は暗く感じられる。月はまだ出ていない。」は現在形、その後にくる「彼は足を止めた。」は過去形なので、時制が統一されていないことになります。これは日本語が主に主観的時制を採用しているのに対し、ドイツ語が客観的時制を原則としているためです。主観的な時間の中では、昔の経験を過去形で描いていても、その中の一つの情景があたかも今起こっていることのように身近に感じられる時は現在形を使います。主観的にみれば時間は近づいたり遠のいたりするので、時制を統一するのはむしろ非人間的だということになります。

もちろんドイツ語で書く以上、ドイツ語の文法を受け入れ、それに従うことに快感を覚えてはいるのです。その一方で、小説を書くということは、非常に個人的な時間の流れに降りて行くということですので、規則を守りきれなくなることがあります。規則を破ろうとして破るのではないのですが、気がつかないうちにはみ出してしまうのです。

さてそのようにしてできたわたしのドイツ語をそのままオランダ語に訳すと、訳者が批判される可能性がでてきます。どういうわけか、訳者は作者より批判されやすく、褒められにくい職業であるようです。小説に読みにくいところがあると、原文の言語が全く読めない人でもすぐに「翻訳がよくない」と言うことがあり、逆に、「原書の読みにくさをうまく生かしている」と評価する人はあまりいません。

話は少し変わりますが、ヘリット・ブッシンクさんは、これまでにすでに四十冊以上の本をドイツ語からオランダ語に訳しているベテランの職業翻訳家です。彼は音声録音を使ってまず口述で翻訳し、秘書に書きおこしてもらった原稿を推敲していくのだそうです。わたしはそう聞いて最初驚きました。口述で翻訳するには、一つの文章を最初から最後まで頭の中でつくらなければなりません。でもわたしの場合、思い浮かんだ部分だけでも、それが文章の冒頭にくるのか真ん中にくるのか決める前に文字にしておかないと、続きを考えているうちに忘れてしまいそうです。それどころか、単語一つでも思いついた瞬間に書いておかないと消えてしまいそうなものもあります。だから口述で翻訳するなんてわたしには想像もできません。

ところが口述翻訳の話をそれから数カ月後に、あるドイツ人の絵院文学翻訳家に話すと、彼は「音声録音で翻訳するのはとてもいいアイデアだと思う。翻訳で大切なのは全体を流れる語りの声を発見することだから」と言うのです。訳者はただ個々の文章を訳して並べていくのではなく、語りのメロディーを見つけなければならない。それが一番大切で、一番難しいことなので、最初から口述で訳すことで、その作業がうまくいく、と言うのです。この話を聞いてわたしは急に自分も音声録音で翻訳をやってみたくなりました。二十五年くらい前に買ったソニーのウォークマンをまだ持っているので、できればそれを使って、カセットテープに毎日少しずつ訳しては録音してみたくなりました。もちろんパソコンにも音声録音機能は付いていますが、カセットテープというオブジェには瞳のような丸い穴が二つあいていて、なんだか仮面みたいで面白いと思うのです。

もちろん初めはたどたどしく、行ったり来たりしたり、沈黙してしまったりするでしょう。語順が言語によって違うので、頭から順に訳していくことはできないし、すぐには思い浮かばない単語を空白にしておいて後で考えることもできません。でもそのうち慣れてきて、もしかしたら語りのメロディーの中から一つの人格のようなものが浮かび上がってきて、勝手に語り始めるかもしれません。まるで作者の怨霊が訳者に乗り移ったみたいになって（ちなみにオンリョウというのはここではボリュームのことではなく、六条御息所の怨霊のオンリョウのことですが）、とにかく怨霊がどんどん大きくなっていって、口から訳文が溢れ出てくる、そういうモノに憑かれたみたいな状態になったら痛快なのではないかと思います。考えてみれば、予言者もシャーマンも、死者や神々の声をその場で翻訳してしゃべっているわけです。仮に文字を離れてみることで原書に近づくということもありうるのではないでしょうか。

無名の手に身を委ねること

堀江敏幸

翻訳全般に対する私見というより、これまで手がけた翻訳と創作との関係を通じて心に刻んできたことを、ごく簡単にお話ししたいと思います。

私がはじめて試みた翻訳は、一九八六年に早稲田大学仏文科の卒業論文として提出したマルグリット・ユルスナール論のなかの、未邦訳の作品の「引用」として形をなしました。要所を抜粋しながら日本語に移し替える批評的な作業ではありますが、そのとき心がけたのは、論旨にあわせて文体を調節するのではなく、日本語の小説を書き写しているような気持ちで、地の文と溶け合う訳を作るということです。

柱になったのは、『世界の迷路』と題された「自伝的」な三部作のうち、第一巻『追悼のしおり』、第二巻『北の古文書』でした。前者は彼女の母方、後者は父方の家系をたどっていくものですが、当時はまだ、ランボーの詩から採られた第三巻『なにが？　永遠が』は未刊でした。(1) したがって、論文のなかでは、今後どういうことが書かれるのかを想像しながら、ユルスナールと父親、父親と祖父の組み合わせについて語っています。

「引用」の形式を借りた翻訳のひな形は、のちにこの卒業論文をもとにした批評的散文「書かれる手」[2]に、異なる表現で生かされることになりました。扱ったのは、「アレクシス、あるいは空しい戦いについて」。一九二七年に発表された、ユルスナール二十代の作品です。

アレクシスは、才能ある若いピアニストで、美しい妻がいます。彼は同性愛者でもあって、妻を欺いてきたことに思い悩み、別れを告げようと決意します。そこに至るまでの経緯が、手紙のかたちでつづられます。つまり、一人称による書簡体小説になっているのです。ところが、彼は肝心の性向について、直接的な言葉ではいっさい語りません。明言しないままそれとわかるような表現を慎重に選び、核心に触れぬまま周辺をへめぐるだけです。

アレクシスは音楽家として行き詰まりを感じていました。演奏も作曲も中途半端にして、性愛に逃げる悪循環を断ち切らなければなりません。同性と肌を合わせるのではなく、自身の芸術の力で、自身のピアノの力でこの状態から脱したとき、はじめて妻のもとを去ることが許されるのです。性愛の行為を重ねた手で言葉を紡ぐペンを持ち、それで鍵盤を愛撫したのちにあらためてペンを取るという順路をたどって成立する手紙。迂回に迂回を重ねるあいだに自身の芸術観が披瀝され、小品ながら芸術による贖罪といったプルースト的なテーマがあらわになっています。

やがて決定的な瞬間が訪れます。アレクシスはこう書いています。

それはいまや無名の手、ひとりの音楽家の手なのだった。音楽を通して、私たちが神と呼びたい思いに駆られるあの限りなきものと私を結びつける仲立であり、愛撫を通じて他者の生命との接触を保つ手段だった。(3)

(岩崎力訳)

C'étaient des mains anonymes, les mains d'un musicien. Elles étaient mon intermédiaire, par la musique, avec cet infini que nous sommes tentés d'appeler Dieu, et, par les caresses, mon moyen de contact avec la vie des autres.(4)

個人の手を離れて、無名の手になること。音楽を奏でるのではなく、音楽が奏でられること。じつは、この場面は、二十代のユルスナールが大きな影響を受けたリルケの『マルテの手記』の、マルテがまだ幼かった頃に体験した「手の話」に呼応しています。それは、のちに詩人となる子どもにとって、必然と思われるような体験でした。

幼いマルテは、テーブルで絵を描いて遊んでいるうち、赤鉛筆を絨毯の敷かれた床に落としてしまいます。テーブルの下まで部屋の明かりは届きません。マルテはそこにしゃがみ込んで、暗がりのなかで鉛筆を探します。自分の手が自分の手ではないような、水生動物のような動きを見せるのをマルテは感じます。そして反対側の壁から、まったく予期していなかった「べつの手」がこちらに向かってくるのを目撃するのです。

指をひろげている自分の手が見えるようになった。その手はなんとなく水棲《すいせい》動物のようにひっそりと下を泳ぎまわり、毛皮のなかをさがしまわっていた。今でもおぼえているが、僕は自分のその手をほとんど息をひそめて見つめていた。僕の手がそれまでに見せたことがないような運動をつづけながら下を自由に動きまわっているのを見ていると、それは教えられたことのない運動さえもできそうに感じられた。僕は手が進んで行くのを目で追っていた。興味を呼びさまされ、あらゆる場合を予期していた。しかし、不意に向かいの壁から別の手が進んで来たことはどうして予期できたろう。[5]

（望月市恵訳）

[...] et d'abord je reconnaissais ma propre main étendue, les doigts écartés, qui remuait toute seule, presque comme une bête aquatique, et palpait le fond. Je la regardais faire, il m'en souvient, presque avec curiosité ; elle me paraissait connaître des choses que je ne lui avais jamais apprises, à la voir tâtonner là-dessous, à son gré, avec des mouvements que je ne lui avais jamais observés. Je la suivais à mesure qu'elle avançait, je m'intéressais à son manège et me préparais à voir je ne sais quoi. Mais comment aurais-je pu m'attendre à ce que, sortant du mur, tout à coup une autre main vînt à ma rencontre, une main plus grande, extraordinairement maigre et telle que je n'en avais encore jamais vu. Elle tâtonnait, venant de l'autre côté, de la même manière, et les deux mains ouvertes se mouvaient à la rencontre l'une de l'autre, aveuglément.[6]

（traduit par Maurice Betz.）

重要なのは、これがリルケの原文ではなく、モーリス・ベッツによる仏訳だということです。この仏訳が正確かどうか、それはまたべつの話になりますが、若い日のユルスナールは、この「翻訳」を通じて「手の話」に出会ったのです。翻訳者の声を通して本質に触れたと言ってもいいでしょう。

二十代の学生だった私は、ユルスナールとリルケの照応に心を動かされました。自分の手が自分の手でなくなり、無名の手になるということが、「書く」という行為の根本にある現象ではないかと考えたのです。書くことに自分を最大限に投入したとき、積極性が究極の受け身になる。自分を自分で観察し、書きとめ、その現象を「翻訳」することの意味を学んだのです。

数は多くありませんが、その後、いくつかの印象深い作品に出会って、それを日本語に移す機会に恵まれました。どの翻訳作業を通しても、作家の個性や文体を超えて、ある瞬間から、自分の言葉が自分のものでなくなっていく感覚を味わいました。そして、おなじ感覚を創作に際しても感じるようになったのです。言葉が自分の手を離れ、無名の手によって書かれはじめる瞬間に立ち会ったということです。そのような状態が生じた瞬間、もはや原典の翻訳であるか、自分で書いているのかという区別はどうでもよくなります。極端なことを言えば、私は自分の文章を書くとき、すでに書いたものをあらためて翻訳しながら書いている、という気さえするのです。

＊

先の「書かれる手」から四半世紀経って、『世界の迷路』の第三巻、『なにが？　永遠が』を訳す機会に恵まれたのですが、翻訳作業は大変厳しいものでした。子ども時代のマルテが、テーブルの下のくらがりにじっとしゃがんだまま、まだなにも起こらない闇を見ている状態に近い感覚が、長く長くつづきました。ところが、あるとき、向こうから、自分の手ではない手が見えた、と思ったのです。最後まで訳せるかもしれないと感じたのは、その瞬間のことでした。

もちろん、現実はそれほど甘くありませんでした。八十歳を超え、死期を見据えた作家の文章を、五十歳そこそこの若造が訳すには、圧倒的に時間の厚みが足りません。無名の手が出現する真空状態は、時間を超越しているように見えてそうではないのです。無名になるまでの濃厚な時間が必要ですし、出会いの時期も関係してきます。にもかかわらず、発火点となるのは、いつもこの無名の「手」の出現なのです。書かれる手は読まれる手であり、書く手にも読む手にもなる。私にとって翻訳とは、文章を書くことを促し、さらに読むことを誘い、双方を行き来させながら自分を消していくための、原初的な体験であると言えるかもしれません。

［註］

（1）　マルグリット・ユルスナール『追悼のしおり（世界の迷路Ⅰ）』岩崎力訳、白水社、二〇一一年、『北の古文書

（世界の迷路Ⅱ）』小倉孝誠訳、白水社、二〇一一年、『なにが？ 永遠が（世界の迷路Ⅲ）』堀江敏幸訳、白水社、二〇一五年。

（2） 堀江敏幸『書かれる手』、平凡社ライブラリー、二〇〇九年。

（3） マルグリット・ユルスナール『アレクシス――あるいは空しい戦いについて とどめの一撃 夢の貨幣』岩崎力・若林真訳、《ユルスナール・セレクション3》、白水社、一九八一年、一〇三頁。

（4） Marguerite Yourcenar, *Œuvres Romanesques*, Gallimard, coll. « Bibliothèque de la Pléiade », 1982, p. 75.

（5） リルケ『マルテの手記』望月市恵訳、岩波文庫、一九七三年、九六頁。

（6） Rainer Maria Rilke, *Les cahiers de Malte Laurids Brigge*, traduction de Muaurice Betz, Ed. Emile-Paul Frères, 1926, pp. 134-135

Ⅲ　初訳、再訳、新訳（古典、娯楽小説）

新訳の必要性
——ラブレーの場合

宮下志朗

「新訳の必要性」についてお話しします。わたしは十六世紀文学が専門で、ラブレーやモンテーニュの新訳[1]を出した人間です。したがってここでは、いわゆる「古典」作品の「新訳」について話すのが役目だと思います。けれども、「新訳の必要性」は、ラブレー、モンテーニュといった何百年も昔の作品だけではなくて、たとえば二十世紀の作品についても、ほぼ当てはまるのではないでしょうか。

こんな話をするのも理由がありまして、少し前に、レイモンド・チャンドラー（一八八八―一九五九）の長編七作の新訳を、ほぼ十年間かけてなしとげた作家の村上春樹のことを思い出すのです。村上はチャンドラーの作品を「ハードボイルド」というジャンルを超えた「文学」として、彼の表現を借りるならば「二十世紀が遺した準古典小説」つまり「セミ・クラシック semi-classique」として評価した上で、翻訳論を述べているのです。そこで、村上春樹訳チャンドラーの話を、いわば補助線として引かせてもらいます。

村上は、まず最初に『ロング・グッドバイ The Long Goodbye』(一九五四年)を訳しました(二〇〇七年)。ところが、みなさんもご存じのように、この作品には清水俊二《しみずしゅんじ》訳の『長いお別れ』という名訳のほまれが高い既訳が存在します。「ハヤカワ・ミステリー」として出たのが一九五八年といいますから、六十年も前のことです。映画字幕の翻訳で有名な清水俊二さんは、アガサ・クリスティやチャンドラーの翻訳者としても知られ、とりわけ『長いお別れ』は名訳とされています。したがって、村上の新訳への風当たりもかなり強かったらしい。村上もいうように、「神格化された優れた既訳があるときには、新訳は厳しい逆風を受ける」ものでして、優れた既訳に接していた読者は、「自分にとっての神聖な領域に、見知らぬ人間に土足で踏み込まれたような不快感・抵抗感を抱いてしまう」(2)のです。

「神格化された優れた既訳」というならば、なんといっても渡辺一夫訳のラブレーこそが、その典型でしょう。渡辺訳でラブレーに親しんできた読者は、わたしの新訳が出現して、「神聖な領域」をけがされたと不快感や抵抗感を覚えたかもしれません。「神格化」の言説を、ここでは二つ挙げます。まずは、ストックホルムにおける大江健三郎のノーベル賞受賞記念講演「あいまいな日本の私」(一九九四年十二月七日)です。「人生と文学において、渡辺一夫の弟子です」と自己紹介した作家は、渡辺一夫からは「小説」と「ユマニスム」の二つについて決定的な影響を受けたといってから、小説についてはこう述べます。

ミハイル・バフチンが「グロテスク・リアリズム、あるいは民衆の笑いの文化のイメージ・システム」と呼んで理論化したものを、私は渡辺のラブレー翻訳からすでに具体的に学んでいたのです。[3]

渡辺訳のラブレーを通じて、自分は小説観の重要な部分を確実にものにした、ロシアのフォルマリストのバフチンが知られていないときにいち早くといって、恩師の翻訳の価値を世界に知らしめたのです。

もうひとつは、これまた渡辺一夫の弟子筋にあたる評論家、加藤周一（一九一九—二〇〇八）の大著『日本文学史序説』（一九八〇年）で、仏訳もあります。引用します。

渡辺一夫訳『ガルガンチュア物語・パンタグリュエル物語』〔……〕は、ラブレーの本文解釈の最高の水準を示し、その意味では、現代フランス語訳を含めて、現存する各国語翻訳の最良のものである。しかも流麗かつ明快な訳文は、現代日本語の散文の表現能力をほとんど極限まで拡大し〔……〕、日本文学に全く新しい要素をつけ加えた（無制限な想像力と知的な哄笑[4]）。

渡辺一夫訳は、ラブレーの翻訳の最高峰で、日本語の可能性を広げて、日本文学に新たな要素をプラスしたのだと、これ以上ない讃辞を捧げています。誤解のないように申し添えますが、わたしはこの二人のファンでありまして、反論するつもりはありません。ただ、ここまでよいしょされてしまうと、後続世代には入り込むすきもないという感じですし、天国の渡辺も苦笑しているかもしれません。

さて、村上春樹訳と清水俊二訳のチャンドラーに話を戻しましょう。村上は、読者が「神聖な領域」に土足で踏み込まれたような気持ちになるだろうことは、ぼくだってわかる、なにしろ自分が清水俊二訳の『長いお別れ』に感激して、この作品に夢中になったのだからと、いったん読者の気持ちに賛同を示します。でも、それではいけないと、こういうのです。

ただ翻訳というものは、経年劣化からは逃れられない宿命を背負っている。僕の感覚からすれば、およそ半世紀を目安として〔……〕ほころびが見え始めてくる。〔……〕だから後世に残す価値のある優れた古典作品は、ある程度の歳月を経た時点で、翻訳に手当をする必要性が出てくる。家の補修と同じだ。(5)

もちろん、翻訳者本人も、生前に「補修」をするわけですが、死後は「新たな訳を用意する必要が生じる」(同前)と、村上は述べるわけです。村上はすでに、『ロング・グッドバイ』の「あとがき」で、同様のことをもう少し詳しく書いていますから、興味のある方は、そちらをお読みください。(6)「家」と同じで、翻訳も年月が経つと傷んでくるから「補修」が必要だし、いずれは「新たな訳」だって欠かせないという村上の言葉、これは「もっとも偉大な翻訳も、翻訳された言語の進展に組み込まれ、その言語が革新されると、滅びていくのが運命なのだ(「翻訳者の使命」(7))という、ベンヤミンの有名なことばと呼応しています。優れた翻訳でも、否応なしに、翻訳された言語文化のなかに組み込まれます。清水俊二訳も渡辺一夫訳も、日本の言語文化とその歴史のなかに組み込まれる運命を逃れようがありません。そして日本語が少しずつ変化していくなかで、相対的に老いていくわけです。

時流に乗っただけのベストセラーならば、老いたままでも心配ありません。やがては忘却の淵に沈んでも、それは仕方のないことです。けれども、そうではない、優れた作品の場合はどうでしょうか？ いかに歴史的な名訳であっても、相対的な老いを避けることはできません。渡辺訳のすばらしさに対する崇敬の念は、この名訳でラブレーにはまったわたしなのですから、もちろん抱き続けています。それに、老いて、時代を帯びたものはなかなかいいですよという反論も聞こえてきます。でも、このことゆえに、新訳を拒むのは、筋違いというものです。もしも次の世代がラブレー作品に関心を持つことを願うのならば、清新な新訳を待望するのが筋だと思います。

ここでも、村上の発言が参考になります。冒頭で紹介しましたが、彼は、チャンドラー作品を二十世紀のセミ・クラシックとして高く評価しています。そもそも、『ロング・グッドバイ』の「訳者あとがき」は、「準古典小説としての『ロング・グッドバイ』」と題されていたのです。もうひとつ興味深いことがありまして、彼は新訳『大いなる眠り A Big Sleep』(二〇一二年)のあとがきで、カズオ・イシグロと会ったときに——もちろん、イシグロがノーベル賞を取るはるか以前の話です——、イシグロもチャンドラーへの愛情を熱く語ってくれて意気投合したことをうれしそうに書いているのです(8)。チャンドラーの作品は出版当時、アメリカでは正当な評価を受けられませんでした。しかし、これとは対照的に英国では、単なる「ハードボイルド」ではなく、「文学」として高い評価を獲得しましたから、イシグロが愛読したのもうなずけます。

で、村上は、チャンドラーの「語法」は「貴重なパブリック・ドメイン(文化的共有資産)」となっていると述べて、そのような「文学」には、読者が自由な読み方をできるように、複数の「選択肢」があってしかるべきではないのかと主張して、新訳の存在価値を訴えるのです。

　ラブレーやモンテーニュのような「古典」に関しても、同じようなことが成り立つと思います。「古典」は時代を超越して、ある種普遍的な恵みを与えてくれますし、時代をへだてて読み直されることで、新たな発見をもたらしてくれます。でも、そのためには、「翻訳」の補修が、さらには新たな翻訳の創造が必要条件になると思います。日本は翻訳大国だといわれますが、ダンテの『神曲』やボッカッチョ『デカメロン』はもちろんとして、『ティル・オイレンシュピーゲル』にも複数の翻訳が存在します。[9] 渡辺のラブレー訳が完成したのは、一九六五年でした。以後、唯一絶対の翻訳として「神格化」されてきたのですから、輝ける例外だともいえます。

　それにしても、絶対的な翻訳といった「神格化」は、その古典にとってはむしろ悲しむべきこと、不幸だとわたしは思います。なぜならば、その作品の「死後の生」（ベンヤミン「翻訳者の使命」）を固定してしまうことになりかねないからです。新たな息吹を与えてやらないと、「古典」は窒息します。こうした意味で、「古典」の新訳は必然なのでもあります。

*

　こういう話をしていると、いつも思い出すのが英文学者で、卓抜したエッセイの書き手として知られる外山滋比古《とやましげひこ》さん（一九二三—）が用いた比喩です。外山さんは、「古典」を、「源泉」から流れ出て「大河」となりえた作品としてイメージします。そして、「古典」は生まれ落ちてただちに「古典」になるはずがない、この作品を受け止める人々がいて、時代を超えて読み継がれてこそ、「古典」という「大河」になれるといいます。

「源泉」と結びつく学問としては、「文献学」が存在します。「古典」というと、真っ先に思い浮かぶのが、この「文献学」というディシプリンでしょう。もちろん、外山さんも「源泉」なくして「古典」なしと考えています。「古典」の場合、厳密な校訂、あるいは異なる観点からの校訂によって、「本文」という「源泉」が変化するのですから。

けれども外山さんがいいたいのは、その先なのです。「文献学」なるものが、「源泉」を重視するあまり、「流域には目をつむる」ことが問題なのだとして、こう述べます。

〔古典という〕河は流れる。〔……〕有力な支流がいくつも流入してこないと大河にはならない。支流をまるで目のかたきのようにするのは、古典成立の実際を無視するものである。〔……〕作品は読者に読まれることで変化する。(10)

ラブレーの歴史的名訳という巨大なモニュメントを前にして、でも、次の世代にこの古典を引き継ぐには、やっぱり新訳が必要なんだよなとため息をついていた、わたしにとって、外山滋比古さんのこの言葉は強力な援軍でした。「有力な支流がいくつも流入」しないと「大河」にはなれないよというのです。「支流」のレベルでは、たとえば、新しい「解釈」によって、テクストの意味・読み方が変わるということがありますが、「翻訳」もまたりっぱな「支流」なんだ、各国語の翻訳が「支流」として河に流れ込んでこそ、一つの作品が世界文学の古典になるということを、強く認識させられたのです。そして、新しい翻訳というのはりっぱな「支流」であって、「古典」を「古典」あらしめるための不可欠なファクターじゃないかと気づいたわけです。

よく考えてみると、音楽の場合は、「楽譜」という「源泉」が存在し、優れた曲ほど、さまざまな「解釈」「演奏」という新しい「支流」が生まれてくるわけです。文学の「古典」についても、少なくとも理屈の上では、同じことが成り立つと思われます。名演奏が複数あって良いのと同じで、名訳ならばという条件が付きますが、複数あっていいのです。「翻訳」という「解釈」「演奏」(Interprétation)が複数存在すれば、それだけ作品世界が広がります。とりわけ詩(ポエジー)についてはそうでしょうが、散文も例外ではありません。おまけに、「古典」には、「著作権」もありませんから、法的にも複数の「翻訳」が可能なのです。

ですから、「翻訳」については、「重訳」も含めておおらかな気持ちで、「古典」が成立するための「有力な支流」を形成していると考えればいいのです。たくさんの「支流」が集まって「大河」になるのですから、「支流」を軽んじることは、「文学」にとってけっして幸福な状況ではありません。したがって、わたしは「翻訳」を広く解釈し、たとえば「重訳」も含めたいのです。それから、最近刊行された池澤夏樹編の《日本文学全集》(河出書房新社)では、いろいろな作家が「古典」の現代語訳に挑戦しました。たとえば、『土佐日記』は堀江敏幸さんが、井原西鶴の『好色一代男』は島田雅彦さんが訳しています。この《日本文学全集》のなかには、かなり自由な訳もあるらしいのですが、そうしたものも「古典」への道案内として受け入れたいところです。アカデミズムは、「源泉」や「本流」を重視します。そのこと自体はいいのですが、これにこだわっていると、あまりいいことはない。「源泉」を指向することは、過去へのベクトルを意味します。「文学」の未来を願うならば、「支流」に、そしてそれらをかき集めた「大河」が注ぐ「河口」に目を向けなくてはなりません。外山滋比古さんがいみじくも述べています――「文学作品は物体ではない。現象である」[11]と。

ここで、ふたたび村上春樹訳のチャンドラーに話を戻します。彼によれば、清水俊二訳の『長いお別れ』では文章の細部などが省かれている、それは「古き良き時代ののんびりした翻訳」なのだといいます。ところがチャンドラーの魅力のひとつは、文章の細部というか、「偉大なる寄り道」なのだからと述べて、村上春樹は「細かいところまでくまなく訳した」版があっておかしくないのではと謙遜しながらも、新訳の必要性を強調するのです。清水訳と村上訳の二つが共存して、読者が好きな方を選ぶ、あるいは読み比べればいいではないかというのです。

では、ラブレーの場合はどうでしょうか。渡辺訳は、清水訳の『長いお別れ』ではありません。「細かいところまでくまなく訳した」極めて優れた翻訳であることはいうまでもありません。とはいえ、やはり漢字が多くて、若い世代にはかなり難解な日本語だと思います。ですから、新訳があっておかしくはない。次に外山滋比古さんのいうところの「源泉」に関しても、新訳が登場すべき理由が存在します。というのも、渡辺一夫は「ラブレー研究協会」の版を底本にしていたのですが、このエディションは『第四の書』の途中で中断してしまいましたから、彼は残りの部分について、別の底本に頼らざるをえなくなりました。しかも、渡辺は「ラブレー研究協会版」を「前例のない批評版」だとして絶対視していましたが、よくよく調べてみるとそうでもなくて、かなりモダンな改変を施したエディションだったのです。学問研究の進展とか、スタンスの変化は、本文という「源泉」に変化をもたらします。「古典」の翻訳者が、こうした学問的な動向に敏感でないといけないことは言うまでもありません。さいわい、われわれにはプレイヤード版の新版（一九九四年）という優れた批評版がありますから、この「源泉」を翻訳に活用できました。(12)

「源泉」への忠実さで、渡辺訳と拙訳が異なる点をひとつだけ挙げておきます。それは『第四の書』の巻末に添えられたBrève déclarationという小辞典に関してです。「難句略解」という渡辺の訳語のとおりで、むずかしい単語や表現を説明して、巻末に一括して載せたものです。たとえばCatastropheだと、「終わり、結末Fin. Issue」とあるわけですが、この単語の初出がこの『第四の書』で、ラブレーがラテン語（catastropha）から借用したのです。渡辺は各単語・表現が出現した個所に訳注として、この「難句略解」を付けましたが、拙訳では、原典と同じく、巻末にまとめて載せました。でも、大したちがいではありません。もうひとつ、『第五の書』の方針に関しては、かなりの差異があります。『第五の書』は、作者ラブレー死後の偽作なのですが、三つのコーパスがあります（ちなみに一つは写本です）。渡辺訳は三つのコーパスのハイブリッド版ですが、拙訳は一五六四年版を底本にしています。その代わりに、『第五の書』はどうせ偽作なのだから、ほかの関連作品も並べようと考えて、『お腹パンク島l'Ile de Crèvepance』（一五六〇年頃）や、図版集『パンタグリュエルの滑稽《こっけい》な夢Les songes drolatiques de Pantagruel』（一五六五年）を付録に添えて、間テクスト性を演出したのが、新機軸といえそうです。

いずれにしても、ここでわたしが強調したいのは、ある翻訳がいかに優れていたとしても、新訳は必要だということです。渡辺訳は、たしかに格調高い訳文ですが、若い世代には読みづらい日本語になっていることは否定できません。このまま、渡辺一夫訳しか存在しなかったとしたら、早晩、日本ではラブレーという存在は忘れられてしまうという危機意識を、われわれ日本の十六世紀研究者は共有していたと思います。英語の場合、二十世紀の終わり近くになって、アメリカではドナルド・フレイム（Donald M. Frame, 1911-1991）による、小品も含むラブレーの全訳が出現したかと思えば、二十一世紀に入ると、イギリスで、著名なラブレー学者マイクル・スクリーチ（Michael A. Screech, 1926-2018）による《ガルガンチュアとパンタグリュエル》の翻訳が出ています（二〇〇六年）。大西洋を隔ててはいますが、二つの翻訳が競合しているのです。したがって、新たな日本語訳が出現していけないはずはありません。

とはいえ「決定的な翻訳」として、雲の上の存在になってしまうと、仮に新訳の必要性を理屈ではわかっていても、現実としてはなかなかむずかしいのです。能力のこともありますが、やはり新たな訳に挑戦するのは暴挙だと思ってしまいがちです。わたしの場合がそうでした。ですから、編集者がタイミングよく新訳の話を持ち込んで、訳者の背中を強く押してくれなければ、実現したはずはありません。この、最初の一歩こそ決定的です。その先の、翻訳のできばえなどは、実際にやってみないとわかりません。わたしの場合は、たぶんラブレーのテクストとの相性が良かったのでしょう。始めてみると、けっこうスムーズに進みました。そして、これは運命的とでもいいましょうか、翻訳が完成すると二つの賞をいただきました。別に自慢したいわけでもなんでもありません。ただ、「読売文学賞」は、約半世紀前に渡辺訳のラブレーが受賞しているのです（一九六五年）。わたしの翻訳が、渡辺訳と同じ賞を頂戴したということは、新訳の必要性が認められたということなのではと思い、感無量でした。

最後に、セネカが『倫理書簡集』のなかで述べた言葉を引きたいと思います。

私は、知恵による発見とその発見者を崇敬する。あたかも多くの人々が残した遺産に向かうように、そこへ向かうことは楽しい〔……〕しかし、私たちは立派な家長の役割を果たそう。それらを受け取ったときより豊かなものにしよう。その遺産を大きくして、私から後世の人々へ移管しよう。いまだたくさんの仕事が残っているし、これからも残り続けるだろう(13)。

セネカは「哲学」することをめぐって、このように語ったわけですが、わたしには、この言葉が、古典とその翻訳者に向けてのように思えてなりません。「古典」の新訳を出すことで、遺産を豊かにして後世に伝えることの大切さ。これからも、「古典」の翻訳に挑戦するつもりです。

【註】

（1）ラブレー『ガルガンチュアとパンタグリュエル』全五巻、ちくま文庫、二〇〇五―二〇一二年。モンテーニュ『エセー』全七巻、白水社、二〇〇五―二〇一六年。

（2）村上春樹「チャンドラー長編七作　翻訳終えて」、二〇一八年一月五日、日本経済新聞、朝刊。

（3）大江健三郎『あいまいな日本の私』、岩波新書、一九九五年、一四頁。

（4）加藤周一『日本文学史序説　下』、筑摩書房、一九八〇年、四七二頁。

（5）村上春樹「チャンドラー長編七作　翻訳終えて」、二〇一八年一月五日、日本経済新聞、朝刊。

（6）村上春樹「準古典小説としての『ロング・グッドバイ』」、R・チャンドラー『ロング・グッドバイ』村上春樹訳、早川書房、二〇〇七年所収。「ハヤカワ文庫」版は二〇一〇年刊行。

（7）以下の仏訳から翻訳した。W. Benjamin, *La tâche du traducteur*, trad. par M. de Gandillac, revue par P. Rusch, in *Œuvres* 1, Gallimard, coll. « Folio », 2000, p. 250.

（8）村上春樹「警察にできなくて、フィリップ・マーローにできること」、R・チャンドラー『大いなる眠り』村上春樹訳、早川書房、ハヤカワ文庫、二〇一四年、三六六頁。単行本は二〇一二年刊行。

（9）翻訳のひとつは独文学者（藤代幸一）の手になるが、もうひとつは歴史家（阿部謹也）が手がけている。翻訳を介して、文学と歴史学というクロス・リーディングが成立していることに注目したい。

（10）外山滋比古「読者の視点」、『異本論』、みすず書房、一九七八年、六―八頁。

（11）同書、八頁。

（12）モンテーニュ『エセー』の「源泉」に関してもひとこと。従来の邦訳はいずれも「ボルドー本」を底本としていたが、拙訳は一五九五年版を底本としている。

（13）セネカ『倫理書簡集』六四・七、高橋宏幸訳、《セネカ哲学全集5》、岩波書店、二〇〇五年、二四八頁。

西鶴の文体を翻訳する

ダニエル・ストリューヴ

フランスにおける西鶴

まず最初に、井原西鶴が江戸時代の他の作家と比べても、フランス語にかなりよく翻訳されていることを指摘しておきたいと思います。西鶴作品の最初の仏訳は、一九二七年に佐藤賢によって編訳された『侍たちの恋愛物語』と題する小編集ですが[1]、学術的な最初の全訳はジョルジュ・ボンマルシャンの『好色五人女』（一九五九年）と『好色一代女』（一九七五年）です[2]。この二冊は今ではガリマール社の《東方の認識》叢書という文庫本になっているので、手軽に手に入れることができます[3]。極めて質の高い訳であるのみならず、詳細な註が附されています。とはいえ、古くなっていることは否めず、西鶴研究に関しては、第二次世界大戦直後のレベルに留まっています。ですから、部分的に手を入れたり、誤りを直す必要があるでしょうし、さらに言えば、新訳がなされてしかるべきでしょう。

もちろん、今のままでもフランスの読者に西鶴を紹介する際に重要な役割を果たしていることはまちがいありません。

より新しいものとしてはルネ・シフェールの一連の翻訳が挙げられます。[4] とりわけ一九八五年刊行の『西鶴諸国はなし』、『本朝二十不孝』、一九九〇年の『日本永代蔵』、『世間胸算用』によって好色物以外の分野、とりわけ町人物を読むことが可能になりました。シフェールの翻訳はどれもそうですが、極めて正確な翻訳であると同時に、豊富で躍動感あふれる言葉遣いによって際立っています。ただ、註がほとんどないのが難点です。リヨン大学の日本文学教授だったジャン・ショレーによる『武家義理物語』（一九九二年）の優れた翻訳にも言及する必要があるでしょう。[5]

そして、最新の一群の翻訳は、二〇〇〇年代になってから日本とアジアの文学を専門とするフィリップ・ピキエ社から刊行されました。ジェラール・シアリ、ミエコ・シアリ夫妻による『好色一代男』（二〇〇一年）、『男色大鑑』[6]（一九九九―二〇〇〇年）。さらには私自身の訳による『西鶴置土産』（二〇〇一年）と『好色盛衰記』（二〇〇六年）があります。[7] ジェラール・シアリは日本古典文学の専門家ではなく比較文学研究者ですが、最新の研究に基づく翻訳で、生き生きとした文体が特色です。

こういった次第で、フランス語版全集こそ不運なことに存在しないとはいえ、西鶴作品は十分に仏訳されていますし、今日に至るまで英語を含む他の言語と比べても翻訳数においても優れています。日本の研究者がフランス語訳の状況に関心を抱いたのは、この例外的な状況のためです。とはいえ、十分満足の行くものだとまでは言うことができません。最後の翻訳が刊行されたのはすでに十年以上前です。実現していたなら、西鶴を世界文学における古典作品として位置づけることになったにちがいない、プレイヤード版『西鶴作品集』二巻本の出版という野心的な計画は、日の目を見ることはありませんでした。西鶴の翻訳は数的にはかなりにのぼりますが、翻訳の時期も訳者もばらばらであるため人目につきにくく、フランスの読者にとっては全体像がイメージしにくいです。そして、定期的に再版されているボンマルシャンによる、古びたとはいえ素晴らしい二作品を除けば、西鶴の翻訳の発行部数はごくわずかであり、知る人ぞ知る内輪のものに留まっています。要するに、西鶴は仏訳されているとはいえ、大作家として知られ認知されるためには、なすべきことは少なくありません。

『好色五人女』と『好色一代女』の誤訳

さて、西鶴訳でもっとも読まれてきたジョルジュ・ボンマルシャンのものから、二つの例を分析しましょう。西鶴を仏訳する際に我々が直面する困難の典型的な例です。その他の言語・文化的な誤解や誤訳については、前述の畑中千晶がすでに分析しています。

一つ目の例は、『好色五人女』を構成する五巻のうちの巻一「姿姫路清十郎物語」、第二章の冒頭の場面です。第一章では、商家の息子、清十郎が現在の兵庫県に位置する室津の遊郭で送る放蕩生活や、太夫皆川との関係が語られます。清十郎は色事のため、父親に勘当され金銭に事欠くようになる日まで、家の財産を使い続けます。その挙句、清十郎と皆川は心中を決意しますが、土壇場で決行できず、二人は引き離されてしまいます。第一章は、この心中未遂で幕を閉じます。続く第二章は、ある事件の目撃者たちの反応だけによって語られる場面から唐突に始まります。

「やれ、今の事じゃは、外科よ、気付よ」と立さはぐ程に、「何事ぞ」といへば、「皆川ぢがい」と、皆々なげきぬ。「まだどうぞ」といふうちに脈があがるとや。さても是非なき世や。(8)

この部分、翻訳では次のようになっています〔以下、仏訳からの再訳もあわせて示す〕。

« O malheur ! Ça vient juste d'arriver ! Vite un chirurgien ! et aussi des médicaments pour la faire revenir à elle ! »

Ainsi s'exclamaient en tumulte les gens, et quand on leur demandait : « N'y a-t-il donc pas moyen de la sauver ? » son pouls cessa bientôt de battre. Tel est l'implacable destin de ce monde.(9)

「なんという不幸！　たった今し方の事だ！　急いでお医者だ！　それと薬も、蘇生させてやらなければ！」

　このように人々は騒々しく叫んでいた。「彼女を救う手立てはないのだろうか？」と尋ねたところには、もう脈が止まってしまった。この世の運命の何と無情なことよ。

このくだりでは周囲の人々の叫び声を通して、太夫皆川の自殺が物語られています。皆川は清十郎と引き離された後、二人で立てた計画を一人で遂行したのです。この間接的な描写の方法は、第二章の冒頭に劇的な性格を与えています。ボンマルシャンの翻訳は、原作の簡潔な台詞をやや引き延ばし、西鶴が躍動的に表現している混乱の様子を原作の調子に即しながらさらに強めているきらいはあるかもしれませんが、西鶴のテクストの劇的な側面を忠実に、概ね見事に表現しています。

しかしながら、傍線で記した鍵となる一文が抜け落ちてしまっています。太夫皆川の自殺の場面だとわかる一文、「「何事ぞ」といへば、「皆川ぢがい」と、皆々なげきぬ」です。この一文の欠落はおそらく、訳者が意図的に行ったものではないでしょう(出版社による過度な朱筆の結果かもしれません)。ただ、なんとも嘆かわしいことに、再版時にも修正されないままのこの欠落が、読者の理解に困難をきたすのです。原文ではとりわけ「皆川」という名前の最初の二音と皆々の「皆」という語が同音であることを利用して、皆川の死が遊郭に引き起こした動揺が強く強調されているのに、翻訳の方は第二章の冒頭からこの名を完全に消し去ってしまっています。おまけに、ある奇妙な選択によって、文章の意味はさらにわかりにくくなっています。訳者のボンマルシャンがそうしたのか、出版社なのかはわかりませんが、原書では目次に記されている副題が、各章の冒頭に移動され、組み込まれているからです。巻一第二章の副題は「姫路に都まさりの女あり」であり、姫路の商家のお嬢様お夏をヒロインに配したこの章の内容そのものにはふさわしいのですが、依然として太夫皆川が問題になっている最初の数行とはまったく無関係です。仏訳の第二章は話のヒロインである姫路の美形お夏を想起させるこの副題で始められているため、冒頭が実際には前章の続きであり結びであること、そして、この事件の主が太夫皆川であることに気づくことができるのは、極めて注意深い読者だけでしょう。したがって、第一章と第二章の連続性が読者に見落とされてしまう可能性は十分にあります。訳者（もしくは出版社の介入）によるこの手抜かりが、省略の方法を意図的に用いる西鶴の文体の独自性をあらためて浮き彫りにしてくれます。異なる場面相互のつながりは、意図的にぼかされているのです。皆川の心境や彼女に起こった急な変化（初めは心中を拒んだものの、唐突に死を決意し、それを妨げられ、ついには一人で自害を遂げる）については、説明がされていません。第一章の結びとなる場面（清十郎と皆川の心中未遂）と、第二章の初めの思いがけない場面（皆川単独の自殺）を関係づける作業は、読者の手に委ねられているのです。同様に、清十郎と太夫皆川の恋という二次的な場面と、清十郎とお夏の恋という主要な話を関係づけるのも読者です。西鶴はこの二つの関係を明示しませんが、皆川に起きた悲劇的な事件の結末を、お夏が登場する章の冒頭に置くことによって、この関係に注意を促すのです。清十郎は最初から生き残った者として、つまり心中を免れ、死を猶予された者として登場する、このことは、物語全体の解釈や作品の全体的な構成に影響を与えずにはおかないでしょう。物語の後半で、清十郎はこの過去に絡め取られ、悲惨な死を遂げることになります。

『好色一代女』巻三第一章にも、問題となる文章があります。それは冒頭の一人称で語られる長文です。作品そのものは、女主人公が好色の世界での自らの経験を回顧的に物語るものですが、巻三第一章の出だしは本の主題とはさほど関係がないように思われます。女主人公による個人的な回想は概して「女は」という言葉（逐語的には「女」ですが、この場合には人称表現「私は」に相当）で表されているのですが、この長文には「女は」という表現は用いられていません。ところが、訳者はこの語りの場面を女主人公のものと解しています。

美女、美景なればとて、不断見るにはかならずあく事、身に覚えて、一年松島にゆきて、はじめの程は横手を打ち、「見せばや爰、歌人・詩人に」と思ひしに、明暮詠めて後は、千島も磯くさく、末の松山の浪も耳にかしましく(10)

À la vue continuelle de la beauté d'une femme, ou de celle d'un paysage, on se lasse certainement. Je me rappelle à ce sujet mon expérience personnelle. Étant allée, une année, à Matsushima, au début de mon séjour, je battais des mains de plaisir et je pensais : « Combien je voudrais montrer ce paysage aux poètes composant en notre langue ou en chinois ! » Après l'avoir contemplé matin et soir, l'archipel me sembla répandre une odeur de grève et les vagues, en se brisant sur le promontoire de « Sue no Matsuyama » retentissaient trop bruyamment à mes oreilles.(11)

繰り返し美しい女や景色を見続けたら、きっと飽きてしまうでしょうね。そのことについて、妾《わたし》の個人的な経験を思い出します。ある年松島に行き、初めこそ、手を叩いて喜んだり、「どんなに歌人や詩人にこの景色を見せてさしあげたいことでしょう！」などと考えたりしました。ところが、明暮れ眺め飽きたあとでは島々は磯臭く思われて、「末の松山」の岬で砕ける波は耳にひどくかしましく鳴り響いたものです。

訳者ボンマルシャンは、主語と同格に置かれた動詞の過去分詞《Étant allée》を女性形にしています（傍線で示しておきました）。一人称で語られている箇所、《je me rappelle》（思い出す）、《je battais》（叩いた）、《je pensais》（考えた）などが、訳者にとっては女主人公＝語り手を表していることも明らかです。しかし、この解釈を受け入れることはできません。この発話者はどうあっても女主人公ではありえません。彼女は両親に売られて入れられた遊郭を出た後、主に使用人の仕事を転々としていたことは物語からわかります。時にはどうにかこうにか算段して、女祐筆やお物師などで自立を試みたこともありますが、このくだりで一人称で語る人物とは、社会的身分がまるで違います。これは、西鶴自身のような文人や俳諧師、世の中を観察すること以外には俗事に無縁な、散策や旅をして時を過ごす趣味人です。要するに、ここでは作者自身が登場しているのです。実際、すでに巻一第一章の冒頭においても登場していましたし、巻三第三章の冒頭でも再登場します。西鶴の文学的企てを理解するためには、こういったくだりが重要なのですが、今日に至るまで日本の研究者たちはほとんど関心を向けてはおらず、ボンマルシャンにいたっては女主人公＝語り手の告白の一部と解してしまっています。前の例と同様、翻訳は意図するか否かは別として、重層構造や対応関係、対立といったあらゆる仕掛けを考慮せず、西鶴の複雑なテクストの仕掛けを単純化してしまう傾向があります。指摘した解釈の問題以上に、西鶴の文章における発話の異質混交性は、訳者にとってまさに克服すべき難題なのです。実際、原文の意味に即すように性数の一致を訂正するだけでは問題を解決できないでしょう。西鶴とは異なる文学規範、とりわけリアリズム小説の文学的規範に慣れ親しんだフランスの読者に、翻訳を通してこの異質混交性をどうしたら伝えることができるでしょうか。文体や言葉の繊細な抑揚によってのみ区別される複数の発話をどのように訳し分けたらよいのでしょうか。

西鶴の文体の特徴――『椀久一世の物語』を一例に

西鶴作品において、話者の批評がほとんど混じらない純粋な語りの文章が大部分を占めることは確かであり、翻訳に際してこれほど込み入った問題が起こることはさほどありません。しかし、西鶴の文体を構成する、多声《ポリフォニック》的な性格と呼びうるこの異質混交性は、翻訳の際に考慮すべき本質的な要素です。別の例として、『椀久一世の物語』巻一第一章の冒頭の場面を取り上げましょう。主人公は椀久という大阪の商人、遊女との色恋によって身を滅ぼす人物です。椀久は、その後、浄瑠璃や歌舞伎の登場人物として有名になり、今なおよく知られていますが、西鶴の『椀久一世の物語』の方はあまり知られていません。椀久は、清十郎と同じように快楽におぼれ、家の財産を蕩尽させまいとする母親と対立します。そのため、彼は大阪の北にある箕面瀧安寺に詣で、財福の神である弁才天に祈り、放埒な生活を送るのに必要な財力を与えてくれるよう頼みます。以下が冒頭の場面です。

毎年正月七日に、津国箕面山の弁才天の富突とて、諸人福徳を願ひ、まいる事あり。是を思ふに、皆欲に目の見えぬよるの道、浮世しやうぢの悪所駕籠、四人そろへのひとへ物に染込の扇の丸、肩で風きらして行く人を見れば、大阪堺筋に名を聞きし椀久といへる男、しまぢりめんの浅黄に、白繻子の長羽織に、京の幽禅が墨絵の源氏、人の目だつ程なれども、其頃いまだ世に衣裳法度もなき時ぞかし。[12]

このような文章を訳す際の難しさはまず、西鶴の同時代人には即座に理解できたけれど、フランスの読者、のみならず現代の日本人読者にも説明が必要な事物が頻出することです。第二の困難は、和歌に由来する掛詞（同時に二つの意味を持つ語）が使われていることです。この修辞法は和歌に始まり、能の、次いで浄瑠璃や歌舞伎の叙情的な場面に用いられるようになりましたが、西鶴の浮世草子作品では詩的な文体で書かれたくだりに時として用いられています。例えば、「皆欲に目の見えぬよるの道」では、「見えぬ」は二度読まなければなりません。一度目は先行する文（「皆欲に目の見えぬ」）、二度目は続きの文（「目の見えぬよるの道」）です。この修辞法によって西鶴は、金儲けの誘惑に駆り立てられた商人の社会と、商家の息子だが、両親が蓄えた財産を散財することしか頭にない椀久という二つの存在を、接近させると同時にはっきりと対比させるのです。両者はともに欲によって盲目になっている、ただし違った仕方で盲目なのです。フランス語に相当する用法が存在しないこの修辞法を、どう訳せばよいのでしょうか。結果はおのずと近似的なものにとどまります。

掛詞の修辞法は、その驚くべき凝縮の効果によって、椀久と彼の出身母体である商人社会の関係を特徴づける緊張感を強調するだけでなく、西鶴と関係の深い俳諧の伝統的な要素である詩的な文体を、浮世草子の言語世界に取り込んでいます。というのも、箕面にやって来る参拝者たちに体現される商人社会の価値観と、椀久に代表される好色の世界の価値観に、超然とした傍観者である語り手の視線が重ね合わせられるからです。ここで語り手の姿がはっきりとは見えないとしても、多くの表現が直ちに語り手を示しています。掛詞だけでなく、「是を思ふに」、「見れば」、さらには話者の強い関わりを含意する感嘆詞「ぞかし」などです。主人公が欲望の実現へ、のみならず喪失へと向っていくこの冒頭の場面の背景に、自分が語っている出来事に対して皮肉《アイロニカル》で冷淡な傍観者である作者＝語り手の姿が見て取れます。物語と、語り手による批評とが、混然としているのです。このような文脈から見ると、椀久一行の描写は改めて両義的な特徴を表します。遊郭における豪奢な服装は、貯蓄を旨とする商人たちの目には無駄で非難すべき出費に思われることでしょう。さらに言えば、奢侈禁止令の暗示が、商家の人々の意識の上にまで影響を与えている、武家政権のイデオロギーを想起させるのです。

『日本永代蔵』の冒頭

最後に、西鶴の町人物の最初の作品集『日本永代蔵』巻一第一章の長い冒頭について、手短にお話ししたいと思います。以下に最初の数行を挙げます。

天道言〔ものい〕はずして国土に恵みふかし。人は実あつて、偽りおほし。その心〔しん〕は本虚にして、物に応じて跡なし。是、善悪の中に立つて、すぐなる今の御代を、ゆたかにわたるは、人の人たるゆゑに、常の人にはあらず。一生一大事、身を過ぐるの業、士農工商の外、出家・神職にかぎらず、始末大明神の御託宣にまかせ、金銀を溜むべし。是、二親の外に命の親なり。人間、長くみれば、朝をしらず、短くおもへば、夕におどろく。されば、天地は万物の逆旅〔げきりょ〕、光陰は百代〔はくたい〕の過客〔くはかく〕、浮世〔ふせい〕は夢幻といふ。時の間の煙〔けぶり〕、死すれば何ぞ、金銀、瓦石にはおとれり。黄泉の用には立ちがたし。然りといへども、残して子孫のためとはなりぬ。(13)

訳者ルネ・シフェールは次のような解説を加えています。

> ここには多様な典拠からなる格言が雑然と述べられているように思われる。道教、儒教、仏教、さらにはごく当りまえの常識などである。実は、これは当時膨大な量で出版されていた漢文や和文で書かれた道徳的な著作のパロディーである。見かけは教訓的だが、実際には実利的なものだ。この世に生きるためには、どんな境遇であれ、金が必要だ。労働と貯蓄は金を獲得し保持するための唯一の手段である。〔……〕しかしながら現実は大いに異なる〔……〕「銀《かね》がかねを儲くる」というわけだ(14)

この解説に呼応するように、翻訳では原文に顕著に見られる漢文の引用の教訓的な調子と、金と貯蓄を礼賛するかと思えば、その価値も有意性も認めないといった、不合理で首尾一貫性を欠いた調子、さらには滑稽な調子が強調されています。西鶴が披瀝していると目される見解を、ルネ・シフェールは簡潔にまとめます。「分限になるためには、働き財産を蓄えなければならない、しかし現実には、資本をあらかじめ持っているのでなければ不可能なもくろみである。」

このくだりの典拠と意味についての議論の詳細にここで踏み込むことはできません。文体的側面に話を絞りましょう。「パロディー」という言葉そのものについても議論の余地はあるかもしれませんが、晦渋であることが誰の目にも明らかなこの一見壮麗な文章の滑稽さは疑いようがないでしょう。谷脇理史が指摘するように、[15] 西鶴はこの文章をきらびやかにするために王元之の『古文真宝』から三つの引用をしています（傍線で示しておきました）。『古文真宝』は初学者向けの漢文の詩文集であり、広く流布していたもので、民衆の間では、漢学を学ぶ人々の生真面目さの象徴とされていました。この三つの引用を中心に文章は構成されていますが、相互に脈絡もない文が同じ書物から引かれているという事実からして、西鶴の皮肉《アイロニカル》な意図は明らかです。西鶴は、一見真面目に見えるが、実は皮肉《アイロニカル》であり矛盾している議論を展開して楽しんでいるのです。そう納得するには、「始末大明神」が、根拠のないでたらめな神であることを指摘するだけで十分でしょう。しかし、この序文のパロディー的性格についてはルネ・シフェールと意見が一致したとしても、谷脇理史はそこに風刺的な意図はまったく見てとりません。確かに西鶴は常套句を並べたてますが、それは興味深いやり方で読者の興味を引くためだというのです。

「パロディー」という言葉と、西鶴作品全体への導入の役割を果たすと思われるこのくだりの全般的な解釈についてもお話ししなければなりません。確かに、「銀《かね》がかねを儲くる」という考えは西鶴の町人物において頻繁に見られ、そこに表現されている世界観の要点だと考えられます。しかしながら、西鶴の浮世草子を、どんな性質のものにせよ教訓に還元してはならないでしょう。西鶴の文と、この冒頭において揶揄されていると思われる文体で書かれた他の道徳的な文章との違いは、まさにそこにあります。西鶴は別の作品群で当時の社会の別の領域での価値体系について行ったように、ここでは形成されつつあった町人社会のイデオロギーとでも言うべきものを捉える言説を構築しているのです。そうはいっても、彼自身はそのイデオロギーに賛同しているわけではなく、町人社会のイデオローグでも代表者でもない、俳諧の書き手という現実から超然とした彼自身の声を密かに響かせているのです。俳諧の特徴は、例えば先の段落ですでに取り上げた掛詞の使用に見られます。ここでは、「過ぐ」という語（「時を過ごす」、「生活する」、「まっすぐ」の意）に掛詞の用法が使われています。また、俳諧の特徴的な連想の技術であり、関連のある語の連鎖である縁語もそうです。例えば「宝船」という表現は、縁語によって、隠れ笠や隠れ蓑のイメージを想起させます。首尾一貫しない印象そのものが、俳諧というジャンルの特徴的な方法である自由で省略的でありながら、熟練を要する言葉の組み合わせによるものなのです。したがって、この文はルネ・シフェールが指摘するように、教訓的であったり実利的であったりするのですが、だからといって本当の意味で実利的になることはありえません。実は、どちらでもないのです。西鶴は自らが描く現実を、何らかの道徳やイデオロギーの枠組みの中に落とし込もうとはせず、むしろこういった言説は、現実を完全な形で捉えるには不十分であることを我々に感じさせるのです。金は人間の目算の裏をかくように機能します。「天道言《ものい》はず」なのです。作家は確かに語り、物語りますが、これが現実だというヴィジョンを断言するのではなく、むしろ様々な現実のヴィジョンを種々の作品上に展開させるのです。『日本永代蔵』の冒頭は、対話のように構成されており、そこでは矛盾する見解の反響が生み出されています。翻訳者が挑戦する難題はまさにこの多声性《ポリフォニー》と、それを超えて行間に響く作者の皮肉《アイロニカル》な声を読者にそれとなく伝えることです。

結論

ここまで駆け足で、西鶴作品の翻訳者が遭遇するだろう困難を明らかにしようと試みました。西鶴の文体の詳細な研究は本発表の枠組を超えていますが、それでも先に分析を試みた例によって、西鶴が作品に組み込む諸言説の異質混交性や、たゆむことなく作品の統一性を堅固なものとする文章のリズムのうちに落とし込まれた異なる声の出会いが作品内に生み出す緊張感などの性格を明らかにできたことと思います。西鶴作品の多声《ポリフォニツク》的な性格は、翻訳者にとって挑戦すべき難題であり続けています。確かにこれまで多くの作品が、ほとんどどれも見事に仏語に翻訳されてきました。初期の翻訳者たちは、先駆者としての働きゆえに、その功績はいっそう大きいと言えます。しかしながら、西鶴翻訳の仕事は完成からはほど遠い状況にあります。依然として未翻訳のものがいくつかあります。また、特に初期になされた翻訳は、西鶴の作品に通暁していると同時に原文と同様の効果を生み出すことができる名文家によって改良されるべきでしょう。そして、この過程には西鶴研究、ひいては江戸文学研究のさらなる国際化がまちがいなく必要なのです。この国際化によってこそ西鶴は、彼にふさわしいにもかかわらず、未だそれを得ていない、世界文学における大作家の地位を得ることになると思うのです。

（須藤瑠衣訳）

【註】

（1） Ihara Saikaku, *Contes d'amour des samouraïs* trad. de Ken Sato, Stendhal et Compagnie, 1927.

（2） Ihara Saikaku, *Cinq amoureuses* trad. de Georges Bonmarchand, Gallimard, coll. « Connaissance de l'Orient », 1959 ; *Vie d'une amie de la volupté*, Gallimard, coll. « Connaissance de l'Orient », 1975.

（3） 西鶴作品の仏語翻訳の歩みについては、『鏡にうつった西鶴――翻訳から新たな読みへ』（畑中千晶、おうふう社、二〇〇九年）を参照されたい。

（4） Ihara Saikaku, *Contes des provinces suivi de Vingt parangons d'impiété filiale de notre pays* trad. de René Sieffert, Publications Orientalistes de France, 1985 ; *Histoires de marchands*, Publications Orientalistes de France, 1990.

（5） Ihara Saikaku, *Du devoir des guerriers. Récits* trad. de Jean Cholley, Gallimard, coll. « Connaissance de l'Orient », 1992.

（6） Ihara Saikaku, *L'Homme qui ne vécut que pour aimer* trad. de Gérard Siary, Mieko Siary, Philippe Piquier, 2001 ; *Grand miroir de l'amour mâle*, Philippe Piquier, 1999-2000.

（7） Ihara Saikaku, *La Lune de ce monde flottant* trad. de Daniel Struve, Philippe Piquier, 2001 ; *Chroniques galantes de prospérité et de décadence*, Philippe Piquier, 2006.

（8） 『好色五人女・好色一代女』（決定版対訳西鶴全集）、麻生磯次・富士昭雄編、明治書院、一九九二年、八頁。

（9） Ihara Saikaku, *Cinq amoureuses, op. cit.*, p. 12.

（10） 前掲書、二二四頁。

（11） Ihara Saikaku, *Vie d'une amie de la volupté, op. cit.*, p. 112.

（12） 『椀久一世の物語・好色盛衰記・嵐は無常物語』（決定版対訳西鶴全集）、麻生磯次・富士昭雄編、明治書院、一九九二年、五頁。

（13） 『日本永代蔵』（決定版対訳西鶴全集）、麻生磯次・富士昭雄編、明治書院、一九九三年、四頁。

（14） Ihara Saikaku, *Histoires de marchands, op. cit.*, p. 303.

（15） 谷脇理史「『日本永代蔵』小考――巻頭の一節をめぐって」、『国文学科報』（五）、一九七七年、一―一一頁。

欄外文学を翻訳する
——正岡子規の『病牀六尺』

エマニュエル・ロズラン

わたしは翻訳家ではありません。翻訳は我が身を尽くす務めではなく、そうありたいという願いも、それに相応しい力も、わたしは持ち合わせていないのです。にもかかわらず、わたしは翻訳をしてきました。いまも翻訳をしていますし、おそらくはこの先もさらに翻訳することになるでしょう。しかしその数はごくわずかです。わたしが翻訳するのは、わたしに訳されたいという強い思いをはっきりと示したテクストだからです。

つまりわたしには、ひろく文学の翻訳について語る資格がいっさいありません。わたしにできるのは、ひとつの特別な経験について報告することだけであり、おそらくその経験はそれ自体としてしか意味を持たないでしょう。わたしは『病牀六尺』[1]という作品——フランス語では *Un lit de malade six pieds de long* となります[2]——から、我を訳すがよい、との厳命を受けました。そしてわたしは、かくも尊大で、かくも魅力的なその命に従ったのです。すべての始まりは、一九八〇年代末にジャン＝ジャック・オリガスの講義で出会ったいくつかの抜粋にまで遡ります。わたしは瞬く間にその数行のテクストの虜になりました。言葉遣いや文体、世界との関わり方にすっかり魅了されてしまったのです。しかし、同時にわたしは恐れ慄いてもいました。正岡子規のテクストが途轍もなく難しく思えたからです。わたしのなかで全訳の計画自体が熟するのに何年もの歳月を要したのはそのためです。それは、森鷗外と夏目漱石の文章に力を借りながら、あらゆる面で日本語の上達をはかるべく研鑽を積んだ時間であり、日本文化にいっそう通じるための時間でもありました。なぜなら子規は、鳥にも日蓮にも、梨にも荻生徂徠にも、ドンコ釣りにも円山応挙にもひとしく関心を寄せ、ありとあらゆる事柄に興味を持っていたからです。そしてひょっとすると、この時間はとりわけ、人間の宿命としての喜びと苦悩のいくつかを経験することで、わたし個人が成熟するために必要だったのかも知れません。

欄外とは何か

『病牀六尺』の翻訳に取りかかった際のわたしには、前もって確立された翻訳理論などありませんでした。わたしはただ、自分の好きな声をフランス語で響かせたいという一心だったのです。わたしは子規の声を愛しています。とりわけ晩年の子規が新聞『日本』に連載していたテクスト——もちろん『墨汁一滴』(3)のことも念頭に置いています——から聞こえてくる声を好むのですが、それはその声が、自由にして濃密であり、世界へと向けられているからです。

一九〇一年一月、『墨汁一滴』の計画を着想したときに子規が考案したことの強みは、何よりもまず、あらかじめ定められたどんなジャンルの枠にも収まらないその在り方でした。この点については、子規自身がはっきりと語っています。

年頃苦しみつる局部の痛の外に左横腹の痛去年より強くなりて今ははや筆取りて物書く能はざるほどになりしかば思ふ事腹にたまりて心さへ苦しくなりぬ。かくては生けるかひもなし。はた如何にして病の牀のつれづれを慰めてんや。思ひくし居るほどにふと考へ得たるところありて終に墨汁一滴といふものを書かましと思ひたちぬ。こは長きも二十行を限とし短きは十行五行あるは一行二行もあるべし。病の間をうかがひてその時胸に浮びたる事何にてもあれ書きちらさんには全く書かざるには勝りなんかとなり[4]。

だとすれば、もちろんそうしたテクストを「随筆」と呼ぶことはできるのです。子規の死後、それらを一冊の本にまとめ上げた友人たちもそうしていましたし、今もなおそれが通例となっています。たしかにこうした分類にまったく根拠がないわけではありませんが、それでも「物書く能はざる」ときに、つまりは既成のジャンルのなかではもう書けなくなってしまっているときに書かれたテクストについて、その特色を言い表すには不十分なのです。

おまけに、子規自身がもっと的確な定義づけをしています。一九〇一年一月十五日、若き友人にして弟子でもあった寒川鼠骨に宛てた手紙のなかで、子規は自分が寄稿した文章が『日本』に掲載されなかったことに抗議して次のように書いています。

ツマラヌツマラヌ。何モイヤダ。新聞モヨミタクナイ。斯ウ思ヒナガラ新聞ノ大組ヲ見ルト大物ガピッシリト塞ガッテ居ル。ソレデ墨汁一滴ヲ出ス余地ガナカッタノデアラウ。併シ僕ハ処ヲ擇バヌ。欄外デモヨイ。寧ロ欄外ガ善イカト思フ。欄外ヲ毎日二欄借リテ欄外文学ナドモシャレテ居ルヨ。欄外ニ二欄貸サナイダローカ(5)。

つまり「欄外文学」とは、言葉のもっとも具体的な意味において、新聞の「余白」に書かれた文学です。しかし、それは同時に「分類の枠を越えた」文学でもあります。なぜなら「欄」という語は、明治時代以来、ひとつの主題や特定の種類のテクストに対して新聞雑誌のなかに割り当てられたスペースを意味してきたからです。わたしがまず忠実であろうとしたのは、まさにその「欄外」としての特質であり、予測不可能性であり、奔放なまでの独創性でした。子規の身には、汲めども尽きせぬ刷新の力が宿っていました。来る日も来る日も子規が差し出してゆくのは、新たな生の一行であり、新たな声の一行なのです。わたしが翻訳したいと思ったのは何よりもそのことであり、それはすなわち、みずからの眼差しと、聴覚と、歌声を、絶えず蘇らせ、そこに新たな価値を見出す力だったのです。それが子規の作品にとっていっそう重要なのは、このように変わりゆく性質が、子規の肉体や「身体性」、あるいは生命力の振幅のうちに深く根ざしているからです。わたしはその点に導かれるようにして「体液文学」(6)という表現を提示しましたが、それはヒポクラテス医学の「四体液《ユムール》」のように身体から溢れ出る文学を正確に言い表すためでした。そして、わたしが「ユムール」という語を通して言わんとするのは、身体のなかを巡る特定の液体（「体液」）であると同様に、それらと結びついた精神のありよう（「気分」）なのです。
したがって、物憂さから感嘆へ、笑いから怒りへ、叫びから鎮静へと、何の予告もなしに移行する声色の変化には、徹底して鋭敏でなければなりませんでした。子規のテクストを平坦に馴らしてしまったり、そのざらつきを消し去ってしまったとしたら、許しがたい過ちを犯すことになったはずです。

語りの調性の変化にしたがって

こうした変調はひとつの文章のなかにも認められます。『病牀六尺』の冒頭部分を例にとりましょう。

苦痛、煩悶、号泣、麻痺剤、僅かに一条の活路を死路の内に求めて少しの安楽を貪る果敢なさ、それでも生きて居ればいひたい事はいひたいもので、毎日見るものは新聞雑誌に限つて居れど、それさへ読めないで苦しんで居る時も多いが、読めば腹の立つ事、癪にさはる事、たまには何となく嬉しくてために病苦を忘るるやうな事がないでもない。年が年中、しかも六年の間世間も知らずに寝て居た病人の感じは先づこんなものですと前置きして　（『病牀六尺』岩波文庫、七頁）

あるいは、よく知られた「小提灯」のエピソードには次のようにあります〔以下、仏語からの再訳もあわせて示す」。

外はあやめもわからぬ闇の夜であるので、例の女は小田原的小提灯を点じて我々を送つて出た。姐さん品川へはどう行きますか、といふ問に、品川ですか、品川はこのさきを左へ曲つてまた右に曲つて……其処まで私がお伴致しませう、といひながら、提灯を持つて先に駈け出した。我々はその後から踵いて行て一町余り行くと、藪のある横丁、極めて淋しい処へ来た。これから田圃をお出になると一筋道だから直ぐわかります、といひながら小提灯を余に渡してくれたので、余はそれを受取つて、さうですか有難う、と別れようとすると、ちよつと待つて下さい、といひながら彼女は四、五間後の方へ走り帰つた。何かわからんので躊躇してゐるうちに、女はまた余の処に戻つて来て提灯を覗きながらその中へ小さき石ころを一つ落し込んだ。さうして、さやうなら御機嫌宜しう、といふ一語を残したまま、もと来た路を闇の中へ隠れてしまふた。この時の趣、藪のあるやうな野外れの小路のしかも闇の中に小提灯をさげて居る自分、小提灯の中に小石を入れて居る佳人、余は病床に苦悶して居る今日に至るまで忘れる事の出来ないのはこの時の趣である。

（「病牀六尺」岩波文庫、三〇―三一頁）

Comme dehors il faisait nuit noire, la jeune fille alluma une petite lanterne dépliable et elle nous accompagna au-dehors. « Comment va-t-on à Shinagawa ? » lui avons-nous demandé, et elle nous répondit : « À Shinagawa ? Si vous tournez à gauche là-bas, et puis encore à droite… Je vais vous mettre sur le chemin », et elle prit les devants d'un pas rapide, en portant cette petite lanterne. Nous la suivîmes sur plus d'une centaine de mètres et nous arrivâmes dans un coin à l'écart, au milieu des fourrés, en un lieu fort désert. « Si vous coupez à travers les rizières, vous ne pouvez pas vous tromper, il n'y a qu'une route », dit-elle en me donnant sa petite lanterne ; je la pris et m'apprêtais à la quitter : « Merci, vraiment », quand elle reprit : « Un moment ! » et elle rebroussa chemin en courant sur une dizaine de mètres. Comme nous restions là, hésitants, ne comprenant pas très bien ses intentions, elle revint vers nous et, regardant l'intérieur de la lanterne, elle y introduisit une petite pierre. Puis : « Au revoir, bonne route ! », et sur ces mots, elle disparut dans l'obscurité par où elle était venue. Le charme de cet instant, ce petit sentier au bout des champs, comme au milieu des fourrés, et moi, avec ma petite lanterne au cœur de l'obscurité, et cette belle fille, son petit caillou : aujourd'hui encore, alors que je me tourmente sur mon lit de malade, je ne peux oublier le charme de cet instant.

(Shiki, *Un lit..., op. cit.*, p. 43)

外は真っ暗闇だったので、娘は小さな提灯に火を灯し、私たちを送って外に出た。私たちが「品川へはどう行けばいいでしょう?」と尋ねると、彼女は応えた。「品川ですか? あそこを左に曲がって、その先をさらに右へ……わたくしがご案内いたしましょう」そして彼女は、あの小さな提灯を手にしながら足早に前に出た。私たちはそのあとを百メートル以上追ってゆき、人里離れた片隅の、藪に囲まれて全くひとけのない場所に着いた。「田んぼを横切ってゆけば、迷うことはないでしょう。道は一筋しかありませんから」彼女はそう言って、私に提灯を渡した。私はそれを受け取り、「本当にありがとう」と別れを告げようとすると、彼女は「ちょっとお待ちください」と言葉をつなぎ、駆け足で十メートルほど引き返した。彼女が何をしたいのかよく分からないまま、躊躇いながらその場に留まっていると、彼女は私たちのもとに戻ってきて、提灯のなかを眺めやって小石をひとつ入れた。そして「さようなら、道中お気をつけて！」と口にしながら、やって来たほうの暗闇のなかに姿を消した。この瞬間の魅惑。藪のなかを思わせる、野の果てのこの小径、暗闇のただなかで小さな提灯を手にする私、そしてあの娘、彼女の小石。今日でもなお、病床で苦悶しながら、私はあの瞬間の魅惑を忘れることができない。

とはいえ、そうした調性の揺らぎは、連載が綿々とつづくなかでこそ、いっそう顕著に感じ取れます。一九〇二年五月から六月にかけて激しい痛みに見舞われた子規が同年夏に発表したテクストは——全体として見れば——むしろ落ち着いた印象をあたえるもので、子規はそのなかで実にさまざまな事柄を話題にしています。八月二十六日以降、子規は俳句の解釈を数多く発表し、九月十日には囲碁を取り上げています。

しかしながら、九月十一日の連載は次のように書き始められています。

〇一日のうちに我痩足の先俄かに腫れ上りてブクブクとふくらみたるそのさま火箸のさきに徳利をつけたるが如し。医者に問へば病人にはありがちの現象にて血の通ひの悪きなりといふ。とにかくに心持よきものには非ず。

（「病牀六尺」岩波文庫、一八二頁）

それでもこの日の文章は、友人たちとの雑談を写し取りながら、より落ち着いた調子で続いてゆくのです。

九月十二日、読者は次のような文章に行き当たります。

◦支那や朝鮮では今でも拷問をするさうだが、自分はきのふ以来昼夜の別なく、五体すきなしといふ拷問を受けた。誠に話にならぬ苦しさである。

（「病牀六尺」岩波文庫、一八三頁）

そして九月十三日。

◦人間の苦痛はよほど極度へまで想像せられるが、しかしそんなに極度にまで想像したやうな苦痛が自分のこの身の上に来るとはちよつと想像せられぬ事である。

（「病牀六尺」岩波文庫、一八三頁）

九月十四日。

◦足あり、仁王の足の如し。足あり、他人の足の如し。足あり、大磐石の如し。僅かに指頭を以てこの脚頭に触るれば天地震動、草木号叫、女媧氏いまだこの足を断じ去つて、五色の石を作らず。

（「病牀六尺」岩波文庫、一八三頁）

九月十五日、子規が話題にしたのは「臭気」でした。小便をする馬の傍らで松尾芭蕉が馬小屋のなかに嗅いだ臭いや、上野の動物園の臭いです。

九月十六日、休載。

九月十七日には、近頃の連載内容に不安を覚えた友人からの手紙が載りました（子規はその手紙に直接短歌で応えています）。

○芳菲山人より来書

拝啓昨今御病床六尺の記二、三寸に過ず頗る不穏に存候間御見舞申上候達磨儀も盆頃より引籠り縄鉢巻にて筧の滝に荒行中御無音致候

俳病の夢みるならんほとゝぎす拷問などに誰がかけたか

（「病牀六尺」岩波文庫、一八四頁）

— Lettre de l'Ermite des fragrances, alias Lâche-pets [Hôhi] :

« Je vous présente mes salutations. Ces derniers temps, *Un lit de malade six pieds de long* ne consiste qu'en de très brefs fragments et comme j'y ressens de la douleur, je m'enquiers de votre santé. Bodhidharma lui aussi, à partir de la Fête des morts, s'est retiré dans sa grotte et, la corde nouée autour de la tête, il se livre à l’ascèse sous la cascade et ne donne plus de nouvelles.

D’un tuberculeux	[D’un malade du *haiku*]	*Haibyô no*
Serait-ce le rêve ?	Serait-ce le rêve ?	*Yume miru naran*
Le coucou	Le coucou	*Hototogisu*
À la torture	À la torture	*Gômon nado ni*
Qui l’a soumis ?	[Coucou, coucou !]	*Dare ga kaketa ka »*

(Shiki, *Un lit…*, *op. cit.*, p. 214)

。芳香の隠者またの名を屁こき〔放屁〕者からの手紙。

「ご挨拶申し上げます。近頃『病牀六尺』が非常に短い断片ばかりになっており、そこに苦しみを感じてご健康を案じております。菩提達磨もまた、死者の日からこのかた自分の洞穴に引き籠もり、頭に縄を縛りつけ、滝のもとで難行苦行に専心しており、もはや便りを寄せることもありません。

肺の病についての	〔俳句の病についての〕	俳病の
これは夢なのだろうか？	これは夢なのだろうか？	夢みるならん
ホトトギスを	ホトトギスを	ほとゝぎす

この拷問に
誰がかけたのだろうか？

この拷問に
［テッペンカケタカ！」

拷問などに
誰がかけたか」

そしてこれが最後の寄稿となりました。一九〇二年九月十八日から十九日にかけての夜半、子規は息を引き取ったのです。

こうしてみると、語りの調性は毎日のように変化しています。つまり筆の運びが地震計の働きをしているのです。フィリップ・フォレストが書いたように、子規の作品は、もっとも取るに足らないものについて語っているときでさえ、「読者の生のもっとも鋭敏な部分に」訴えかけます(7)。それは子規のエクリチュールが持つ極限の感性と強度ゆえのことですが、若き日の俳人が「汽車も避けよふとい ふ走り書きで(8)」書くのだと語っていたことを思うほどに、子規ならではの精神的な緊張を翻訳で伝えることこそが何よりも大切であるように感じられたのです。

ものづくし

この作品を翻訳するうえで肝要だと思われたもうひとつの側面は、世界に対するその開かれかたです。これは子規が抱えた、計り知れなくも胸を揺さぶるパラドックスです。病によって六尺ばかりの狭い寝床に閉じこめられた子規は、世界の事物に対する飽くなき欲望に突き動かされていました。そして子規は、病身だったがゆえに、それらの事物との直接的な交渉のほとんどが徐々に奪われてゆくなかで、世界と出会うためのあらゆる間接的な手段、世界への扉を開くすべての媒介物、そしてとりわけ、世界を表象する言葉とイメージに対して、極めて鋭敏になったのです。わたしの見たところ、『病牀六尺』の本質的な様相のひとつはその百科全書的な性格にあります――もっともそれが一部のフランス人読者を困惑させているのですが。ふたたびフィリップ・フォレストの言葉から引用するなら、たしかにそこには、「生活が続く限りにおいて、そのあらゆる形態の豊穣なパノラマ(9)」が繰り広げられているのです。

実のところ、ここで問われているのは「写生」＝「生の表象」が孕む問題体系の全てです。というのも、子規はその点において無邪気さとはまったく無縁だったからです。彼はただひとつの問いにとり憑かれており、それは強迫観念にまでいたるほどでした。その問いとはすなわち、テクストを前にした読者やイメージを前にした鑑賞者が、自分では具体的に経験したことがない諸現実を正確に想像し思い描くための最適な方法とは何か、というものです。

これは母語で執筆する作家にとっても難しい問題です。そして翻訳家にとってはその困難が倍増するのです。たとえば、子規があれほど愛していた「ものづくし」や、さらには絵を描写する子規の文章を翻訳するためには、できるかぎり簡潔かつ的確である必要がありました。

子規が「病床を取巻いて居る所の物」を列挙しつつ描写している「ものづくし」(連載第二十六回、一九〇二年六月七日)を一例として挙げましょう。

。今日只今（六月五日午後六時）病床を取巻いて居る所の物を一々数へて見ると、何年来置き古し見古した蓑、笠、伊達正宗の額、向島百花園晩秋の景の水画、雪の林の水画、酔桃館蔵沢の墨竹、何も書かぬ赤短冊などのほかに、

写真双眼鏡、これは前日活動写真が見たいなどといふた処から気をきかして古洲が贈つてくれたのである。小金井の桜、隅田の月夜、田子の浦の浪、百花園の萩、何でも奥深く立体的に見えるので、ほかの人は子供だましだといふかも知れぬが、自分にはこれを覗くのが嬉しくて嬉しくて堪らんのである。〔……〕

大津絵二枚、これは五枚の中のへげ残りが襖に貼られて居る。四方太が大津から買ふて来た奉書摺のものである。今あるのは猿が瓢箪で鯰を押へとる処と、大黒が福禄寿の頭へ梯子をかけて月代を剃つて居る処との二つである。〔……〕

美女桜、ロベリヤ、松葉菊及び樺色の草花、これは先日碧梧桐の持つて来てくれた盆栽で、今は床の間の前に并べて置かれてある。美女桜の花は濃紅、松葉菊の花は淡紅、ロベリヤは菫よりも小さな花で紫、他の一種は苧環草に似た花と葉で、花の色は凌霄花の如き樺色である。

〔……〕

（「病牀六尺」岩波文庫、五〇―五二頁）

— Il y a d'abord tout ce qui se trouve là depuis des années et que je ne vois même plus : un manteau et un chapeau de paille, une calligraphie de Date Masamune, une aquarelle du Jardin aux cent fleurs de Mukôjima à la fin de l'automne, une autre d'une forêt sous la neige, un lavis de bambous à l'encre de Chine de Suitôkan Zôtaku, des bandes de papier vierge rouge. Mais il y a aussi :

*un appareil pour les vues stéréoscopiques : c'est Koshû qui me l'a offert bien à propos après avoir relevé l'autre jour que j'avais envie de voir des images en mouvement. On peut admirer les cerisiers de Koganei, une nuit de lune sur la Sumida, les vagues de la baie de Tago, les lespédèzes du Jardin aux cent fleurs, en relief et avec de la perspective. Certains penseront peut-être qu'il s'agit là d'un attrape-nigaud, mais moi, quand je regarde dans cet appareil, cela me comble de plaisir, au-delà de toute expression. [...]

*deux images d'Ôtsu : les seules qui restent des cinq naguère collées sur la cloison coulissante. Ce sont des gravures sur papier de qualité rapportées d'Ôtsu par Shihôda. Sur l'une un singe retient un silure avec une calebasse ; sur l'autre, le Grand noir appuie une échelle sur la tête de Fukurokuju pour lui faire sa tonsure. [...]

*Des cerisiers-aux-belles, des lobelias, des chrysanthèmes chevelus, ainsi qu'une plante d'un brun rouge. Il s'agit d'arbres nains que m'a apportés Hekigotô l'autre jour, et qui sont à présent disposés dans l'alcôve. Les fleurs des cerisiers sont d'un rouge foncé, celles du chrysanthème d'un rouge pâle, celles du lobelia sont plus petites que des violettes mais de même coloris, la dernière espèce a des fleurs et des feuilles qui ressemblent beaucoup aux ancolies, avec le brun rouge du jasmin trompette chinois. [...]

(Shiki, *Un lit*..., *op. cit*., p. 64)

○そこにあるのはまず、何年も前から置かれたままで、もはや目に留めさえしない代物だ。蓑、笠、伊達政宗の書、晩秋の向島百花園の水彩画、雪が降る森林の水彩画、酔桃館蔵沢の墨竹画、

真っ新な赤い帯紙。だがその他にも、
立体映像《ステレオスコープ》を見るための器械。これは、私が動く映像を見たいと思っていることに先日気づいた古洲が、折りよく贈ってくれたものだ。小金井の桜、隅田川の月夜、田子の浦の波、百花園の萩が、立体的に奥行きをもって目に映る。子供だましだと思う人もいるかも知れないが、わたしはこの器械を覗くと、言葉では言い表せないほどの歓びで満たされるのだ。〔……〕
二枚の大津絵。最近まで襖に貼られていた五枚のうちの残りものだ。四方太が大津から持ち帰った上質紙に刷られた版画である。一枚の絵では、猿が瓢箪でナマズを押さえており、もう一枚の絵では、大黒が福禄寿の頭に梯子をかけて剃髪している。〔……〕
美女桜、ロベリア、花弁の豊かな菊、そして赤褐色の植物。これは先日碧梧桐が持ってきてくれた盆栽で、いまは床の間《アルコーヴ》に置かれている。桜の花は濃赤色、菊の花は淡赤色、ロベリアの花はスミレよりも小さいが同じ色合いで、最後の一種はオダマギによく似た花と葉を持っており、ノウゼンカズラのような茶褐色をしている。〔……〕
ご推察の通り、わたしはこの種の文章を翻訳するために、様々な専門分野でいくつも調査を重ねることになりました。おおくの同僚や友人が数々の専門的な事項について教えてくれたおかげで、困難のほとんどをどうにか乗り越えられたものと思っています(10)。それでも、ひとつの重大な落ち度を告白しなければなりません。一九〇二年六月十日付の連載第二十九回は次のように始まります。

魚を釣るには餌が必要である。その餌は魚によつて地方によつてよほど違ひがあるやうであるがわが郷里伊予などにては何を用ゐるかと、その道の人に聞くに

（『病牀六尺』岩波文庫、五六頁）

この一文につづく魚や餌の名前、それもおおくは方言の呼び名に関して、わたしでは歯が立たない部分が残ってしまったのです。おそらくは、松山に長いあいだ逗留して初めて、片隅で釣り糸を垂れる年老いた釣り人たちの信頼を得て、謎のいくつかを解き明かすことができるのでしょう。

他にも「翻訳技法」にまつわる要素に言及できるかもしれません。たとえば子規は、友人からの「おくられもの」への返礼として『万葉集』の様式を真似た長歌を詠みました。そして、それを翻訳しようとしたわたしが髪をかきむしらんばかりに苦悶したのは疑いようのない事実なのです。長塚節から贈られたヤマべがウジのわいた状態で東京に届いた際、子規は次のように書きました。

しもふさの、ゆふきごほりの、きぬ川の、やまべのいをは、はしきやし、見てもよきいを、やきてにて、うまらにをせと、あたらしも、かれの心を、おくりくる、みちにあざれぬ、そをやきて、うまらにくひぬ、うじははへども

（『病牀六尺』岩波文庫、一五三頁）

下総の
結城郡、

En Shimôsa
Canton de Yûki,

De la Kinugawa
Les poissons *yamabe*
Ah, comme ils sont adorables !
Ces poissons appétissants,
Grillés ou bouillis,
Régalez-vous-en !
Il exprimait bien
Ses sentiments, mais
Malheureusement
En chemin ont pourri.
Et grillés
Les ai dégustés avec gourmandise,
Asticots compris

鬼怒川の
ヤマベは
ああ、なんとも惚れ惚れする！
食欲をそそるこの魚
焼いたり煮たり
堪能するがいい！
彼がはっきりと伝えていた
その気持ち、だが
不幸にも
途中で腐ってしまった。
でも焼き上げて
それを美味しく食べた、
ウジも一緒に

(Shiki, *Un lit…*, *op. cit.*, p. 173-174)

しかし、結局のところ、こうした問題は局所的です。

俳句の解釈をめぐって

それにもまして興味深いのは、子規が詠み、あるいは引用する俳句の翻訳をめぐる問題であり、それによってわたしたちは、俳句の西洋言語への翻訳という使い古された主題を新たな視点から再考することを余儀なくされます。決定的なのは、子規がただ俳句を引用しているだけではないという点です。彼は俳句に註釈を施したり、論評したりしています。つまりわたしには、子規の解説や批評も理解できるような翻訳の仕方を考え出す必要があったというわけです。

手短に二つの例を挙げましょう。まずはよく知られた一句に関するものです。

柿食へば鐘が鳴るなり法隆寺

この句を評して「柿食ふて居れば鐘鳴る法隆寺」とは何故いはれなかつたであらうと書いてある。これは尤の説である。しかしかうなるとやや句法が弱くなるかと思ふ。

（『病牀六尺』岩波文庫、一七一―一七二頁）

ここでのわたしの試みは、子規の俳句と碧梧桐（その日の彼は明晰さを欠いていたのですが）の反対提案との違い、すなわち「食へば」と「食ふて居れば」の違いを、翻訳を通して伝えることでした。そこでわたしは、「柿食へば鐘が鳴るなり法隆寺」を次のように訳してみました。

Je mange un kaki　et voilà que la cloche sonne　Temple Hôryû-ji
わたしは柿を食べる　するとほら鐘が鳴る　法隆寺だ

一方、「柿食ふて居れば鐘鳴る法隆寺」の方はこうです。

Alors que je mange un kaki　la cloche sonne　Temple Hôryû-ji.
わたしが柿を食べていると　鐘が鳴る　法隆寺だ

もうひとつの例は、子規が青々の句について長く論じている箇所です。

甘酒屋打出の浜に卸しけり
（「病牀六尺」岩波文庫、一一七頁）

議論はまず「卸しけり」という詞に及びます。子規の目には、最初、その詞の意味が不可解に映ったのでした。続いて論じられたのは、句を構成する様々な言葉の順序であり、子規は少しずつその論理と正当性を理解してゆきます。したがって、わたしはどうしてもその二点を考慮に入れた翻訳をしなければなりませんでした。青々の句と、子規によって分析された、以下に挙げる別な可能性との違いを、読者がわずかなりとも感じ取れるようにするためです。そこで、それぞれを以下のように訳し分けてみました。

甘酒屋打出の浜に卸しけり　（「病牀六尺」岩波文庫、一一七頁）
Un marchand de saké doux　Sur la plage d'Uchide　a déchargé　(Shiki, *Un lit...*, *op. cit.*, p. 134)
ひとりの甘酒売りが　打出の浜で　荷おろしをした

打出の浜に荷を卸しけり甘酒屋　（「病牀六尺」岩波文庫、一一八頁）
Sur la plage d'Uchide　a posé sa charge　Le marchand de saké doux.　(Shiki, *Un lit...*, *op. cit.*, p. 135)
打出の浜に　その荷をおろしたのは　甘酒売りだ

その後わたしは、『クリティーク』誌の「日本特集」[11]のために、正岡子規に関する大江健三郎の短いエッセー「子規の根源的主題系《テマティック》」[12]を翻訳しました。大江はそこで、先ほど取り上げた青々の俳句をめぐる子規の議論を大いに賞讃しています。それだけに、言葉の順序を重んじることの問題がいっそう際立つことになりました。つまりわたしには、なぜ大江があれほどまでに子規の観点を評価していたのかが理解できるような翻訳をする必要があったというわけです！

こうしてひとつの問いが立てられ、壮大な課題に向かって開かれることになります。その問いとはつまり、日本の俳句をフランス語やその他の言語に翻訳するうえであまりにも無視されることが多かった俳句固有の詩学を、どうしたらより良いかたちで考慮できるかというものです。たとえば子規は、

『俳人蕪村』[13]の「用語」と題された章で、蕪村における漢語や古語、俗語の用法を問題にしていますし、『蕪村句集講義』[14]では友人たちと激論を交わしていますが、いったいどうしたらそれらを翻訳できるでしょうか？　わたしは未だに良い答えを見つけられずにいます。しかしこの問いは、俳句が言語の徹底した彫琢を前提としていることや、だからこそ俳句は、二十世紀初頭の日本趣味的な理解のなかで信じられていたような一風変わった細やかな描出でもなければ、たとえばレジナルド・ホーラス・ブライスが伝道者となり、ロラン・バルトが再び息を吹き込んだ禅の観念が期待するような、神秘的な天啓でもないのだということを、西洋世界においてようやく理解する（あるいは理解させる）ために不可欠であるように思えるのです。

＊

ここで特別な結論を提示するつもりはありません。わたしはただ、正岡子規に対して、彼が与えてくれた幸福への謝意を表したいと思っているのです。わたしは子規のおかげでいくつもの甘美な時を過ごすことができました。それればかりか、子規はわたしを成長させてくれました。世界の美しさにいっそう心を配り、日本語やフランス語といった言語が含み持つ可能性をそれまで以上に鋭敏に感じ取ることが、わたしにはできるようになったのです。

翻訳に取り組むなかで、わたしは長いあいだ、間違えたり、誤解したり、不器用でぎこちない訳文を作ってしまうことを常に恐れていました。その恐怖が完全に消えたわけではありませんが、それでよいのです。なぜなら翻訳は、あらゆるかたちの傲慢さや、あらゆる権力欲に抗する特権的な砦であり続けねばならないからです。そして今ではもう、この恐怖に心の平静を妨げられることもありません。わたしはこれまでに、何百ページ、何千ページにおよぶ論考や分析、批評を書いてきました。そこに高揚感を覚えることもしばしばでしたが、正直なところ、『病牀六尺』翻訳の試み以上に深い満足感をもたらしてくれた仕事はありません。そうなのです。わたしはそのことについて、あらためて、正岡子規に感謝しなければならないのです。

（小黒昌文訳）

［註］

（1）『病牀六尺』の初出は新聞『日本』。一九〇二年五月五日から九月十七日まで連載された。本稿における引用は岩波文庫ワイド版（一九九三年刊）に拠り、「病牀六尺」岩波文庫と略記してページ数を併記する。

（2）Masaoka Shiki, *Un lit de malade six pieds de long*, tr. fr. par Emmanuel Lozerand, Les Belles Lettres, Collection Japon, 2016.（以下、Shiki, *Un lit...*, *op. cit.* と略記し、ページ数を併記する）

（3）『墨汁一滴』の初出は新聞「日本」。一九〇一年一月十六日から七月二日にかけて連載された。

（4）正岡子規『墨汁一滴』、岩波文庫、一九九九年、一〇―一一頁。

（5）正岡子規『子規全集』第十九巻、講談社、一九七八年、六〇四―六〇五頁。

(6) Emmanuel Lozerand, « Postface : Gouttes d'encre... », *op. cit.*, p. 225.

(7) Philippe Forest, « Préface : De longues traces de pas », in Shiki, *Un lit... op. cit.*, p. 13.

(8) Cité dans Jean-Jacques Origas, « Les possibilités de l'essai au fil du pinceau dans les dernières décennies de l'ère Meiji », in *La Lampe d'Akutagawa*, Les Belles Lettres, Collection Japon, 2008, p. 181.

(9) Philippe Forest, « Préface : De longues traces de pas », *op. cit.*, p. 15.

(10) 『病牀六尺』仏訳の巻末（Shiki, *Un lit... op. cit.*, p. 335-336）に彼らへの謝辞を記した。あれほど多くの間違いを免れさせてくれた寺田澄江、上田眞木子の両氏に、ここで改めてお礼申し上げる。

(11) *Critique*, n° 839 (« Et le Japon devient moderne »), avril 2017.

(12) Ôe Kenzaburô, « La thématique de Shiki », tr. fr. par Emmanuel Lozerand, *Critique*, n° 839 (« Et le Japon devient moderne »), avril 2017. 大江健三郎「子規の根源的主題系《テマティック》」、『子規全集』第十一巻「随筆一」、講談社、一九七五年。

(13) 初出は一八九七年の新聞『日本』。たとえば『子規選集』第六巻、増進会出版社、二〇〇二年、二五一―三一三頁に再録。

(14) 一八九八年一月から一九〇三年四月まで（子規が他界した一九〇二年九月十九日を越えて）毎月欠かさずに開かれた『蕪村句集』（天明四年刊）の輪講を記録したもの。雑誌『ホトトギス』に連載され、一九〇〇年五月から一九〇三年六月にかけて単行本として刊行。二〇一〇年には東洋文庫（平凡社）から三巻本として再版された。

二流文学、二流翻訳、二流読者？
――娯楽小説の場合

アンヌ・バヤール＝坂井

翻訳に関する考察、言説を一つのメタ・言説のジャンルと捉えて、その特色を顧みる時、ある特定の文学の他言語への翻訳が示す特徴を過剰評価する傾向が見てとれるのではないだろうか。そこから生じるのはその文学に属する全てのテクストの翻訳に共通する様相を重視したり、その文学のある言語への翻訳の独特の難しさを強調したり、あるいはより漠然とその文学特有の、翻訳の読者が期待するであろう「雰囲気」を一つの特性として提示したりする、といった現象である。このような共通点、特殊性、あるいは特殊な共通点の認識はそれがある文学が要する「お国柄」の現れだといった幻想に根ざしている。このような幻想は、例えば六〇年代に日本文学がヨーロッパ市場へ浸透していくプロセスを支え、川端康成などがその状況を的確に読みとり世界文学市場へ進出していったことは疑う余地もなかろう。日本文学は「日本」文学としての自己演出を成し遂げ、グローバル化しつつあった文学場での独自の位置を確保し、世界的なレベルでの文章流通に介入していったのである。

では、そのような日本文学独特の共通点の認識はどのように形成されていったかと言うと、明らかにそれは規範的な価値形態として機能しているわけだが、その価値形態は日本文学の中でもある流れ、文学的規範を提供するだけの芸術的価値を認められている純文学的な系統から抽出されており、それをもとに「日本的」な文学の特徴が形成されている。「日本文学はああだ、こうだ」という表現の裏にはいつも特定のテクストのイメージが存在し、その特定のテクストはモデルとして日本の文学場で機能しているだけではなく、世界的な文学場にも輸出されていっている。そのテクストはモデルとして優先的に翻訳され、その結果外国から見た日本文学の「お国柄」はそれらを基準に設定され、その基準はまた次に翻訳されるテクストの選定の枠を形成し、その基準を満たす文学の生産を促し、その文学がまた優先的に訳される、といった循環が出来上がっていく。

ここで考えたいのはそのように規範として設定されたテクスト、規範としてカノン化され、輸出され、またその規範性が逆輸入されていったテクストではない。ここで取り上げたいのはおおよそ美的評価の射程外に位置するジャンルの娯楽小説であり、その最もたる例である推理小説、フランス語での polar、「ポラール」である。日本の推理小説はどのようにフランスの出版市場に輸出され、どのように紹介され、どのように一つの読書カテゴリーとして受け入れられているか、あるいはいないか、そしてそれがどのように翻訳の仕事に影響を与えているか、といった点を考慮してみたい。

「ポラール」とは

フランス語でいう roman policier、略して polar は、直訳すれば「警察小説」ということになるが、実際には推理小説から探偵小説、ハードボイルドなどをも含む広いジャンルの総称である。フランスのポラールはガストン・ルルー、モーリス・ルブランなどからジョルジュ・シムノンなどを経てピエール・ルメートルへと続く長い伝統があるわけだが、それはまたポラールの出版市場の発展の歴史でもある。その歴史の中にはまた外国から翻訳されたポラールも大きな位置を占めている。第二次大戦後から特にアメリカのハードボイルド小説の翻訳が脚光を浴び、フランスの作家たちに大きな影響を及ぼしているが、より最近の傾向はどうかというと、一九九〇年以降、外国文学の翻訳が総合的に著しく増えている中、ポラールの翻訳の出版数も伸び続けているのである(1)。

ただし、ポラールの翻訳は独自の様相をも示している。言うまでもないが、ポラールはブルデュー派の社会学者たちがいう大量生産の回路に属し、したがってターンオーバー、回転率も早く、文学遺産の蓄積を目的とせず、エンターテインメントをもたらす消費に向けられているジャンルである。それを顕著に表しているのが、ポラールがよく単行本を経ずに直接ペーパーバックとして出版されている点だ。このようにポラールの一つの動向が「読み捨て指向」であるわけだが、だからと言ってポラールがジャンルとして機能している以上、それなりの正統化が試みられていないわけではない。制度的には例えば Bibliothèque des Littératures Policières（「ポラール文学図書館」、通称 Bilipo）が一九八四年にパリに設立されたことがそのような正当化に貢献している。また、様々な出版や批評的メタ言説における戦略がジャンルの認識、あるいはまたジャンルの文学的価値の認識を促すべく展開され、アメリカのハードボイルド小説（レイモンド・チャンドラー、ダシール・ハメット等）のフランスでの批評的評価の高さも、このジャンルの小説が多く高名なガリマール社の《セリー・ノワール》叢書(Série noire)から出版されていることも、そのような戦略の一端と言える。そしてこれ全て、翻訳ポラールに関する戦略なのだ。その結果、ポラールというジャンルは大量生産の回路から少量生産の回路まで、出版市場の両極に属していると言えるが、総合的に見て、他の少量生産の回路に属するジャンルに比べて、象徴的評価が低く、芸術価値を持った文芸として認識されることが少ないのは確かだろう。

フランスでの日本のポラールの出版状況

このような状況の中、フランスでの日本の、あるいは日本語のポラール（推理小説、探偵小説などの枠を外してこのような総称をここで使わせてもらう）の翻訳の出版状況はどうかと言うと、データを集めるのはいささか困難である。

まず、定義の問題だが、幾つもの作品に関してこれはポラールなのかどうかといった疑問が生じる。ここで参考にしたポラールの文献表の一つには安部公房の『燃えつきた地図』が載っていたのだが、ポラールと見做すかどうか、意見の割れるところであろう。答えは簡単には出せないが、ここでは、一応、除くことにした(2)。もう一つ、この調査を困難にしているのは、ポラールの出版に関わっている出版社の数、規模である。パリの大きな出版社から出ているポラールのデータを集めるのは容易だが、地方の、そして規模の小さい出版社の場合、そうはいかない。特に後者の場合、日本のポラールの翻訳によって日本文学の翻訳の出版事業に初めて進出する出版社もあり、調査の網に掛かりにくい、といった傾向がある。

したがって、ここで紹介するデータが網羅的ではないのは否めないが、それでもいくつかの傾向は表れているようである。このデータは、幾つもの文献リスト（例えばパリ日本文化会館の図書室が作成したものなど）を交錯させ、補い、訂正したものである。まず総数だが、次のような数字があげられる。

一九八六年から二〇一八年の間に刊行された日本のポラールの総数：　七八タイトル

作者数：　三三

出版社数：　一六

翻訳社数：　二六

その内訳は**表1**の通りである。

もっとも多くの作品が訳されている作家は江戸川乱歩だが、これは乱歩が日本の推理小説の歴史に占める位置に基づき、早い時期から訳され、その結果フランスの出版社と翻訳者から日本のポラール

作者	タイトル数	出版年
江戸川乱歩（1894-1965）	10	1992-2017
東野圭吾（1958-　）	8	2010-18
桐野夏生（1951-　）	7	2002-13
宮部みゆき（1960-　）	5	1995-2012
松本清張（1909-1992）	4	1987-2010
伊坂幸太郎（1971-　）	3	2011-15
石田衣良（1960-　）	3	2005-10
中村文則（1977-　）	3	2013-17
西村京太郎（1930-　）	3	1992-95
横溝正史（1902-1981）	3	1988-95
赤川次郎（1948-　）	2	1994-95
岡本綺堂（1872-1939）	2	2004-06
高野和明（1964-　）	2	2016-2018
長尾誠夫（1955-　）	2	1986-95
夏樹静子（1938-2016）	2	1986-98
Naomi Hirahara＊（1962-　）	2	2015-16
山村美紗（1934-1996）	2	1992-93
綾辻行人（1960-　）	1	2009
乙一（1978-　）	1	2009
岸田るり子（1961-　）	1	2016
小池真理子（1953-　）	1	2002
坂口安吾（1906-1955）	1	2016
島田荘司（1948-　）	1	2010
高木彬光（1920-1995）	1	2016
高村薫（1953-　）	1	2017
戸川昌子（1933-2016）	1	1990
原尞（1946-　）	1	1994
坂東眞砂子（1958-2014）	1	2008
松井今朝子（1953-　）	1	2011
湊かなえ（1973-　）	1	2015
夢野久作（1889-1936）	1	2003
横山秀夫（1957-　）	1	2017
吉田修一（1968-　）	1	2014

＊　Naomi Hirahara は日系アメリカ人の作家で，その作品は英語からフランス語に訳されている。日本語ポラールではないわけだが，日本のポラールとして文献表に載っており，また本屋の棚にも陳列されているので，敢えてこのデータに加えた。

表1　日本のポラールとしてフランス語に翻訳された作家とその点数（1986-2018）

の古典と見做されていることに拠るのではと思われる。ただし、読者が同程度に認めているかと言うと、インターネットでのブログなどを見ても、必ずしもそうではなさそうである。

この表のもう一つの特徴は、タイトルの総数に対し、作者数の多さであろう。言い換えれば、訳されている作者三三人のうち、二八人が一冊〜三冊しか翻訳されておらず、一冊に絞ると一六人もの作家をリストアップ出来る。ポラールがシリーズものを多く含むこともある故、この割合は注目するべき現象であろう。この表から浮かび上がってくるのは、出版社が「売れる」作家を求め続け、一冊、二冊と刊行してみて、期待するほどの成果が得られなければ、その作家の仕事の展開を見守るようなことはせずに見切りを付け、次の金の卵探しに乗り出していく、といった光景であろう。

こういった翻訳される作家の多様化は、年間の刊行点数の変遷にも表れている（表2）。二〇〇八年以降多くの翻訳が刊行されているように見受けられるが、その作者の多くは一冊のみ仏語訳が出版されている作家であり、それはまたフランスでの「エキゾチックなポラール polar exotique」のブームと無関係ではない。

さて翻訳の方法、というかプロセスだが、フランスでの日本文学の翻訳史を顧みると、大きな問題の一つは重訳である。六〇年代、七〇年代には三島由紀夫の仏訳をはじめ、日本語の原文が直接フランス語へではなく、英訳を通してフランス語へと訳されることがかなり多く、それは日本語から直接フランス語へと訳すことのできる翻訳者が少なかったことと、出版社としては英語からの翻訳料が格段に安く上がったという経済的な理由とが重なって起こった現象なのだが、このような重訳は八〇年代以降激減している。しかし、いまだに英訳からフランス語へ移した方が安く、翻訳も手っ取り早い、

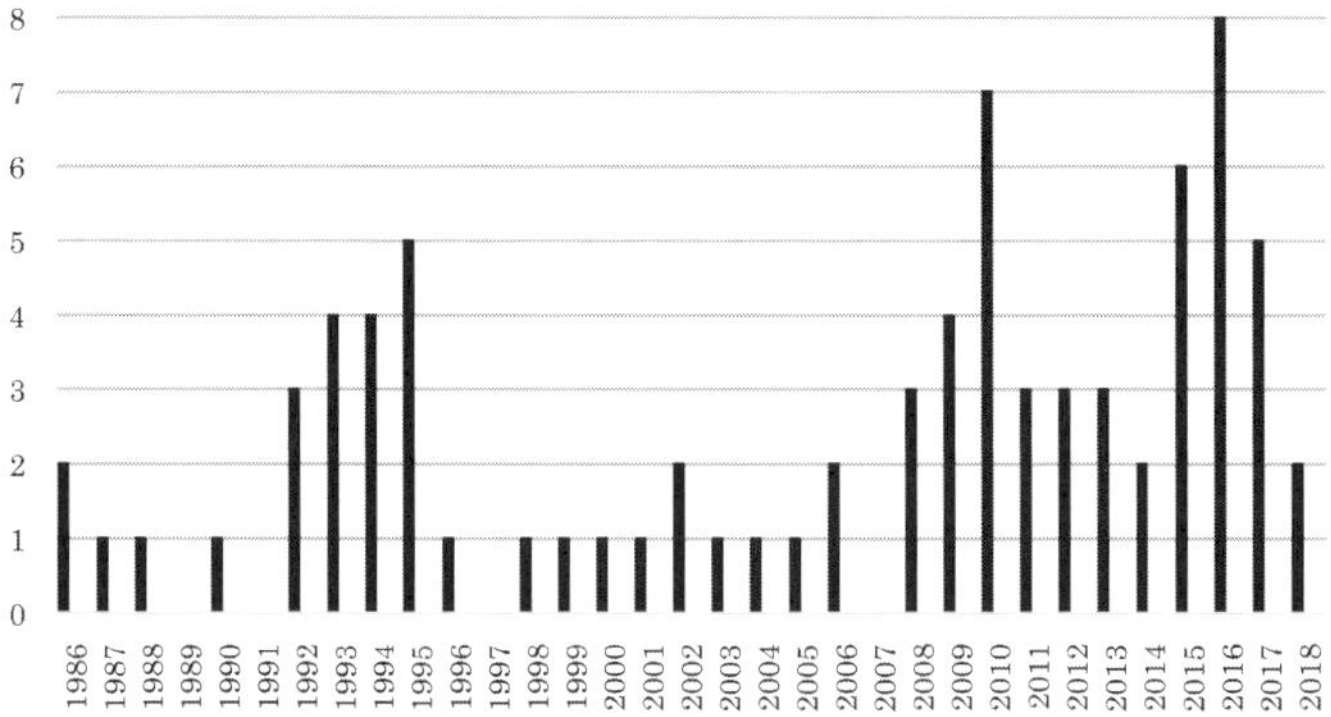

表 2　日本語ポラールの年間刊行点数の推移（1986-2018）

作者	作品名	出版社	刊行年
夏樹静子	*Marianne* (『わが郷愁のマリアンヌ』)	Librairie des Champs-Elysées	1986
戸川昌子	*Le baiser de feu* (『火の接吻』)	Rivages	1990
夏樹静子	*Meurtre au Mont Fuji* (『W の悲劇』)	Librairie des Champs-Elysées	1998
桐野夏生	*Monstrueux* (『グロテスク』)	Seuil	2008
桐野夏生	*Le vrai monde* (『リアルワールド』)	Seuil	2010

表 3　80 年代以降に英語から翻訳された日本のポラール作品

という原則は残っている。その観点から日本のポラールの翻訳を見てみると、驚くことに英語からの重訳は非常に少ない。データにある翻訳のうち、重訳はわずか五点しかない（表3）。

重訳が少ないことは、原文尊重、テクスト重視を掲げる少量生産の回路の特徴であり、重訳はいわゆる純文学系の作品の仏訳ではほとんど見られなくなっているが、興味深いのはそのような特徴が大量生産の回路に属するポラールにも見て取れることである。そういった現象は多分、日本のポラールの翻訳がポラールの翻訳である前に、日本文学の翻訳として扱われていることを意味するのであろうが、それはまた日本語ポラールの翻訳を刊行している出版社とその商業的戦略とも無関係ではない。

ピキエ社とアクト・シュッド社の場合

表4は日本のポラールを出版している出版社を表にまとめたものだが、日本のポラールの仏訳というマーケットに参入している出版社は一六社と多く、ごく少数のものしか出していない出版社が大半である反面、ピキエ社とアクト・シュッド社はそれぞれ三六冊と一一冊と積極的な商業戦略を打ち立てている点が目立つ。ピキエ社の場合、日本のポラールはポラールの読者と日本文学の読者といった二つの異なった読者層を併せてターゲットにしている以上、比較的よく売れることが期待できる、といった目論見があるだろう。また日本のポラールがほぼ無限の量のテクストを生産し、出版市場に放出していることは毎年多くのタイトルを刊行することにより出版市場での位置を保っている出版社にとって大きな魅力であろう。しかしまた、アジア文学を専門にしている出版社としての象徴的ステー

タスを守ることはピキエ社にとって死活問題であり、英語からの重訳などを市場に放出した場合、その出版社のイメージ上のダメージは計り知れない。だからこそ日本語からの直接訳、といった原則は守られているのだろう。

アクト・シュッド社についても、ある程度までは同じようなことが指摘できる。アクト・シュッド社は外国のポラールの翻訳を一つの看板として掲げており、例えばここ数年来フランス出版市場の一つの大きなトレンドになっている北欧ポラールのブームにもアクト・シュッド社からスティーグ・ラーソンのミレニアム・シリーズが刊行され、ベスト・セラーになったことが大きく貢献している。そしてアクト・シュッド社のサイトのポラールのページを開いてみると、出版されている翻訳の原語として、国別に振り分けてあるものも含めて何と三二カ国語がリスト・アップされているのだ（フランス語でのアルファベット順）。

ドイツ語、米語、英語（イギリス）、英語（オーストラリア）、英

出版社名	刊行数
Philippe Picquier	36
Actes Sud	11
Seuil	8
Denoël	3
Editions le rat pendu (Polars pourpres)	3
Rivages	3
Evelyne C	2
Editions de l'Aube	2
Librairie des Champs-Elysées	2
Presses de la Cité	2
Albin Michel	1
D'Est en Ouest	1
Les Belles Lettres	1
Les éditions Chapitre.com	1
Liana Levi	1
Wombat	1

表4 日本のポラールを紹介しているフランスの出版社

語（ボツワナ）、英語（カナダ）、英語（アメリカ）、英語（インド）、ブルガリア語、カタルーニャ語、韓国語、デンマーク語、スペイン語、スペイン語（アルゼンチン）、スペイン語（メキシコ）、スペイン語（ウルグアイ）、エストニア語、フィンランド語、フランス語、ギリシャ語、ヘブライ語、ハンガリー語、アイスランド語、イタリア語、日本語、オランダ語、ノルウェー語、ポルトガル語（ブラジル）、ロシア語、スウェーデン語、トルコ語、原語不明(3)

アクト・シュッド社にとって、日本のポラールが国際的な位置付けの一端であるのに対し、ピキエ社にとってはアジア文学専門の出版社としての位置付けを強調する効果を及ぼしていると言えるが、両社とも、翻訳の読者層をポラールへと引き寄せる、またはポラールの読者（フランスのポラールのほか、よくても英米系、ヨーロッパ系のポラールしか知らない読者）をよりエキゾチックなポラールの翻訳へ引き寄せることによる相乗効果を狙っていることは確かであろう。そしてポラール出版全体に対して言えることだが、このような戦略は、ポラールが類型的になりがちなジャンルである以上、多様化することによってマンネリを脱した、新たに興味を唆るような作品を読者に提供することがいかに重要かを顕著に示していると言えるであろう。

いずれにしても、読者に提供される新しいポラールが一定のレベルに達しており、ポラールの翻訳だけでなく、一般的に翻訳そのものを読み慣れている読者の期待に応えるようなものでなければこのような多様化は機能しない。と同時に、一人の作家の作品を集中的に読むといった読書習慣のあるポラール読者をターゲットにした場合、ある作家の作品を提供し続けることが重要になる。アクト・シユッド社は、小川洋子の作品を、短篇集、選集なども含めると二八冊も刊行していることが示す通り、作家をフォローし続ける、といったポリシーを原則的に持っているのだが、ポラールの場合も同じく、東野圭吾の作品の仏訳を二〇一〇年以降、八冊も刊行していることはそのような読者の期待を計算しての選択と言えよう。また、その八冊のうち七冊もが同じ翻訳者に託されており、それはある作家の作風とフランス語での文体の特徴の関連を強調する一つの手段であろう。

その翻訳者であるが、日本のポラールの翻訳者はほとんどがポラール以外の日本文学も手がけている。これはやはり日本のポラールの翻訳出版が少量生産の回路に属していることの表れであろうが、翻訳者の経済的事情も関連している。英米系のポラールの仏訳は量産されており、したがって、ポラール専門の翻訳者もそれで生計が（何とか）立てられるのだが、日本のポラールの翻訳だけで生活できる翻訳者はまずいない。このような状況は翻訳の仕方に影響を及ぼす。様々なジャンルの作品を訳している日本文学の翻訳者は、ポラールだからと言って特別な訳し方は選択しないようである。ただしここで付け加えなければならないのは、今後日本のポラールを出版することによって得られる象徴的価値を狙っていない、単に自社のポラールの出版点数を増やしたい新しい出版社がこの市場に参入してくれば状況は多分変わっていくだろう、という点である。

おわりに――「日本のポラール」の日本性

このようにフランスでの日本のポラールの出版状況をざっとデータを通して紹介してきたわけだ

が、一つどうしても解決のつかない問題が残る。日本のポラールは出版社の目録に並び、読者たちはブログなどで取り上げ、論じているが、そこで暗にほのめかされている「日本のポラール」の「日本的な特性」とはどのようなものなのだろうか。同じような疑問は例えば「北欧のポラール」といったカテゴリーに対しても抱くことができるのは言うまでもないが、ともかくも「日本のポラール」と言った場合、日本語で書かれた、あるいは日本で出版された、といった客観的な特徴とはまた別に、何か「お国柄」的なものが示唆されていることは確かなのだ。二〇〇七年に出版された *Dictionnaire des littératures policières*(『ポラール事典』[4])には「日本」という項目があるにはあるが、それは主に歴史的なものであり、江戸川乱歩、松本清張、横溝正史、夏樹静子、戸川昌子から赤川次郎にわたり、この事典の刊行年までにフランスで仏訳の出ている作家にしか言及されていない。編者のクロード・メスプレードは「日本では大変人気のあるジャンルでありながら、その多様性はフランスではまったく認識されていない」と嘆いているが、ジャンルの日本性の問題は直接に論じられておらず示唆されているに過ぎない。[5] もう一つ例をあげるなら、二〇一二年三月九日付の『レクスプレス』誌は « Et les polars japonais ? »(「では日本のポラールは?」)と題された記事を掲載しており、ここでも単に江戸川乱歩から東野圭吾までのフランスに紹介されている作家を軸にした歴史が語られているだけなのだが、その締めくくりにはこう記されているのだ。

北欧のポラールのブームに続き、フランスの読者は社会的、政治的、環境上の不安などに苛まれつつ、その文学的ルーツと家族的儀礼を尊重する作家達を擁する新しいポラールの大陸を旅する機会を与えられているのだ。

ここで端的に表されているのは日本のポラールのフランスでの捉えられ方の両極性であろう。一方でその近代性、超近代性が認められていながら、もう一方では先祖代々の文学性に象徴される幻想としての日本性を通してでしか「日本のポラール」は理解されず、また商業的にもマーケティング化され得ないのだ。ポラール、特に今日のポラールが「普遍的な日本」とは最も関係の薄いジャンルであるにもかかわらず、である。残念な状況だというしかないが、それを変えていくには、他の文学ジャンル同様、翻訳を通して根気よく「日本のポラール」をフランスの読者に紹介し続けるしかないだろう。

［註］

（1）　この点は次の論文が細かく取り上げている。Anaïs Bokobza, « Légitimation d'un genre : la traduction des polars », in Gisèle Sapiro (ed), *Translatio, Le marché de la traduction en France à l'heure de la mondialisation*, CNRS éditions, 2008, p. 287-306 参照。

（2）　ちなみに、この一九七一年に出版された翻訳は、英語からの重訳である。

（3）　この原語不明、« langue d'origine inconnue » という不可思議なカテゴリーに属するのは一九八九年に刊行され

た *La mort est diplomate*（『死は外交的である』）と題された一冊だけで、どうしてこのように分類されているかは謎である。

（4） Claude Mesplède (ed.), *Dictionnaire des Littératures policières*, 2 tomes, Editions Joseph K, 2007.

（5） 第二巻、三二一頁参照。

『オペラ座の怪人』の面白さ
――エンタテインメント小説の翻訳

平岡敦

わたしはフランスのミステリやＳＦ、怪奇小説、幻想小説を中心に、これまで八十冊あまりの本を訳してきました。今日はそのなかの一冊、ガストン・ルルーの『オペラ座の怪人』を例に取りながら、翻訳を実践するうえで日ごろ心に留めている事柄をいくつかお話ししたいと思います。

初めに原理的な問題について、少し触れておきましょう。翻訳について語るときしばしば引き合いに出されるのが「翻訳家は裏切り者 Traduttore, traditore」というイタリアの格言で、「翻訳は原文の言わんとすることを正確に伝えきることができない、どこかで原文を裏切っているものだ」という意味なのだそうです。たしかにそれは、そのとおりでしょう。けれども翻訳家を、あるいは翻訳という行為を揶揄したかのような口ぶりには、いささか抵抗をおぼえずにはいられません。誰だって、自分のしている仕事が裏切行為だとは思いたくないですから。そこでわたしが座右の銘としているのは、「翻訳家は楽天家」という言葉です。

これは英米文学の翻訳家である青山南さんのエッセイ集『翻訳家という楽天家たち』からとったものです。青山南さんはその本のなかで、ご自分のちょっとした、ある意味ユーモラスな誤訳のエピソードに触れたうえで次のように書いています。

たぶん、そのあたりからだ、細かくキリキリ考えていたら翻訳はできない、とおもうようになった。だいたい、言語Aを言語Bに移し変えてみようという翻訳の考えかたそのものが楽天的なのだ。そうだよ、楽天家が翻訳家になるのか、翻訳していくうちに楽天家になるのか、そのあたりは微妙だけれど、ともかく、楽天家なのよ、と。

（青山南『翻訳家という楽天家たち』ちくま文庫、一八二頁）

これは大変、勇気づけられる言葉です。というのも翻訳の現場では、楽天的に考えねばやっていけない状況に、日々直面するからです。原文の微妙なニュアンスをめぐって逡巡することもあれば、ぴったりした訳語が見つからずに何時間も悩み続けることもあります。いったん悲観し出したら、とても身が持ちません。「翻訳家は裏切り者」だなどと思ったら、先に進めないのです。

「翻訳家は裏切り者」という言葉の前提にあるのは、いわゆる等価性（équivalence）の原則でしょう。翻訳の厳密性（exactitude）と言ってもいいかもしれません。たしかに言語Aから言語Bに移し変えるのが翻訳という作業ですが、その際には価値を損なってはならない、等価性を保たねばならないというのです。けれども、これは考え始めるとなかなか厄介な問題です。

翻訳の等価性について、わたしがいつも思い浮かべるイメージがあります。それは有名なゼノンのパラドックスのなかにある、「二分割のパラドックス」というものです。例えば、的にむけて矢を射ったとしましょう。矢はまず的までの距離の半分まで飛んでいきます。次に、残りの距離のまた半分まで飛んでいきます。そうやって、残りの距離をどこまで二分割していっても、決してゼロになることはない。だから矢は、決して的に達しないという理屈です。

翻訳には、これとよく似た側面があるのではないでしょうか。等価性をいくら追求していっても、つねにあと半分が残っている。だとすると、翻訳はいつまでたっても完成しないことになります。けれどもそれは、やはり一種のパラドックスなのです。実際には、矢は的にあたります。それと同じように、翻訳もまたいつかは終わるものだし、また終わらせねばなりません。そうやって、楽観的にかまえていかねばなりません。なぜかといえば、翻訳には締め切りがあるからです。というのはもちろん半ば冗談なのですが、翻訳が出版という社会システムに組み込まれた商品でもある以上、翻訳とは何かという原理とはまた別のファクターがそこに関わっているのも事実です。一冊の本という形で（今ならば電子書籍もありえますが）、できるだけ多くの人に読んでもらうことを最終的な目的にしなければ、翻訳という作業はただの自己満足に終わりかねません。バルザックの『知られざる傑作』に登場する天才的な老画家は、女性の完璧な絵姿を追求し、十年の長きにわたって一枚の絵を描き続けました。けれども繰り返し手を加えた果てにできた絵は、「ごちゃごちゃに寄せあつめて、無数のへんてこな線で抑えてある色だけ」「絵具の壁になっている色だけ」（『知られざる傑作』水野亮訳、岩波文庫、一八五頁）でした。翻訳家もまたこの寓話を、大いなる教訓とすべきなのです。

わたし自身、翻訳の等価性をないがしろにするつもりはありませんが、翻訳の実践において重要なのは、等価性そのものというより、等価性の重点をどこに置くのかだと思います。例えて言うならば、パソコンのマニュアルを訳すのと、マラルメの詩を訳すのでは、自ずと重点の置き方が変わってくるということです。パソコンのマニュアルにも、文体と言えるものがおそらく存在するしょう。しかし翻訳者がその文体を厳密に再現することに腐心したところで、それは無駄な努力、文字どおり的外れな努力になりかねません。翻訳者に求められるのは、マニュアルを読んだユーザーがパソコンを正しく操作できるように訳すことです。いっぽうマラルメの詩を訳そうとするならば、テクストの表面的な意味を追うだけでは事足りないのは言うまでもありません。ひとつひとつの語の韻律や象徴性にまで踏み込んだ訳文を目ざさねばならないでしょう。

さらに言うならば、同じパソコンのマニュアルの実用本位な文章でも、それが小説のなかに登場して、例えば登場人物の空疎な心理状態を反映するメタファーとして使われていたならば、味気ない無味乾燥な文章の特徴を生かした訳を心がけねばなりません。つまりどういう種類のテクストを、どのようなコンテクストのなかで訳すのかによって、等価性のポイントが変わってくるということです。

さて、ここからが本題なのですが、このセッションのテーマは「ジャンルの翻訳」であり、わたしに与えられた課題は「大衆文学の翻訳」です。「大衆文学」という言葉は、最近あまり使われませんが、今風の言い方をするならば「エンタテインメント小説」です。つまり文学作品のうち、娯楽性の高いフィクションということになります。こうしたジャンルの作品を訳すうえで重要なのは、当然ながらその作品の面白さ（intérêts）を伝えることにあります。もちろんエンタテイメント小説に限らず、どんなに難解な前衛小説にもその作品なりの面白さがあり、翻訳の使命は「言語Aから言語Bに移し変え」るなかで、その面白さを十全に表現することです。ですから、「面白さを伝える」とは文学の翻訳全般にあてはまることなのですが。

　ではエンタテイメント小説の面白さとは、どのようなものでしょうか？　わたしはそれを、ストーリー（intrigue）、登場人物（personnages）、舞台（décor）、文体（style）という四つの要素から考えてみたいと思います。例えば「外界から隔絶された孤島に集められた、怪しげな過去を持つ登場人物たちが次々に殺される謎の連続殺人を、思わせぶりな文体で描いた」ならば、アガサ・クリスティの『そして誰もいなくなった』が出来あがります。それぞれの要素を効果的に訳すことによって、作品の面白さが際立つというわけです。『オペラ座の怪人』はどうかと言えば、「パリ・オペラ座の地下に棲みつく異形の男が、オペラの可憐な歌姫に恋をして引き起こす奇怪な事件の数々」といったところでしょうか。文体は二十世紀初頭の新聞連載小説らしく大仰で冗長な感もありますが、今読むとそれがまた魅力のひとつにもなっています。

　次に四つの要素について、もう少し具体的に検討してみましょう。ストーリーの面白さを形づくる一番の特徴は怪奇性にあり、それは冒頭の一節からすでに、色濃くあらわれています。まずは原文から見てください。

Le fantôme de l'Opéra a existé. Ce ne fut point, comme on l'a cru longtemps, une inspiration d'artistes, une superstition de directeurs, la création falote des cervelles excitées de ces demoiselles du corps de ballet, de leurs mères, des ouvreuses, des employés du vestiaire et de la concierge.

Oui, il a existé, en chair et en os, bien qu'il se donnât toutes les apparences d'un vrai fantôme, c'est-à-dire d'une ombre.

(*Le Fantôme de l'Opéra*, Avant-propos)

読者の興味をいっきに引きつける、大変巧みな書き出しだと思います。fantôme とは、合理的には存在しないもの、恐怖心が生みだした幻です。ところが冒頭で、いきなり fantôme は実在した、空想の産物ではないと言っている。では超自然や非合理の世界を認めているのかというと、次の段落でそれは本物の fantôme ではなく生身の人間であると続けている。だとしたら、幽霊のような姿をした人間とはいったい何者なんだと、読者はいやがうえにも好奇心を掻き立てられるでしょう。

そこでさっそく問題になるのが、題名にもなっている fantôme という言葉をどう訳すかです。この作品の翻訳は、わたしのものも含めて現在四種の版が出ていますが、タイトルはどれも『オペラ座の怪人』です。つまり fantôme を「怪人」と訳しているわけです。これは一九二五年に同作品をアメリカで映画化した *The Phantom of the Opera* が、日本公開されたときの邦題『オペラの怪人』に遡ります。そのあと何本もの映画化作品が日本で公開されましたが、それらもすべて『オペラの怪人』あるいは『オペラ座の怪人』という題名になっていますし、大ヒットしたミュージカル版も『オペラ座の怪人』です。fantôme を「怪人」とするのが、いわば定訳となっているわけですが、fantôme という語の辞書における一義的な意味は「幽霊」です。となると、これを「幽霊」と訳すべきではないかという疑問が当然出てくるでしょう。実際、既訳のうちの一冊（創元推理文庫版）では、本文中に出てくるfantômeの訳語は、すべて「幽霊」で通しています。

けれども冒頭の一節ですぐさま明かされているとおり、le fantôme de l'Opéraは本物の幽霊ではなく、生身の人間です。異様な外見と、忽然とあらわれては消える能力から幽霊と恐れられているけれども、決して死者の霊ではありません。そう考えると、「怪人」といういささか大仰でおどろおどろしい言葉は、この作品の怪奇性を際立たせるのにぴったりではないでしょうか。映画の邦題を『オペラの怪人』としたのが誰だったのかはつまびらかにしませんが、実にうまい訳だったと今さらながら感心させられます。「怪人」という語がフランス語のfantômeと等価かどうかは別にして、少なくともこの物語全体を統べるキーワードの訳語として適切だったのは間違いありません。ただし引用部分の後段にもう一度出てくるfantômeのほうは、「本物のvrai」という形容詞がそえられていることからも、超自然的な存在である「幽霊」の意味でとらねばなりません。そこでわたしはこの二つを「怪人」と「幽霊」と訳し分け、両者に「ファントム」というルビをふるという工夫をし、次のように訳してみました。


オペラ座の怪人《ファントム》は実在した。それは長年信じられていたように、芸人たちの思いつきや代々の劇場支配人に伝わる迷信でもなければ、踊り子やその母親、案内係、クローク係や門番たちが興奮のあまりに抱いた、たわいもない空想の産物でもなかった。

そう、見せかけは本物の幽霊《ファントム》、つまりは幻影のようでありながら、生身の人間として実在したのである。

（『オペラ座の怪人』平岡敦訳、光文社古典新訳文庫、一五頁）

ちなみに他の翻訳で、冒頭の一文はこうなっています。

オペラ座の幽霊は存在していた。（三輪秀彦訳、創元推理文庫）

オペラ座の怪人は実在した。（日影丈吉訳、ハヤカワ・ミステリ文庫）

〈オペラ座の怪人〉は実在した。（長島良三訳、角川文庫）

一見なんの変哲もない一文ですが、ルビやカッコも含めて見ると、四種の版はすべて少しずつ訳が違っています。こんなところからも、翻訳というものの面白さを、難しさ、奥深さが垣間見られるのではないでしょうか。

「登場人物」について言うならば、まずは主人公の「怪人」ことエリックが異彩を放っています。彼は奇怪な容貌ながら類まれなる音楽の才能に恵まれ、美と醜を同時に体現し、その相克に苦悩するアンビヴァレントな人物です。それが如実に表現されているのが、ラストのところでエリックが昔の知り合いダロガに苦しい胸のうちを切々と語る長台詞の場面です。エリックは愛するクリスティーヌの優しさと憐憫に触れたがゆえ、自らの醜さと罪深さを思い知らされます。何人もの人を殺し、残虐の限りを尽くしてきた主人公ですが、恋い焦がれるクリスティーヌが口づけを受け入れてくれたことで、人間的な心を取り戻したのです。けれども悪の怪人というアイデンティティを失った今、彼にはもはや生きるエネルギーが残っていません。ダロガの前にあらわれたエリックは「すっかり衰弱したようすで、立っているのもやっとのように壁によりかかって」います。そして「肘掛け椅子に歩み寄ると、大きく息を吐きながら腰かけ、喘ぐような口調でとぎれとぎれに話し始め」るのです（光文社古典新訳文庫、五二三頁）。それまで恐怖の対象だった主人公が、いっきに哀れみと共感の対象に変貌し、読者を感動へと導くクライマックスの場面であり、翻訳者の手腕が試されるところでもあります。ほんの一部だけですが、引用してみましょう。

おれが小さな子供みたいにおずおずと歩みよっても、彼女は逃げ出したりしなかった。ああ、じっとそこに立って、待っていてくれた。そしてほんの少し……本当に少しだけなのだが……彼女は生身の婚約者として、額を前に突き出したような気がする。そうさ、ダロガ、おれは彼女に……口づけをした。おれが……このおれが！　彼女は死んだ女ではなかった。おれがそんなふうに額に口づけをしたあともずっと、彼女はとても自然なようすでそばにいた……ああ、口づけがこんなすばらしいものだったとは！〔……〕これほどの幸福に、おれは、おれは泣いた。泣きながら、彼女の足もとにひれ伏した……そしてその小さな足に、泣きながら口づけをした。あんたも泣いてくれるのか、ダロガ。彼女も泣いていたよ……天使が泣いたんだ……

（光文社古典新訳文庫、五二七―五二八頁）

Et quand je me suis avancé, plus timide qu'un petit enfant, elle ne s'est point sauvée... non,non... elle est restée... elle m'attendu... je crois bien même, daroga, qu'elle a un peu...oh! pas beaucoup... mais un peu, comme une fiancée vivante, tendu son front... Et... et... je l'ai embrassée!... Moi!... moi!... moi!... Et elle n'est pas morte!... Et elle est restée tout naturellement à côté de moi, après que je l'ai eu embrassée, comme ça... sur le front... Ah! que c'est bon, daroga, d'embrasser quequ'un!... [...]d'un pareil bonheur, n'est-ce pas, j'ai pleuré. Et je suis tombé en pleurant à ses pieds... et j'ai embrassé ses pieds, ses petits pieds, en pleurant... Toi aussi tu pleures, daroga ; et elle aussi pleurait... l'ange a pleuré…

(*Le Fantôme de l'Opéra*, chapitre XXVII)

エリックの切ない思いが、ひしひしと伝わってくるセリフです。映画やドラマだったら、悲壮感を盛りあげるBGMがここぞとばかりに流れるところでしょう。だからこそ、そんなわざとらしい演出を超えて読者の胸に響く訳文が求められるのです。『オペラ座の怪人』は、「美女と野獣」の物語のヴァリエーションだと言えるかもしれません。しかしエリックは、美女の口づけを受けても怪人の魔力を失うだけで、恐ろしい容貌からは逃れられません。めでたし、めでたしで終わらない悲劇性が、この作品に怪奇小説の古典たる深みを与えているのです。

ヒロインのクリスティーヌもまた、幼なじみのラウールに対する恋心と、エリックに対する哀れみの情に引き裂かれて苦しむ女性として描かれています。いっぽうラウールのほうは、クリスティーヌを一途に愛する無垢な青年というわかりやすい性格づけで一貫していますが、これはラウールの平板な人物造形によってエリックの個性を引きたたせようという作者の意図かもしれません。さらには、脇役ながら物語の展開に重要な役割を果たす劇場案内係のジリーおばさんや、間が抜けた二人の支配人のコミカルなキャラクターも見逃せません。怪奇小説のなかで滑稽な場面は読者の緊張を適度にゆるめ、次なる恐怖へと導く効果、物語に緩急のリズムをつける効果があります（モダンホラーの巨匠スティーヴン・キングなどは、そのあたりのコツを心憎いまでに熟知しています）。ですからジリーおばさんや支配人が登場するところは、喜劇性を強く打ち出すことが求められます。支配人のリシャールとモンシャルマンがジリーおばさんを呼び出し、怪人について問いただす場面など、その最たるものです。

« Comment vous appelez-vous?

「名前は何というんだね？」

「ジリーおばさんとお呼びなさいな。ほら、ご存知でしょう？　支配人さん。おちびのメグ、おちびのメグ・ジリーはあたしの娘でね」

そう言う口調があまりにぞんざいで横柄だったので、リシャールは一瞬あっけにとられた。彼はジリーおばさんをじっと見つめた（色あせたショール、ボロ靴、古びたタフタの服、煤けたような色の帽子というかっこうだった）。支配人の態度からして、どうやらジリーおばさんもおちびのメグ・ジリーも知らないらしい。あるいは聞いたことがあっても、忘れていたに違いない！けれども誇り高いジリーおばさんは〔……〕、みんなが自分を知っていると思い込んでいた。

（光文社古典新訳文庫、八九―九〇頁）

— Mame Giry. Vous connaissez bien, monsieur le directeur ; c'est moi la mère de la petite Giry, la petite Meg, quoi ! »

Ceci fut dit d'un ton rude et solennel qui impressionna un instant M. Richard, Il regarda Mame Giry (châle déteint, souliers usés, vieille robe de taffetas, chapeau couleur de suie). Il était de toute évidence, à l'attitude de M. le directeur, que celui-ci ne connaissait nullement ou ne se rappelait point avoir connu Mame Giry, « ni même la petite Giry, «ni même la petite Meg »! Mais l'orgueil de Mame Giry était tel que cette célèbre ouvreuse [...], que cette ouvereuse, disons-nous, s'imaginait être connue de tout le monde.

(*Le Fantôme de l'Opéra*, chapitre V)

オペラ座の古参というプライドを存分に発揮するジリーおばさんに圧倒され、精一杯威厳を保とうとしながらも、たじたじとなっている支配人の姿がまさに目に浮かぶようです。

「舞台」となっているのは、もちろんパリ・オペラ座です。物語はほとんど劇場の建物のなかだけで展開します。華やかな舞台、きらびやかな客席やロビーが広がるいっぽうで、地下の奈落は暗くじめじめとした、不気味な世界です。大勢の観客でにぎわうホールも、ひとたび芝居が跳ねれば人っ子ひとりいなくなり、無人の椅子がさむざむと並ぶばかり。がらんとした舞台には、置きっぱなしになった大道具の不気味な影が浮かんでいます。ここにも美と醜、明と暗という二重性が支配しています。とりわけ、日ごろ観客の目に触れない奈落、エリックの王国たる地下世界の描写には力が注がれています。それは必ずしも現実の奈落そのままではないでしょう。しかし作者の想像力が縦横に発揮された圧巻の描写が、この作品の面白さ、魅力を形づくっていることは確かです。以下のような描写から、その一端が読み取れます。

作りかけの大道具が残された舞台のうえも、人気《ひとけ》がなかった。どこかの穴から射し込む光が（死にかけた星が瞬くような、青白い陰気な光だった）、ボール紙製の銃眼を頂く古い塔を照らしている。このまがいものの夜、偽りの昼のなかでは、あらゆるものがいびつに歪んで見えた。青緑色のカバーをかけた一階席の椅子は、まるで荒れ狂う海の波が、風の岬の巨人として知られるアダマストルが下した密命により、一瞬にして凍りついたかのようだ。

（古典新訳文庫、一三九―一四〇頁）

L'équipe avait momentanément vidé le plateau, laissant un décor moitié planté ; quelques rais de lumière (une lumière blafarde, sinistre, qui semblait volée à un astre moribond), s'étaient insinués par on ne sait quelle ouverture, jusqu'à une vieille tour qui dressait ses créneaux en carton sur la scène ; les choses, dans cette nuit factice, ou plutôt dans ce jour menteur, prenaient d'étranges formes. Sur les fauteuils de l'orchestre, la toile qui les recouvrait avait l'apparence d'une mer en furie, dont les vagues glauques avaient été instantanément immobilisées sur l'ordre secret du géant des tempêtes, qui comme chacun sait, s'appelle Adamastor.

(*Le Fantôme de l'Opéra*, chapitre VII)

奈落はいたるところ、ウインチやドラム、錘だらけだった。それによって大道具を操作したり、背景を変えたり、幻想的な登場人物がさっと姿を消したりできるのだ。オペラ座について興味深い研究をしている人々が口をそろえて言うことには、老いぼれ老人が立派な騎士に、醜い魔女が若く溌剌とした妖精に変わるのも、奈落があればこそなのだそうだ。魔王《サタン》は奈落からあらわれ、またそのなかへと消えていく。地獄の業火が噴き出し、悪魔たちの歌声が響くのも、すべて奈落の底からだった。

……そして幽霊《ファントム》たちも、わがもの顔に跋扈している……

（光文社古典新訳文庫、四〇一―四〇二頁）

Les treuils, les tambours, les contrepoids sont généreusement distribués dans les dessous, Ils servent à manœuvrer les grands décors, à opérer les changements à vue, à provoquer la disparition subite des personnages de féerie. C'est des dessous, ont dit MM.X., Y., Z., qui ont consacré à l'œuvre de Garnier une étude si intéressante, c'est des dessous qu'on transforme des cacochymes en beaux cavaliers, les sorcières hideuses en fées radieuses de jeunesse. Satan vient des dessous, de même qu'il s'y enforce. Les lumières de l'enfer s'en échappent, les chœurs des démons y prennent place.

... Et les fantômes s'y promènent comme chez eux ...

(*Le Fantôme de l'Opéra*, chapitre XXI)

最後に「文体」については、先ほども触れたように、今から百年以上も前に新聞連載小説として発表された作品であり、語り口が古めかしい印象を受けるのは否めません。けれども現代からふり返って読むならば、そうした古色がまた味わいになってもいます。だとすれば、ときには大時代的な表現を意図的に交えた訳文を作るのも、この作品の面白さを表現することになるはずです。こうしてみると、翻訳者の仕事とは、原作というシナリオを日本語という舞台にのせる演出家のようなものだと言えるかもしれません。芝居の演出はとても自由です。シェイクスピアに大胆な解釈を施し、マクベスの物語を巨大な仏壇のなかで演じさせた蜷川幸雄も、立派に世界で認められているではないか。そう思うと、これまた楽天的な気分になります。

プルースト邦訳の可能性

吉川一義

私は二〇一〇年以来、プルーストの『失われた時を求めて』の日本語訳を岩波文庫から全十四巻の予定で刊行している。二〇一八年十二月には、第十三巻の『見出された時 I』が刊行され、残る最終巻を二〇一九年中に出すつもりである。プルーストの大作の邦訳にはすでに一世紀近い歴史があり、その個人全訳にかぎっても、一九七〇年代から八〇年代にかけて刊行された井上究一郎訳と、九〇年代に出版された鈴木道彦訳が存在する。(1)それぞれに特色ある優れた全訳が二種類ありながら、さらに新たな全訳を出す意義はあるのだろうか。私は四年前(二〇一四年)、この日仏会館で開催された「日仏翻訳交流の過去と未来」をめぐるシンポジウムにおいて、拙訳の最初の三巻をベースに、新訳の工夫について若干の例を提示した。(2)本日は、その後に刊行された『ソドムとゴモラ』以降の小説後半を中心に、べつの観点から私なりにどのような試みをしたのかを説明したい。

『失われた時を求めて』は、二十世紀フランス文学を代表する傑作とされ、多くの熱狂的な読者が存在する一方、途中で読むのを断念する人が多いことでも知られる。その挫折の原因は、第一に、プルーストの小説が長大であること、第二に、きわめて難解な箇所が多いことであろう。翻訳では、原作の長大さを変更することはできないが、難解な箇所については、解消はできずとも少なくとも軽減はできるのではないか。拙訳の目標は、原文の持ち味を損なうことなく、できるかぎり読みやすく理解しやすい訳文を読者に提供することに尽きる。

作中の絵画

プルーストの小説が難解と感じられるのには、そもそもさまざまな要因がある。そのひとつは、小説中におびただしい量の歴史・社会上のできごとや芸術作品への言及が出てくることであろう。その言及が具体的にいかなる事件や作品を指しているのか、それを想いうかべることができなければ、プルーストの小説を充分に味わうことができない。作中で言及された絵画を特定するのが私のいちばんの専門分野なので、まずその例を二、三、挙げたい。たとえば第五篇『囚われの女』には、シャルリュス男爵の風貌を描写したこんな一節が出てくる。

男爵は、あとをつけてくる怪しい男など目にはいらぬふりをしつつ（男爵がいっになく大通りを歩いたりサン゠ラザール駅のコンコースを突っ切ったりするときには、この手のあとをつける輩が何十人とあらわれ、テューヌにあずかろうとして男爵を離さなかった）、相手がずうずうしく声をかけてくるのを怖れて、黒く染めた睫毛《まつげ》を信心家のごとく神妙に伏せていたが、その黒い睫毛が白粉《おしろい》を塗った頬と好対照をなしている点で、氏はエル・グレコの描いた異端審問所の大法官とそっくりだった。(3)

(Ⅲ・七一一―七一二／⑪四三)

この一節では、現代の読者は馴染みのない「テューヌ」という用語に面くらうだろう。そこで私はこれに「原語 thune. 十九世紀後半から第一次大戦前まで五フラン硬貨（約二千五百円）を指した隠語」という歴史的説明の註をつけ、日本人読者のためにこの硬貨が現在の円に換算しておよそいくらに相当するかも示した。

いかにも男色家を想わせるシャルリュスの風貌にしても、最後の「エル・グレコの描いた異端審問所の大法官」を知らなければ、プルーストの比喩をすんなりとは理解できない。拙訳では、該当するエル・グレコの画は、現在メトロポリタン美術館が所蔵する『枢機卿フェルナンド・ニーニョ・デ・ゲバラ』であることを特定し、その図版を掲げたうえで、このような解説をした。「この画は一九二九年までニューヨークのヘーヴマイヤー家の所蔵品であったが、モーリス・バレスの評論「グレコ――トレドの秘密」とポー美術館学芸員ポール・ラフォンの研究「ドメニコス・テオトコプリ、通称エル・グレコ」を収録した七七五部限定版『エル・グレコ』（一九一一年）に全体図と拡大図が掲載された（それぞれ同書から図版を転載）。巻頭にはバレスの「エル・グレコの最初の擁護者のひとり〔……〕ロベール・ド・モンテスキウに捧げる」という献辞が印刷されていた。プルーストはこの書を〔著者のバレスからではなく献辞の執筆者〕モンテスキウから献呈されて礼状を書いた（一九一一年刊行直後のモンテスキウ宛書簡。ただ編者コルブは間違って一九一二年三月初旬と推定)。小説本文の「エル・グレコの描いた異端審問所の大法官」という文言は、掲載図版の下方に印刷されていたモデルの肩書き「異端審問所の大法官」(原文はともにgrand inquisiteur)を踏襲したもの。」

この画の特定は、私が日本語で出版した『プルースト美術館』やフランス語で刊行した『プルーストと絵画芸術』ですでに指摘していたことであるが[4]、拙訳にはその出版後の調査で判明した画も少なからず収録されている。たとえば同じく『囚われの女』で、嫉妬に駆られた語り手は、アルベルチーヌの横顔を眺めてこんな感想をいだく。

アルベルチーヌが完全に横向きになると、その顔(正面から見ればじつに善良で美しい顔)の私には我慢できない一面だけが見えて、レオナルドが描いたある種のカリカチュアのようにひん曲がったその風貌は、女スパイのような意地の悪さや金銭への貪欲さや狡猾さをあらわにするように感じられ、わが家にいたらぞっとするそんな女スパイの正体がこの横顔に暴露されている気がした。(Ⅲ・五八七/⑩一七三―一七四)

私は「レオナルドが描いたある種のカリカチュア」とはウィンザー城が所蔵するレオナルドのデッサンであることを突きとめ、その図版を掲載し、特定の根拠をこう記した。「上図は、ローランス版《大画家》シリーズの一冊、ガブリエル・セアイユ著『レオナルド・ダ・ヴィンチ』(一九〇四年)に収録されていた図版[5]。レオナルドが描いたグロテスクな面相の素描はほかにも多数存在するが、プル

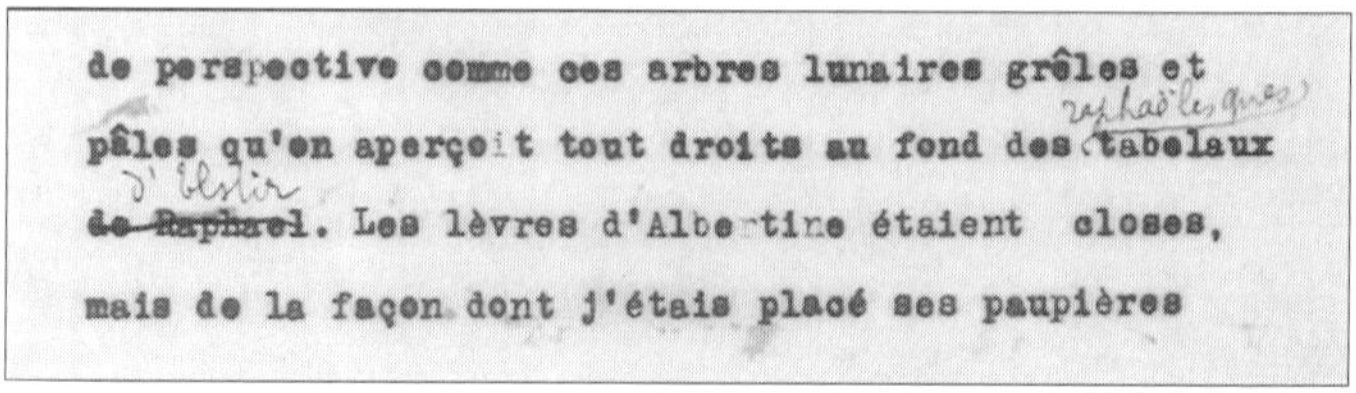
de perspective comme ces arbres lunaires grêles et
pâles qu'on aperçoit tout droits au fond des tabelaux raphaëlesques
~~de Raphael~~ d'Elstir. Les lèvres d'Albertine étaient closes,
mais de la façon dont j'étais placé ses paupières

図1

ーストの念頭にあったのは上図だと推定できるのは、このセアイユの著作で同図版が小説本文と同じく「カリカチュア」Caricaturesと表記されているうえ、「コンブレー」に出る『最後の晩餐』のラファエロ・モルゲン作成の版画が掲載されていたのも同書であることに拠る(本訳①一〇二頁図6参照)。」

また『囚われの女』には、眠るアルベルチーヌの描写のなかに、こんな一節が出てくる。「髪は、バラ色の顔に沿って垂れ、ベッドのうえの身体のわきに横たわっているが、ときにひとつだけぴんと立った髪の房が目にとまると、エルスチールのラファエロふうの画のなかで遠景にすっくと立つ、月のように青白く、かぼそい木立にも似た遠近の効果が醸し出される。」(Ⅲ・五七九／⑩一五三―一五五)。この引用のなかで、作中の架空画家「エルスチールのラファエロふうの画」という文言は、訳註に示したように「タイプ原稿に印字された「ラファエロの画」を作家が自筆で訂正したもの」にほかならない。実際、この箇所のタイプ原稿を見ると(**図1**)、下から三行目「ラファエロの画」tableaux de Raphaël をプルーストが「エルスチールのラファエロふうの画」raphaëlesques tableaux d'Elstir と訂正しているのがわかる。私はプルーストの発想源となったラファエロの画を『ゴシキヒワの聖母』と『聖母子と幼児聖ヨハネ』と同定し、これを図版として掲載した。その根拠として、両図版がともに作家には馴染みのローランス版《大画家》シリーズの

『ラファエロ』（一九一〇年）に掲載されていたこと、[6] とりわけ『ゴシキヒワの聖母』の右手奥に描かれた木立がプルーストの「遠景にすっくと立つ、月のように青白く、かぼそい木立」と符合すること、さらにこの画の木立のラスキンによるスケッチが、これまたプルーストの愛読書であった『ラスキン全集』の第五巻（一九〇四年）に掲載されていたこと[7]を挙げておいた。

ドレフュス事件およびユダヤ問題と同性愛

『失われた時を求めて』のなかで言及される作品は、もとより美術だけではなく、古今の文学や音楽や演劇やバレエなど多岐にわたる。また、古代から同時代にいたる社会・歴史上のできごとへの言及も、枚挙にいとまがない。とくにフォーブール・サン＝ジェルマンと称される社交サロンの描写が中心となる『ゲルマントのほう』以降には、当時のフランス社会を揺るがしたドレフュス事件のなりゆきや、サロンの人士のつき合う実在の著名人や、評判の芝居などへの暗示が頻出し、それを踏まえないと、会話に出てくる自慢や皮肉や当てこすりが理解できず、プルーストの小説を読むことが苦痛になりかねない。『失われた時を求めて』の完読を目指した読者の多くが『ゲルマントのほう』で挫折する原因は、そこにあるのではないか。プルーストの小説が最初に出版されたときには註など付されていなかったのだから、いまも同じ状態で読むべきだと主張する人もいるが、当時のプルーストの読者は登場人物たちの自慢や皮肉や当てこすりを理解する前提となる知識を備えていたことを忘れるべきではなかろう。現在フランスで出版されている『失われた時を求めて』のさまざまな文庫本に多くの註が付されているのも故なしとしない。

拙訳でも、読者の理解に資するためにこれらの事項には例外なく訳註を付したが、私がとくに意を用いたのは、プルーストの小説においてきわめて重要な役割を果たすふたつの問題に必要にして充分な訳註をつけることである。ひとつはドレフュス事件とユダヤ問題、もうひとつは同性愛の問題にほかならない。たとえば『囚われの女』には、一時的にドレフュス支持派であったヴェルデュラン夫人のサロンをめぐり、事件への言及がこのように出てくる。

〔常連たちは〕裁判所で昂奮したあと、夜にはヴェルデュラン夫人邸へ押しかけ、ピカールやラボリを間近に見たり、とりわけ最新の情報を聞いて、ジュルランデンから、ルーベから、ジュオー大佐から、管轄裁定からなにが期待できるかを知ったりした〔……〕。

（Ⅲ・七四一―七四二／⑪一一〇）

この一節には、ドレフュス事件の重要な節目が暗示されている。訳註に記したように、ここに言及されているのは一八九八年年二月のゾラ裁判をはじめ、同年九月に陸軍大臣に再任されたジュルランデン将軍がドレフュス再審を決定するのを嫌って十日余りで辞任し、パリ軍管区司令官として同年十一月二十三日ないし二十四日、収監中のピカールを機密文書漏洩の嫌疑で軍法会議にかける命令を出したこと、ジュオー大佐がドレフュスの再審で一八九九年九月に有罪を言い渡したこと、ルーベ大統領がやはり同月にドレフュスの恩赦に署名したことなどである。

『失われた時を求めて』の諸版にはもとより事件のこうした概要は註記されているが、井上訳がこの語のみを訳さず、鈴木訳が「軍規」と訳し[8]、私が「管轄裁定」と訳した Règlement については、フランスのいかなる校訂版にも註が付されていない。私はこの語の意味するところを、つぎのように訳註に記した。「原語 Règlement は règlement de juges のこと。どの裁判所に管轄権があるかを決める上級審の裁定（『二十世紀ラルース辞典』）。ジュルランデン将軍のさきの命令にたいして、すでに民事法廷の被告となっていたピカールは、軍法会議への召喚を避けるため、弁護士の勧めで一八九八年十二月初め、破毀院に管轄裁定を求めた（小説本文で Règlement が大文字で始まるのは、この特定の裁定を指すため）。翌九九年三月三日には勝訴の裁定がくだり、ピカールは軍法会議に召喚されなかった。[9]」これを頭に入れれば読者も、ドレフュス派であったヴェルデュランのサロンの面々が「管轄裁定からなにが期待できるか」を知ろうとしたのは、それがピカールの命運を決する重要な裁定だったからであると理解できるだろう。

フランスの社会を二分したこの事件において、ユダヤ人のスワンは、熱烈なドレフュス派の見解を披露していた。そのスワンは『囚われの女』で不帰の人となり、未亡人オデットは第六篇『消え去ったアルベルチーヌ』でフォルシュヴィル伯爵と再婚、娘のジルベルトは伯爵の養子となってフォルシュヴィル嬢を名乗り、スワンの生前には出入りの許されなかったゲルマント公爵夫妻邸にも招かれるようになる。するとジルベルトは、フォルシュヴィルを「お父さま」と呼んで自分がいまや貴族の令嬢であることを強調する一方、実父のスワンがユダヤ人であることを否認しないまでも、自分から口にするのを避ける。父親の愛情にたいする娘のこの裏切りをプルーストは皮肉たっぷりに描いている。

ある娘から、意地悪なのか不用意なのか、養父ではなく実父の名前を訊ねられたとき、ジルベルトは狼狽して、言わなければならない名前を少しでも変えようとしたのか、スワンと言わずに、スヴァンと発音したという。しばらくしてジルベルトは、この変更はイギリス起源の名前をドイツふうにするがゆえに軽蔑的になることに気づいた。

（Ⅳ・一六五／⑫三六八）

ここでは「スヴァン」と発音するのがなぜ「軽蔑的になる」のかが理解しにくいかもしれない。それゆえ拙訳にはこんな註を付した。「ノルポワのように Swann の wa を仏語ふうに「ヴァ」と発音すると、独語の Schwan「シュヴァーン」に類似し、むしろ東方由来のユダヤ人を連想させる。[10]」

もうひとつの重要な主題である同性愛の場合も、小説中には容易に理解できないほのめかしが頻出する。シャルリュス男爵の性癖をめぐるうわさ話に出てくるほのめかしを二例、紹介しよう。シャルリュスがヴェルデュラン夫人のサロンへ出入りしはじめたころ、夫人の別荘ラ・ラスプリエールへ向かう小鉄道のなかで、サロンの常連のひとりスキーは、男爵の同性愛をほのめかしてこう言う。

男爵が車掌に色目をつかいだした日には、いつ着けるか知れたもんじゃない、汽車があとずさりしますよ。ほれ、ごらんなさい、あの見つめかたを、こりゃもう小鉄道じゃなくて、フュニキュルールだ。

（Ⅲ・四二九／⑨四二五―四二六）

この「フュニキュルール」funiculeurについては、フランスのいかなる刊本も註をつけず、井上訳も鈴木訳もこれをただ「ケーブル・カー」と訳しているだけであるが[11]、この語には卑猥なほのめかしが込められている。拙訳にはこんな註を付した。「原語funiculeur. ケーブルカーを意味する「フュニキュレール」funiculaireの語尾を変えて「アンキュルール」enculeur「肛門性交をする（おかまを掘る）男」を暗示したもの（「汽車があとずさりする」も同様）。十九世紀中葉の造語で、「きわめて卑猥」な語とされる（『グラン・ラルース仏語辞典』[12]）。」シャルリュスは、その異様な振る舞いから、さまざまなうわさの対象になる。語り手の家の給仕頭はこんなことを言う。

きっとシャルリュス男爵さまはご病気だぞ、あんなに長いことピスチエールにはいっておられるんだから。ああなるんだね、歳をとって女の尻ばかり追いまわしていると。あのズボンを見ればそれとわかるさ。けさ奥さまのお使いでヌイイまで行ったが、シャルリュス男爵さまがブルゴーニュ通りのピスチエールへおはいりになるのを見たんだ。で、ヌイイから戻ってくると、たっぷり一時間は経っていたが、同じピスチエールに男爵さまの黄色いズボンが見えたのさ、真ん中の同じ場所でね、いつも男爵さまは人に見られないように真ん中におはいりになるんだ。

（Ⅲ・六九五／⑩四二三―四二四）

『失われた時を求めて』には、他人の真実を知るのはきわめて困難であるというプルーストの命題を例証するためであろう、さまざまな人物の間違った発言がことさらに書き立てられている。この給

図2

仕頭の発言はその典型である。給仕頭が「ピソチエール」pissotière なる男子小用公衆トイレを間違って「ピスチエール」pistière と言うのは序の口で、この発言にはもっと重大な誤り、つまりシャルリュスが「女の尻ばかり追いまわしている」と決めつけ、トイレでは「人に見られないように真ん中に」はいると解釈する誤りが含まれている。後者の誤りを読者に理解してもらうため、拙訳は当時の前後計六席のピソチエールの写真を掲載し（図2）、註で、その写真を借用した刊本『パリのヴェスパジエンヌ』の見解、すなわち、この形式の便所は「同性愛者好みのタイプ」で「真ん中」を占める者は露出趣味だという見解を紹介した(13)。

登場人物のことば遣い

発言の間違いといえば、社会階層や性格の相違によって各登場人物の話しことばの誤った癖が描きわけられていることも『失われた時を求めて』の大きな特徴である。私が試みた訳文の文体上の工夫として、その一端を紹介したい。『ソドムとゴモラ』の「心の間歇」の章で、二度目の滞在のためにバルベックへ着いた主人公は、間違いだらけのことば遣いをするホテルの支配人に出迎えられる。「どうか失礼を欠くとはお考えになりませんよう。お客さまにはもったいない部屋をさしあげて困りましたが、そうしましたのは騒音関係でして、こうしておきますと上にはだれもいませんので、おまくが疲れません（鼓膜《こまく》のことである）。」（Ⅲ・一四八／⑧三四一）

支配人はとくに発音の似たふたつの単語を混同し、「お得意の客」clientèle attitrée と言うべきところを「爵位を有する客」clientèle titrée と言い違える（Ⅲ・一四八）。支配人の滑稽な間違いを訳すにあたり、私は間違いの意味を直訳するのではなく、フランス語と意味が同一で、しかも発音の似ている日本語のふたつの語を見つけるよう努め、これを「おとくいの客」と「おしゃくいの客」と訳した（⑧三四一）。支配人はこれと類似の間違いをつぎつぎと犯す。たとえば、シェルブールの弁護士会長が亡くなったと、ひどく悲しそうに私に教えてくれたうえで、「『いや、ろうしゅうの人でしたね』と言って（おそらくろうかいのつもりだろう）、こんなに死期が早まったのはほうらくの生活のせいだと匂わせたが、それはほうらつの意味だった。」（Ⅲ・一四八―一四九／⑧三四二）この一節では、

routinier / roublard という音の似た一対のフランス語に、同じく音の似た「ろうしゅう／ろうかい」という一対の日本語を、同じく déboires / débauches というよく似た二語には、やはり音の似た「ほうらく／ほうらつ」という二語を充てることにした。このあと主人公はホテルの部屋で、亡き祖母をふと想い出すという辛い経験をする。支配人の間違いだらけの駄弁は、主人公の悲しみを知るよしもない人物たちの独善と愚鈍ゆえに、主人公の心中の悲嘆をかえって深める（読者にはそれを際立たせる）役割を担っているからにほかならない。私が支配人のばかばかしい間違いの訳出にこれほど工夫をこらしたのも、その重要性を認識しているからである。

登場人物のことば遣いを訳文でも不自然にならぬよう生き生きと訳しわけるのは、プルーストの翻訳を読者に退屈だと感じさせないための要諦であろう。『ゲルマントのほう』に頻出する駄洒落も、可能なかぎり註で説明するのではなく、日本語訳の読者が自然に笑えるような工夫をした。その一例のみ紹介しよう。従兄のオスモン侯爵が危篤だとの報に接したゲルマント公爵は、そのせいで晩餐会と仮装舞踏会への出席をあきらめるはめになるのが我慢できず、危篤の報を信じないふりをする。従僕が「まもなく侯爵さまのご臨終かと、皆さまお覚悟のごようす」On s'attend d'un moment à l'autre à ce que M. le marquis ne passe. と報告したのにたいして、公爵は « On s'attend, on s'attend ! Satan vous-même. » と駄洒落を飛ばす（Ⅱ・八七五）。私は、意訳になるが、この駄洒落の音を尊重し、「皆さま嗟歎《さたん》のごようす」「嗟歎《さたん》、嗟歎って、サタンはお前だ」と訳した（⑦五三八）。

郵　便　は　が　き

料金受取人払郵便

綱島郵便局
承　認
3062

差出有効期間
2021年4月
14日まで
（切手不要）

223-8790

神奈川県横浜市港北区新吉田東
1-77-17

水　声　社　行

御氏名（ふりがな）	性別 男・女	年齢 歳
御住所（郵便番号）		
御職業	（御専攻）	
御購読の新聞・雑誌等		
御買上書店名	書店	県 市 区 町

読　者　カ　ー　ド

この度は小社刊行書籍をお買い求めいただきありがとうございました。この読者カードは、小社刊行の関係書籍のご案内等の資料として活用させていただきますので、よろしくお願い致します。

お求めの本のタイトル

お求めの動機

1. 新聞・雑誌等の広告をみて（掲載紙誌名　　　　　　　　　　）
2. 書評を読んで（掲載紙誌名　　　　　　　　　　）
3. 書店で実物をみて　　　　4. 人にすすめられて
5. ダイレクトメールを読んで　　　　6. その他（　　　　　　　）

本書についてのご感想（内容、造本等）、今後の小社刊行物についての
ご希望、編集部へのご意見、その他

小社の本はお近くの書店でご注文下さい。お近くに書店がない場合は、以下の要領で直接小社にお申し込み下さい。

◎

直接購入は前金制です。電話かFaxで在庫の有無と荷造送料をご確認の上、本の定価と送料の合計額を郵便振替で小社にお送り下さい。また、代金引換郵便でのご注文も、承っております（代引き手数料は小社負担）。

TEL：03（3818）6040　FAX：03（3818）2437

プルースト特有の長文

とはいえ、『時を求めて』の翻訳でいちばんの難関は、やはり抽象的な考察がえんえんとつづくプルースト特有の長文であろう。原文そのものの理解が困難であるうえ、途中で訳語のピントが少しでもずれると、そこから先はもう意味不明になってしまう。たとえば『消え去ったアルベルチーヌ』には、出奔したヒロインから届いた手紙をめぐり、語り手がこう考える一節がある。

このような不断の変形こそ、われわれが恋愛においてたえず幻滅を味わう原因のひとつなのかもしれない。われわれは逢い引きのたびに愛する理想の存在がやって来るものと期待していたのに、この変形のせいで、われわれの夢をもはやほとんど含んでいない生身の人間が目の前にあらわれるからである。おまけに、われわれがこの人間のなにかを求めたときに受けとる手紙には、その人間はほとんど含まれていない。あたかも代数の文字には、もはや算数の数字が算定したものは残存せず、その算数の数字にも、数えあげられた果物や花の特質は含まれていないのと同様であろう。にもかかわらず、恋人とか、愛されている人とかのことばといい、その人の手紙といい、一方から他方への変換がいかに満足できぬものであっても、いずれもやはり同じ現実の人をさまざまに翻訳したものとみなしうるのは、それを読むときこそ不充分なものに思える手紙も、それが届かないかぎりわれわれは耐えがたい苦しみを味わわせるからであり、そこに記された小さな黒い記号によって、そこにあるのは発言や微笑みや接吻そのものではなくやはりその等価物にすぎないと感じるわれわれの欲望を充たすことはできずとも、われわれの激しい不安を充分鎮めてくれるからである。（Ⅳ・三七／⑫九一—九二）

訳者としては、複雑きわまる抽象的思考をになうプルースト特有の長文を、途中で切らず、できるかぎり忠実に訳文に反映するよう努めたが、それには個々の原語の充分な理解が前提になることは言うまでもない。この一節でむずかしいのは、「恋人とか、愛されている人とかのことばといい、その人の手紙といい」と訳した箇所に相当する原語 amour, être aimé, ses lettres の解釈である。この同格に置かれた三つの用語は、「代数の文字」や「算数の数字」が、数えあげられた現実の果物や花の代用であるのと同様、「恋人とか、愛されている人とかのことば」および「その人の手紙」という、「現実の人」を三様に翻訳した概念と考えるべきだろう。amour と être aimé を先行訳のように「「愛」にせよ「愛される」にせよ」と解釈したのでは、[14] 本文の意味が不分明になってしまうだろう。

以上はほんの数例にすぎないが、このような工夫によって、日本人読者は翻訳によっても『失われた時を求めて』の精髄をすこしは味わえるようになっただろうか。その成否は、もとより読者の評価に委ねられるべきことであり、訳者自身が云々することではない。外国の文学については、そもそも翻訳はあくまで二次的産物であるから、作品の神髄は原文を読まないと把握できない、という主張をよく耳にする。正論であり、私はこれに反駁するつもりはない。しかしそう主張するには、その人

（この場合は日本人読者）がよほど外国語（この場合はフランス語）に通じているのみならず、当該の作品（この場合は『失われた時を求めて』）に出てくるおびただしい量の社会・歴史上のできごとや芸術作品などにも通じていなければならないだろう。

おまけに原文にせよ訳文にせよ、テクストは刊本に印刷された文字の連なりにすぎない。言い換えれば、テクスト自体はインクの染みにすぎない。文学とは、読者がそのインクの染みであるテクストを脳裏でイメージに転換してはじめて存在する世界である。そう考えれば、精確でよく工夫された翻訳であれば、それに基づき読者の脳裏に形成されるイメージは、音韻上の相違が生じる点はべつにして、原文によって形成されるイメージに比して原理的に劣っているとは言えないのではないか。翻訳によってもプルーストの文学の精髄に触れることはできる、それこそ言語の違いを超えた真の国際理解なのだと信じるのではなければ、翻訳のような（とりわけプルーストを翻訳するという長期にわたる）厄介な仕事はできない。原文を何度も読み、それに見合う訳文を工夫し、さまざまな歴史上のできごとを調べて註をつけるという翻訳者の仕事を支えているのは、当該作品を深く理解する楽しみであり、また、その楽しみを読者と共有できるという希望なのである。

[註]

(1) 井上究一郎訳、筑摩書房、一九七三—一九八八年、「ちくま文庫」一九九二—一九九三年。鈴木道彦訳、集英社、一九九六—二〇〇一年、「集英社文庫」二〇〇六—二〇〇七年。

(2) 拙稿「プルーストをいかに日本語に翻訳するか」、西永良成・三浦信孝・坂井セシル編『日仏翻訳の過去と未来』、大修館書店、二〇一四、四二—五五頁。

(3) 『失われた時を求めて』からの引用は、ジャン゠イヴ・タディエ監修のプレイヤッド版原文（ガリマール刊、一九八七—一九八九年、全四巻）に拠った岩波文庫版の拙訳を掲げ、原文と訳文の巻数と頁数を併記する。

(4) 吉川一義『プルースト美術館』、筑摩書房、一九九八年、九七頁、一〇六—一一三頁。Kazuyoshi Yoshikawa, *Proust et l'art pictural*, Champion, 2010, p. 132, 136-141.

(5) Gabriel Séailles, *Léonard de Vinci*, Laurens, « Les grands artistes », 1904, p. 109.

(6) Eugène Müntz, *Raphaël*, Laurens, « Les grands artistes », 1910, pl. 6 et 7.

(7) *The Works of John Ruskin*, Library Edition, George Allen, London, t. V, 1904, pl. 11 (entre p. 394 et p. 395).

(8) 井上究一郎訳、ちくま文庫、第八巻四一三頁。鈴木道彦訳、集英社文庫、第十巻五七頁。

(9) 拙訳第十一巻、一一一頁、註一〇七。この註はプルーストとドレフュス事件の専門家、村上祐二氏（京都大学）のご教示による。

(10) 拙訳第十二巻、三六九頁、註二七五。

(11) 井上究一郎訳、ちくま文庫、第七巻、三四〇頁。鈴木道彦訳、集英社文庫、第八巻、四一三頁。

(12) 拙訳第九巻、四二七頁、註四八七。この註はエリック・アヴォカ氏（大阪大学）の示唆に拠る。

(13) 拙訳第十巻、四二五頁、註三九〇。« Modèle favori des homosexuels qui, pour des raisons anti-nature [pour faire chapelle], briguent la place du milieu. », Claude Maillard, *Les Vespasiennes de Paris*, La Jeune Parque, 1967, p. 36.

(14) 鈴木訳、前掲版、第十一巻、八八頁。

インタールード

出産
Naissance d’ours blancs
白熊の

多和田葉子作
坂井セシル訳
166

Il tombe　il tombe
降ってくる　降ってくる
Il tombe　il tombe
降ってくる　降ってくる
Il tombe des châtaignes
くり、ふり、くり、ふり
des châtaignes
栗

Il tombe
が降ってくる
Au seuil de la planète depuis les branches multiples au-dessus de nos têtes
宇宙の手前の枝だらけの頭上から、贈り物が
Il tombe des cadeaux
降ってくる
Emballés dans un papier de haine
敵意の包み紙にくるまれて
Je
わたし
Je
自我、いが、わたしは
Je piétine la bogue
イガを踏みつぶし
ぷりんと押し出しましょう
Pour extirper la châtaigne qui luit
La coque marron
つやつや光る栗を

Je la fends d'un coup de dents
茶色い鎧はがりんと歯で割って
Fruit enveloppé dans des sous-vêtements robustes
しぶとい下着に包まれた栗を
Le tégument de mes griffes longues griffes, griffes
その渋皮を　長く伸びた爪で、しょご、しょご、主語、主語、
Je le gratte je l'épluche
しょごしょご剥いて
Et dans ma bouche toute rouge
真っ赤な口の中で
Le marron jaune je le mâche je l'écrase
黄色いマロンを　噛みほぐしましょう
Du gras pour mon ventre pour mes fesses
お腹にお尻に脂肪を蓄え、わたしは迎えましょう
Je me prépare pour l'hiver
冬を
La neige
雪は

La neige se tient muette
雪は口を閉ざし
Le blanc
白は
Le blanc continue même la nuit venue
夜になっても続き
La solitude s'endort
孤独が眠り
je m'endors moi aussi
わたしも眠る
Sans me réveiller
Je donnerai naissance à deux poèmes à la fois
眼を醒まさずに
二つの詩を同時に生み落としましょう
Tous deux immaculés au début
どちらも初めは真っ白で
Dans un mouvement sans couleur encore
まだ色にはならない動きが

Quelques heures plus tard remuant
何時間かすると　もぞもぞと
En direction du printemps qui s'approche
近づいて来た春の時間に向かって
S'ils peuvent ramper vers le dehors
外に這い出すことができれば
Un jour cette neige se met à fondre
いつの日かその雪が溶け始め
Sera salie par la terre
土に汚れるでしょう

Les oursons sevrés de la blancheur du lait
Poussés par la faim traînent sans fin dans la boue
Pôle Nord ni cantine ni marché
Je tue des phoques
Secouant la tête comme dans un refus violent
Je déchiquète leur chair grasse
Et les nourris de bouche à bouche

A cet instant　les oursons
Gueules barbouillées de sang et de graisse
Deux langages qui ne sont plus des feuilles blanches

子熊たちはミルクの白を卒業し
空腹に駆られて　ぬかるみを這いずりまわる
食堂もなく　市場もない北極で
アザラシを殺す　わたし
激しく否定するように　首を振り
脂っこい肉を　食いちぎり
口移しで与える
その時　子熊たちは
血と脂に口を汚し
二つの言語はもう白紙ではない

Ⅳ　翻訳という経験と試練（思想、映画、詩）

開く、閉じる

――文学と哲学を翻訳する際の差異について

澤田直

差異と距離

私は主にフランス語圏文学、フランス現代思想、そして、ポルトガルの詩人フェルナンド・ペソアの翻訳などをしています。職業的翻訳家というわけではなく、自分の気に入った作家や思想家だけを訳すという贅沢な仕方で翻訳と関わってきました。そのために、これまで訳してきたものにはかなり明瞭な傾向があります。どれも、文学と思想の境界線上に位置する作家によって書かれた作品であるということです。文学と思想と言いましたが、実は、この二つは少なくとも二十世紀以降の西洋文学、とりわけフランス語文学では必ずしも截然と区別されるものではありません。すでにプルーストにしてからが、そのような傾向が見受けられますが、とりわけ私自身が関心をもっている作家について言えば、哲学者にして作家であるサルトルはもとより、哲学者ジャン゠リュック・ナンシーにしても、作家フィリップ・フォレストにしても、あるいはマグレブのフランス語圏作家であるタハール・ベン・ジェルーンやアブデルケビル・ハティビにしても、彼らの作品において、文学と思想はそれぞれの仕方で絡み合っていると言えます。彼らの作品を翻訳する作業を通して、翻訳の問題は実践的な問題としてだけでなく、理論的な問題としても大切だと気づかされることが多いのです。本日は、実践と理論をできるだけ結びつける形で、翻訳における差異の問題についてお話ししたいと思います。一口に差異と言っても、言語的な差異、文化的な差異、物理的差異、感性・情緒的差異など、いろいろとあります。ここでは、翻訳の出発言語と到着言語の差異に見られる文化的差異が言語のレベルにどう関わるのかを中心に考察します。差異性を異化効果的に、強調するというやり方ももちろんありますが、ここではむしろ距離感を縮める、差異性を薄めるという方向で考えたいと思います。

未知のことを既知のことへと置き換えるという意味での翻訳の現場で、翻訳者が遭遇する困難は、意味だけでなく、文字、音、声など多岐にわたることは言うまでもありません。しかし、いたずらに範囲を広げることは避けて、意味に絞って、考察したいと思います。さらに、ジャンルによっても当然、位相は異なるわけですが、ここでは小説と思想系の作品を取り上げることにして、そこで「開け」と「閉じ」ということを考えることにします。「開く」と「閉じる」というのは、簡単に言うと、ある言葉を説明的に拡げて訳すのが「開く」ことで、逆に凝縮的に収斂されるのが「閉じる」という方向性だと考えてください。翻訳作業の現場では、ギアチェンジのように、開いたり閉じたりを臨機応変に繰り返しながら進めていく必要があり、どちらか一辺倒ということはあまりないように思います。

ところで、小説と思想系テクストの違いはいろいろありますが、まず読み方の違い、あるいは読みの時間に着目することにしましょう。

小説の読書の時間は、切断を嫌います。どうすれば、障害物を少なくできるか、それが翻訳者の使命と言ったら大げさかもしれませんが、少なくとも嗜みだと思われます。じっさい、たいていの小説の場合、冒頭から結末まで一気呵成に読破するのが理想でしょう。飛ばしたり、前に戻ったり、註を見たり、というのはまどろっこしい。原文がもっているスピード（それは早い場合も、ゆっくりの場合もあるでしょうが）、その速度を翻訳でもできるだけそのまま再現したい。読者に余計な負荷はかけたくない。できれば翻訳で読んでいるということを忘れて、作品世界に没頭してほしい。このような願いが文学作品、とりわけ小説の場合に思うことです。もちろん、それはいたずらに噛み砕くということを意味しません。原文を読んでいてつっかえないところで、読者が躓いてしまうような訳文は作りたくない、というほどの意味です。

一方、哲学思想系の場合は、なんと言っても概念の正確さということが重要になります。何語で書かれたテクストであれ、思想書というのは、そもそもすら読むものでも、読めるものでもありません。たとえリニアに読んでいくものであったとしても、確認のために行きつ戻りつしたり、難解な場所では、何度も繰り返し読んで、足踏みしたりすることもあるでしょう。このように、一歩一歩確認しながら時には手探りしつつ進む点では、作品に固有なリズムや速度があるとしても、思想書の読書は、作者の文体のスピードのみならず、読者自身の思考の速度やリズムによるところが多い。ですから、ここでの翻訳者の留意点は、とりあえず、一般的な読者を思い描き、その読者に対して概念のできるだけ正確な等価物を提示することになります。

そういうわけで、同じく読者に負荷をかけないことに気をかけるとしても、それに対する対応方法は小説と思想書とではかなり違うと思われます。

文学の場合の開くと閉じる

まずは小説から始めましょう。翻訳する文化がとても近い例から見てみます。フィリップ・フォレストの日本を舞台にした小説の場合です。作者はもともと比較文学の研究者でしたが、幼い娘さんの死を乗り越えようとして書いた小説『永遠の子ども』で作家になった人です。フォレストさんは日本語ができるわけではありませんが、日本文化一般に造詣が深く、フランスでは日本文化の準専門家と見なされています。実際、「日仏翻訳文学賞」のフランス側の選考委員の一人でもあります。また、作家になるにあたって、津島祐子や大江健三郎といった日本の作家の翻訳された作品から多くの影響を受けたということも付け加えておきます。

私は、縁があって、フォレストさんの『さりながら』(*Sarinagara*)という小説を訳しました(1)。このタイトルは小林一茶の句、「露の世は　露の世ながら　さりながら」から採られた日本語です。ローマ字で表記されていますが、まぎれもない日本語で、普通のフランス人読者にとっては、謎のタイトルです。まずはこの日本語のタイトルを、日本語にどう訳すか、これも大問題なのですが、ここではその問題には入りません。

『さりながら』は彼の第三小説ですが、入れ子構造をとった作品で、全体はプロローグと七章からなり、パリ、京都、東京、神戸へと旅する、作家本人を彷彿とさせる語り手の物語（一、三、五、七章）と、それらに挟まれた小林一茶（二）、夏目漱石（四）、山端庸介（六）の物語への追想からなる、いわばオートフィクションです。一茶と漱石はフォレストと同様、子どもを亡くしています。ですから、そこに通底するのは愛する子どもの死を悼む風景です。

ところで、『さりながら』は日本を舞台にするため、日本に関する記述のなかにフランス人向けの説明的部分がしばしば出てきます。たとえば、「江戸、現在の東京」といったフレーズです。これは、日本人以外の読者へ向けての目配せであり、いわば註の形式をとらない著者註、あるいは自己翻訳的なパラフレーズです。フランス人読者にとっては役に立つ情報も多いのですが、私たち日本人読者にとってはむしろ夾雑物になりかねません。そこで、著者とも相談の上、話の流れに必要である場合は別として、この手の説明的な部分を省略することにしました。日本の読者にとって「江戸」には、十分に明確なデノテーション、そして多くのコノテーションがあり、このような付帯的な説明は不要だからです。これが非常にわかりやすい「閉じて訳す」ということの例です。

はたして、訳者にそんな権限があるのか、という議論の余地は大いにあります。しかし、ここでは作者が開いて書いたものを、閉じただけで、もしフォレストが日本語で書いていたなら、このような説明はしなかっただろうから問題はないと判断したわけです。そして、著者の了解も取った上なので、許されるかと思っています。

ところで、このように「開いて書く」という書き方は、じつは、フランス語圏文学の作家たちがしばしば用いる手法であり、彼らの作品を読んでいると、しばしば遭遇するものでもあります。北アフリカの文化や風習に詳しくないと考えられるフランス人の読者を想定して、作者が現地の人にとっては言わずもがなの情報を付け加えて書いていくことがあります。もちろん、逆に、いかにも異国めいた風物をちりばめて、読者の関心を引こうとすることもありますけれど……。じっさい、未知の言葉や記号はエキゾチシズム文学の常套手段でもあります。だとすると、今述べたような「閉じた訳」をすることで、フォレストの作品のスタイルがもつ、エキゾチシズム的な要素を消し去っている可能性も大いにあり、ある種の距離が消えてしまうのではないか、という危惧がないわけではありません。ただ、フォレストは、日本を異国趣味の味つけで語ろうとする作家たちとは基本的にスタンスが違うので、大丈夫だろうと思っています。

「開いて訳す」の例も簡単に述べます。こちらは、先ほどとは逆に日本の読者に馴染みの薄い固有名詞や一般名詞などに関して、註をつけるのではなく、補足的な説明を地の文などに滑り込ませて訳す場合です。「ラバト」と書いてあるところを「首都ラバト」などと訳すのが、これにあたります。原文にないものを訳者の裁量で付加するわけですから、かなり勇気が入ります。越権行為と言われかねません。しかし、後註や脚註はもちろん、割り註もできるだけ入れたくないというのは多くの訳者の願いだと思います。私の場合、現代作家の場合は、相手に相談して、許しを乞うことにしています。じっさい、註だらけだと、ひっきりなしにブレーキをかけられているようで、乗り心地が悪いことこの上ない。その意味でも、厳密にアカデミックな立場からは批難されるかもしれませんが、個人的には、初訳の場合は、こういった訳し方は、ある程度許されるのではないかと考えています。本シンポジウムでも、新訳の話が色々と出たわけですが、初訳と新訳はある程度、話を分ける必要があるのではないでしょうか。新訳を手に取る読者にとっては、作品はまっさらではないことが多いでしょうし、すでに多くの情報もあるはずです。その意味で、「開いて訳す」必要性は少ない気がします。フィリップ・フォレストがいつかたいへん古典的な作家になって、その新訳が出るときには、ああ、澤田の訳は、原文にあまり忠実でなかった、ひどかったねえ、などと言われるのかもしれません。

哲学を訳す

小説の話はここまでにして、今度は、思想系の作品の翻訳について考えてみたいと思います。世界文学のシンポジウムなのになぜ哲学思想の話をするのか、と思われるかもしれません。簡単に理由を述べると、まず歴史的事実との関係のためです。パスカル、ルソー、サルトル、ボーヴォワール、ロラン・バルト、ドゥルーズ、フーコー、デリダ、シモーヌ・ヴェイユなどの訳者はほとんどがみな、制度的な分類で言えば仏文学者でした。また、ベルクソンに関して言えば、彼はノーベル文学賞の受賞者でもあります。つまり、思想書を世界文学の枠で考えることはけっして不自然ではないと思うのです。

もう少し本質的な理由もあります。世界文学とは言うけれど、「世界哲学」は聞いたことがありません。なぜでしょうか。もちろん、英米哲学、ドイツ哲学、フランス現代思想といったジャンル分けはされてきました。しかし、文学の場合と違って、もともと国民哲学などなかったのですから、世界哲学というのも明示的には問題にならなかったのです。そもそも哲学は初めから普遍性を標榜してきたからです。しかし、その一方で、「哲学を何語で行うのか」については、学者たちがラテン語を捨て、俗語で書きはじめるようになってから、じつは水面下では常に気にかかっていた問題でもありました。最も有名な例は、ハイデッガーの場合です。彼は、真の思考は、ギリシャ語とドイツ語のみによって可能であり、フランス人でも、本当に思考しはじめるとドイツ語を使いはじめると——インタビューの中ではありますが——言いました。詩を翻訳することができないのと同じように、思想を翻訳することはできないのであり、せいぜい書き換えることぐらいしかできない、とまで言っています。(2) しかしながら、このような言語と哲学の密接な連関性は二十世紀以降に少しずつ顕在化してきたことで、それまでは、西洋では少なくとも、哲学は何語で書かれていようが普遍的な言葉だというのが暗黙の了解でした。その一方で、日本語話者にとっては、問題はそれほど明快ではなかったでしょう。そもそも哲学の根幹にあり、ヨーロッパ言語では基盤になる「存在」を表す、being, être, sein に当たる動詞が日本語にはなかったからです。これを編み出すに当たって、明治期の日本人たちがいかに努力したかについては、日本の翻訳史でよく語られることです。

具体的な話から始めましょう。最初にも申しあげたように、思想書の場合は小説と違って、註をつけることは不可能ではありません。というか、本文における概念の処理は一義的に行い、補足的に註などで行うことは不可欠ですらあるかもしれません。その意味で、概念に関しては、一対一対応という形で、原語を訳すのが望ましいと言えるでしょう。ある言葉を文脈に応じて、異なる訳語を当てたり、「開いたり」「閉じたり」して訳すのは、小説の場合とは違って、避けたほうが良い、これが原則だと思います。というのも、文学が語の多義性を縦横に用いて物語を繰り広げるのに対し、真理を対象とする哲学思想は、誤解を避けるためにも語の一義性に向かうと考えられるからです。哲学的言説の理想形は長らく数学言語的な一義性であり、このことは十九世紀までの哲学においては自明のことでした。ところが、いわゆる現代思想と呼ばれるものは、必ずしもそうとは言えません。なぜなら、現代思想はまさに、語を単一概念へと包摂するような形ではなく、語の多義性に依拠しながら論証を展開する方向にあるように見えるからです。そうなると、語の意味を一つの言葉に「閉じる」のではなく、「開く」必要も当然出てくるでしょう。

実存とは

専門的で面倒な思弁的な議論には立ち入らず、例をひとつ挙げたいと思います。私の専門は実存主義ですから、実存（existence）という語にさせてください。この言葉は、フランス語では、きわめて日常的な場面でも用いられる言葉です。仏和辞典を引くと「存在、実在、寿命、生活、生き物」などと出ています。

平岡敦先生のご発表でも、『オペラ座の怪人』の冒頭の例が紹介されていました。「オペラ座の怪《ファントム》人は実在した（a existé）。」こんな風に、フランス語としてはごく普通の言葉です。ところが、哲学を日本語に訳す際の最大の難関は、このような単純な言葉の処理にあります。というのも、この日々何気なく発せられる単語が、哲学用語では「実存」となるからです。哲学史的に見ると、この言葉は、存在（être）という語の一側面を表し、本質存在（essentia）に対する現実存在（existentia）を指します。この「現実存在」という言葉を「実存」と短くしたのは、九鬼周造だと言われていますが[3]、この言葉がまさに中枢的な概念として用いられるのが、いわゆる実存の思想です。高校の倫理の教科書にも、サルトルが述べた「実存は本質に先立つ」という言葉が出てきます。これを授業で説明する場合には、人間の場合は、事物の場合とは違って、「ここにあるということのほうが、なにであるかということよりも前にある」とパラフレーズして説明します。パラフレーズとはいわば言語内翻訳です。つまり、この敷延は、「実存は本質に先立つ」という文を「開いて」訳したものと言ってもよいでしょう。

ところが、このキータムであるはずのexistenceという語の意味が、サルトルが戦前に書いた小説『嘔吐』（一九三八年）と、戦後の実存主義の時代のテクストとではまったく違う意味あいで用いられているのです。êtreとexisterの意味が、ほぼ一八〇度正反対と言ってもよいほどです。そこで、鈴木道彦先生の『嘔吐』の新訳（二〇一〇年）では、existerを「存在する」と訳し、「実存」をあえて使わなかったと説明されています。これは極め正しい配慮だと思います。さもないと、「鷗は実存する」などという、読む者を当惑させる文が頻出してしまうからです（「実存」という言葉は、人間の生き方に限定された概念として流通しています）。ところが、同時に、日本語だけで読む読者にとっては、サルトルが用いていたexistenceという語（実存という概念ではありません）の連続性は完全に見えなくなってしまいます。

ところで、このような語の多義性が一冊の書物の中にある場合はどうすればよいでしょうか。別の例を見てみましょう。シモーヌ・ヴェイユの『重力と恩寵』です。ヴェイユはきわめて精緻な思考を簡潔で見事な文章で表現した思想家です。彼女の師であるアラン譲りの読ませる文体。ヴェイユは好きな思想家ですが、ぼく自身はこれまで訳したことはありません。ここでその話をするのは、もちろん既訳にケチをつけるためではありません。

Dieu existe, Dieu n'existe pas. これはすなおに「神は存在する、神は存在しない」と訳せるでしょう。個人的には「実存」ではなく、「存在」を使うと思います。「いる、いない」までは開かないでしょう。しかし、名詞構文の次の文章、Existence simultanée des incompatibles dans le comportement de l'âme は、「魂における両立不可能なものの同時的存在」と訳すのではなく、「魂のうちには両立しがたいものが同時に存在する」と開いて訳したい気がします。日本語は動詞構文にする方が断然、落ち着きが良いからです。これらの例は細部の技術的な例のように見えるかもしれません。しかし、読みやすさを優先させるこのスタンスは、哲学思考の流れを見えにくくしてしまう危険も大いにあるのです。

哲学の概念は包摂するものであり、その意味で閉じる方向に進みます。さらに言えば、フランス語そのものが日本語と比べて抽象性を好み、名詞構文が多用されるという違いがあり、その意味でも閉じる傾向があります。言い換えると、具体的なものと抽象的なものの距離がきわめて短いし、具体性から抽象性への飛躍が日本語と比べてスムーズに行われる。私の念頭にあるのはベルクソンの文章です。フランス語で読むとき、ベルクソンの文章は澄明で、すーっと頭に入ってきます。ところが、それを訳そうと思った瞬間、はたと困り、尻込みしてしまいます。それを単純に「言葉の壁」などという安易な表現で言いあらわせるとは思いませんが、具体から抽象、またその逆へと融通無碍に展開する文章を前にして多くの訳者が手こずっているように思えてなりません。その理由をもう少し考えていきたいと思います。

概念から記号へ

翻訳者は、日頃から様々な形で辞書のお世話になっているのですが、バルバラ・カッサンが編纂した『ヨーロッパの哲学語彙、翻訳しがたいものの辞書』という画期的な哲学辞典があります[4]。通常の辞書のように意味を単一言語へと還元・収斂させるのではなく、むしろ多言語からなる哲学概念の空間を想定した本です。十数カ国語に翻訳され、哲学辞典としては例外的な売り上げを記録し、哲学研究に新たな地平を開いたこの本のコンセプトは、一般に概念（つまり意味内容）だと思われているものが、まずもっては語（記号）であり、それゆえ、時には他言語には容易には翻訳できないということです。これは概念の普遍性という西洋哲学の伝統に対する真っ向からの挑戦と言えます。

ここで問題になっているのが語彙であることは徴候的です。文学翻訳では、単語単位の忠実さなどというのは、あまりにも素朴な考えだと思われますが、哲学においてはそうではありませんでした。というのも、長い間、哲学の翻訳は概念の移し替えの問題として考えられてきましたし、現在でもそのように考えている人は少なくありません。

哲学書の翻訳に際して、多くの場合、訳者はある単語がどのような概念へと送り届けられているのかということにまず注目し、その概念に適すると思われる訳語を選定することから作業を始めます。既存の訳語が相応しくないと思われれば新造語を編み出すことも辞さないでしょうが、何よりも意味の移し替えに腐心することになります。ところが逆説的にも、そのためにひとつの単語は、その意味内包によって幾通りかに訳されることになってしまいます。sujet（主体、主観、主語、主題、被験者）、objet（客体、客観、対象、事物）といった基本中の基本概念すら、日本語に一義的に置き換えることができないという現実と、概念は普遍的であるはずだという哲学的要請が、真っ向からぶつかることになるのです。カッサンの仕事は、この点を抉り出すとともに、そこに積極的な意味を読み取ろうとするものです。

例として、transcendantal という語を見てみましょう。この語は英仏独伊西などでは綴りに若干の違いはあっても同じ単語です(5)。日本では、初め、カント哲学を訳すためには「先験的」という言葉が使われていましたが、九鬼周造が「超越論的」という訳語を提唱しました。カント哲学の場合は、「経験に先立つ」という含意を考慮した「先験的」という訳語は非常にわかりやすい訳語であり、意味内包を重視した訳の一例と言えるしょう。九鬼は「先験的」に代えて「超越論的」を提唱した理由を『西洋近世哲学史稿』で説明していますが(6)、興味深いのは、その提案の理由の重要な部分がカントとフッサール、ハイデッガーに共通に用いられている transzendental の連続性を保持したいという意図と絡んでいることです。つまり、概念を意味的に開きつつ、一つの訳語に封じ込めるような「先験的」ではなく、逐語的、あるいはアントワーヌ・ベルマンが強調したような字義性に基づいた「超越論的」のほうがよいという主張です。

既に述べたように、現代思想は、概念を規定してそのうえに構築物を立てるという作業ではなく、概念を分解する作業、より精確に言えば、ひとつの語の意味の境界をかぎるのではなく、その結界を解きほぐし、自由な地平を解き放つ方向に向かっています。こうして、語や文章は可能ないくつもの解釈の間を揺れ動き、それが翻訳者の不幸のもととなります。つまり、概念を移し替えるという作業では、翻訳作業はとうてい不十分なのです。「哲学する」ことは、新たな概念を創出することだ、とドゥルーズは言いましたが、現代思想はそれ以上に新たな様式の創出であるようにも思えます。つまり、概念なり観念ではなく、多義的なシーニュを通して、思考を展開すること。このような思考を翻訳するのが難しいとすれば、概念がなんらかの意味内包を包摂するものに対して、シーニュはむしろ逆に「開け」のうちで投げ出され＝放棄されているからです。

かくして、現代思想の翻訳の場合、訳者はしばしば原語を併記したり、註をつけたりするだけでなく、当記号（＝）などを用いながら、多義性を伝えようとします。しかし、そのような工夫をすればするほど、翻訳の根本にあるダブルバインド、つまり翻訳が全面的な意味の可能性を目指しながら、それでも意味の不可能性が必ず残ってしまい、そしてまさにこの翻訳不可能性こそが、ある原語の固有性において翻訳されるべきものを構成していることを露わにしてしまうのです。つまり、翻訳の存在理由は、ある言語の翻訳不可能なものと密接に関わり、かつそれによって逆接的に要請されていると言えるでしょう。ここで、これ以上、哲学的ジャーゴンのようなものを続けるのは恐縮なので、一つだけ例を挙げれば、philosophia と poiesis というギリシャ語が、ラテン語に翻訳されることなく、ただ音写されただけだったということがあります。つまり、ヨーロッパ言語では、「哲学」や「詩」という語は翻訳されることなく、カタカナ言葉に止まったという恐るべき事実、これこそが、概念と記号を考える時の出発点になると思うのです。「開くこと」と「閉じること」の究極的な消失点は、訳さず音写することではないでしょうか。

「われわれ」とは誰か

話がかなり思弁的になってきたので、もう一度、現場に立ちもどり、哲学書の翻訳に関してもう一つ実践的なレベルの話をしてみたいと思います。

それは、「私たち」nousという、言説の主体を表す代名詞の処理についてです。フランス語では論文を書くとき、主語にこの「私たち」を用います。今では、日本の研究者でもこのスタイルを真似て書く人も少なくないのですが、謙譲を表すと言われるこの「私たち」だけでなく、一般論に関してもonではなく、nousが用いられることもあるので、nousという代名詞は頻出しています。

いま私は、サルトルの初期の重要な論考『イマジネール』(*L'Imaginaire*)——これは従来『想像力の問題』という邦題で親しまれてきたものですが——の新訳をしているところです。この翻訳では「われわれ」を可能な限り省きたいと思っています。そうでないと、「われわれが」「われわれの」「われわれに」と頻出するのですね。何だか学生時代を思い出します。われわれが学生だった頃は、まだ学生運動の名残があり、大学のキャンパスでは時々アジ演説というものがされていました。その演説は、「われわれはー」から始まり、「われわれ」の連呼でした。日常生活で「われわれ」という言葉を頻繁に用いるのは、きな臭い演説でなければ、「われわれは宇宙人だ」という宇宙人だけです。というわけで、「われわれ」の代わりに「本書では」と置き換えるなど、様々な仕方で開いて訳すようにしました。一例を挙げます。

[...] si nous ne nous bornons pas à comprendre pour nous seuls, si nous voulons transmettre par le discours le résultat de notre activité d'intellection, il faut nous transporter sur un autre plan et exprimer au moyen de signes verbaux ce que nous avions saisi comme relation spatiale.[7]

これを初心者風に、逐語的に訳すとこうなります。

もしわれわれが理解するのがわれわれだけのためではなく、われわれが言説によってわれわれの知的理解の活動結果を伝えようとするなら、われわれは別の次元に移る必要があるし、われわれが空間関係として把握したものを言語記号によって説明する必要があることになる。

この文では、一般論としての主語の「われわれ」は、目的語や所有形容詞でも繰り返されます。しかしこの主張は、日本語では、ほぼ「われわれ」なしで表現されるのではないでしょうか。

理解をすることはただ自分だけのためではなく、知的理解の活動の結果を言説によって他人に伝えようとすることもあるのだとすれば、われわれは別の次元に移る必要があるし、これまで空間関係として把握してきたものを、言語記号によって説明する必要もあるだろう。

改めてこんな初歩的にも見える話をするのは、今でも哲学の翻訳は逐語的なものが少なくないからです。しかし、それでもなくても理解に知的エネルギーを必要とする哲学的テクストを読みやすくするためには、少なくとも、地の文で読者にかかる負荷を少なくする工夫をするべきだと考えます。

神秘家としての翻訳者

じつはまだまだ言うべきことは多いのですが、与えられた紙幅も残りわずかになりました。とりあえずの結論のようなものを述べたいと思います。

小説の翻訳と、思想書の翻訳における、差異性との対応ということで「開く」「閉じる」という振る舞いを見てきたわけですが、このことを抽象的に表現すれば、原文の意味や概念より、シーニュとどう関わるかということかと思います。概念というのはなんらかの意味内包を包摂するものであるから「閉じる」方向に進むのに対し、シーニュは逆に「開け」のうちへと投げ出されている何かであり、それが小説世界の多義的世界であり、現代思想の多義性でもあります。ところが、「開いて訳す」ことは、じつは逆接的にそれを一義的に規定してしまうことであり、むしろ「閉じて」おいたままにしたほうが、読者からすれば、多義性へと開かれているということもあります。

さきほどの例で言えば、「首都ラバト」という訳は、ラバトという言葉のさまざまなデノテーションやコノテーションのうちの一部へと限定するということで、開きつつ、じつは「閉じる」方向にあります。一方、「実存は本質に先立つ」という技術的にも見えるフレーズは、読者にさまざまな解釈の余地を残すことで、じつは閉じた文章でありながら、解釈に向けて「開かれている」と言えます。このことをもう少しだけ哲学的文脈で言うと、述語的世界観（コトを表す「開いた」表現）と主語ないしは名詞的な世界観（モノに根ざした「閉じた」表現）ということになるのですが、専門的な話はここまでにします。

いずれにせよ、「開く」と「閉じる」はメビウスの輪のように反転していきます。このことを思想と翻訳の地平でどう考えるのか、これが今回発表の機会をいただき、準備するなかで、私のうちで浮上したたいへん豊かな問題構成です。それに対する明確な回答はまだありません。

翻訳者はどこか神秘家に似ている。そんなことをふと思いました。神秘体験において、神秘家は神と完全に同一化し、歓喜の中で神を享受します。ところがそれは言葉にできない体験であって、それを表現しようと思っても不完全な形でしかこの体験を伝えることはできません。それでも彼は通常とは異なる回路を通じて、その同じ合一を別の形で伝えようとします。同じように翻訳者も、読んでいるときには、完全な合一のうちにあったはずなのに、到着言語の世界へと戻ると、歓喜の合一体験はもどかしいほどに遠い出来事になっています。それでも自前の言葉でこの神秘体験をつづり直すしかないのです。ベルクソンは最晩年の主著『道徳と宗教の二源泉』において神秘家について触れるとともに、仮構機能（fonction fabulatrice）ということを示唆しました。その言葉を換骨奪胎しながら、ドゥルーズが言ったことを引用します。

仮構〔＝作り話〕なしに文学は存在しない。しかし、いみじくもベルクソンが見てとったように、仮構、仮構機能というのは、自己を想像することや投影することではない。それはむしろ、このビジョンに到達すること、生成変化ないしは力にまで自らを高めることなのだ(8)。

神秘家としての翻訳者は開きつつ、閉じ、閉じつつ、開くという振る舞いのなかで、差異性を抹消することなく、接近不可能なものに接近しようとする不断のexercice（練習、実践、営為、〔宗教的には〕勤行、礼拝）に身を委ねる恍惚者なのかもしれない。そんなことを夢想しました。というわけで、問題系を開いたまま、私の発表を閉じたいと思います。

【註】

（1）Phillippe Forest, *Sarinagara*, Gallimard, 2004. フィリップ・フォレスト〔『さりながら』澤田直訳、白水社、二〇〇八年〕

（2）マルティン・ハイデッガー「シュピーゲル対談」、『形而上学入門』川原栄峰訳、平凡社ライブラリー、一九九四年、四〇二―四〇三頁。

（3）九鬼周造「実存哲学」、『九鬼周造全集』第三巻、岩波書店、一九八一年、七六頁。

（4）Barbara Cassin, *Vocabulaire européen des philosophies*, Paris, Seuil et Robert, 2004. 未邦訳だが、序文のみ訳がある。

バルバラ・カッサン「『ヨーロッパの哲学語彙――翻訳しがたいものの辞書』序文」（三浦信孝＋澤田直＋増田一夫訳）『日仏文化』八六号、日仏会館、二〇一七年。同じ号には、カッサンの日本での講演「複数の言語で哲学すること」（三浦信孝訳）も収録されている。

（5）　多くの術語と同様、ラテン語由来のこの言葉の基にあるのは中世哲学、十三世紀以降から用いられた transcendens であり、それがもともとはアリストテレス的意味での範疇ないしは存在の最高類がもつ限定性 limitatio を「越える」という意味で用いられました。その後の変遷についても考察すべきことは多いですが、それは別の機会に譲ります。

（6）　九鬼周造『西洋近世哲学史稿』、『九鬼周造全集』第七巻、岩波書店、一九八一年、四〇―四四頁参照。

（7）　Jean-Paul Sartre, *L'Imaginaire*, Gallimard, 1940, p. 134.

（8）　Gilles Deleuze, « La littérature et la vie », *Critique et clinique*, Minuit, 1993, p.13.〔「文学と生」『批評と臨床』守中高明他訳、河出書房新社、二〇〇二年、一六頁〕

映像のような言葉
――可視化された字幕のために

マチュー・カペル

逝去二カ月前の二〇〇二年六月、ジャック・デリダはフランス国立視聴覚研究所（ＩＮＡ）のコレージュ・イコニック〔ＩＮＡで一九九三年から二〇一二年まで行われていた分野横断型のセミネール〕に招待され、「痕跡とアーカイヴ、イメージと芸術」というテーマで討論を行っている。二〇一四年に出版されたその報告集によると、[1]セミネールでは、エジプト人映画作家サファアー・ファティ（一九五八―）によるポートレート映像『デリダ、異境から』の上映も行われている。デリダはこの映画を高く評価しているが、その理由は、この作品がまさに個人を記録したポートレート映像を超え出ている点にあると述べる。つまり、この映画は「視覚ないし聴覚にうったえる映像であり、それ以外の何も含まないもの[2]」として鑑賞可能なのである。それは次のようにもパラフレーズされる。「これが一本の映画となるためには、映像だけで自立できること、映像の参照先やそれによる保証を必要としないことが求められます。映画とは参照先なき映像のことなのです。[3]」ちなみに、こう述べる少し前では、デリダは「暴力なしに言葉を映像に」ないしは「映像の掟に」従わせる作業の美点を賞賛している。「映画の中で言葉はまるで映像のようにしてそこにありました。すなわち、言葉は、リズム、つなぎ、映像《イコニック》の内的論理とも言うべきものの必然性に言わば従うために作られたかのようでした。それゆえ、この作品は映画であり、講義ではありません。〔……〕これらすべては完全に映像的《イコニック》です。映像的《イコニック》というのは、視覚的にであれ音響的にであれ、映像の必然性と掟によって構造化されているものを指す言葉です。(4)」

この映画を観た人、ある日デリダを読んだり、彼の饒舌を聞いたりする機会に恵まれた人なら誰でも、言葉をめぐるこの問いがどれほどの重要性を持っているかがわかるだろう。言うまでもなく、それは言葉の受取りとその理解をめぐる問いである。ただし、それは哲学的なジャーゴンや婉曲表現の曖昧さとは無関係である。それは、より本質的に、言語についての問いなのである。

> 他に何の予備知識もなくこの映画を観る条件、最小限の条件とは、目が見えて耳が聴こえるというだけでなく、フランス語がわかることだと〔私は〕言いました。ところで〔……〕この映画が公開されたときに起きた議論が思い出されます〔……〕。誰だったか、アルテ社〔この映画を製作したテレビ局〕の責任者の一人はやきもきしていました。〔……〕。というのも、この映画があまりにフランス語と結びついているからです。なるほど、映画内でフランス語が使われているだけでなく、いかにもフランス語らしい言い回しの、フランス語の際立った特徴を持った、フランス語圏内部でしか通用しないようなテクストが引用されています。だから、そうしたいくつかの

長い引用のせいで、彼はこの映画が例えばドイツ〔フランス以外で最初にこの映画が封切られた国〕では歓迎されないのではないかと危ぶんでいたのです。それゆえ、わたしたちは一丸となって彼の説得に向かいました。そして、そのことが障害にならないどころか、言葉を、しかもこの上なくフランス語的で、ほぼ翻訳不可能であるような言葉を、字幕という作業を通じて、映像としてスクリーンに映すのは、挑戦に値する興味深い事柄であるということを理解させようとしました。つまり、言葉はそもそもそれ自体が翻訳不可能という性質を持っており、まさしく翻訳不可能だからこそ、言葉が映像として機能するということを理解させようとしたのです。(5)

ある哲学的な言葉を裏づけるための長い引用で構成された一本の映画。ポートレート映像を超えるポートレート映像の経験のための映画。こうした特殊な条件を鑑みれば、デリダがここで述べている字幕の使用法は、理解可能であるばかりか、歓迎すべきものですらあるように思われる。なぜなら、字幕とは、それ自体、言葉をイメージに届《プリエ》させる、もっと言えば、言葉をイメージの中に折《プリエ》りたたむという経験の一部をなしているからである。とはいえ、平均的な観客が日々さまざまなスクリーンを前に体験している通常の経験からは、やはりかけ離れているのも確かである。事実、この「映像のような言葉」は、数多くの例の中でも、とくに『薔薇の葬列』（松本俊夫監督、一九六九年）を思い出させる。この映画では、まるで無声映画のように、映像の奔流の中にボール紙に書かれたボードレールやアポリネールの引用が挿入される。まるで、映画の物語世界に対するアイロニカルな対位法である。より最近の例であれば、ジャン＝リュック・ゴダールの実験的作品『ゴダールの映画史』（一九八八―一九九八年）を想起してもいい。その中では凝った手法で複数の映像がオーバラップで重ねられるだけでなく、文字や連辞《サンタグム》、単語やフレーズが加えられていく。これらの文字やフレーズは、映像の背後から聞こえているオフの声の転記でも翻訳でもない。こうしたインサートのやり方は私たちの通常の字幕の使い方から遠く離れている。題名であれ、ト書き《ディダスカリ》であれ、これらのインサートは同一平面で映像と完全に一体化している。インサート画面において、意味を生産する二つの異なる審級〔＝言葉と映像〕の関係が翻訳のそれではないとき、両者の間に生じる隔たりや、書かれた文字が映像に対峙したときに持つ外示的・共示的な価値、そして両者の競合や相互補完性が問題になる。それゆえ、海外上映用の字幕、たとえば、日本語字幕などが、こうしたト書き《ディダスカリ》と同じ地位を持つことはあるまい。通常の字幕は、それ自体、最後には「映像の外」、「映像外」となるからだ。

　こうしたいくつかの例から、映画のフレーム内に書かれたテクストが入った場合、翻訳であるか映像であるかを選ばねばならないということがわかるだろう。すなわち、デリダの語彙を用いれば、映像の「イコン性」の度合いは、翻訳可能なものと翻訳不可能なものの間を揺れ動く境界線の位置によって測られるのだ。翻訳可能であれば、書かれたテクストは透明な存在となり、映像にはならない。その反対に、翻訳不可能であれば、書かれたテクストは不透明な存在となり、やがて映像となる。この論理の帰結が言わんとしているのは、まさしく書かれたテクストが不可視な存在から可視的な存在へと移行するという事態である。実際、エステル・ルナール（視聴覚メディア翻訳家。視聴覚翻訳・現地語化協会（ＡＴＡＡ）の会員であり、二〇〇六年から二〇一〇年まで同会の会長を務めた）は次のように断言する。「最高の字幕は、姿を消し、映像の中に溶けるものだ。(6)」人目に触れず、記憶に残らず、自らが真にその一部となることはありえない映像に対して、異論の余地のない、そして返されることのない礼を尽くすことでのみ、字幕はその職務を全うするのだ。

しかしながら、公理として猛威をふるっているこの自明性を疑ってみるのも一興ではないだろうか。事実、字幕を「現地語化《アダプタシヨン》」として考える常識的な定義に逆らってみることが必要と思われるからである。その理由は二つある。一つ目の理由は、一本の映画において翻訳すべきものは、書かれたり、発話されたり、対話になったりしている言語表現だけではないという点である。つまり、教科書的な対立を用いれば、一本の映画作品の意味というのは、内容よりも形式に宿るのである。二つ目の理由は、一つ目の理由から必然的に導き出されるものだが、一本の映画作品内の言語という資材をその透明な内容物に還元してしまってよいのだろうか。それは、逆説的に、映像を単なる物語の手段とする、不完全で貧しい映画の考え方を支持することになりはしないだろうか。

現地語化について

本稿が目指すのは、視聴覚文化における字幕の歴史をなぞることや、代替する別の理論を提出することではない。それよりも、大学での映画研究と並行しながら、筆者が映画・ヴィデオ・演劇業界で職業人として活動した十年間の経験をもとに、通念《ドクサ》に対して、いくつかユートピア的な異論を唱えてみたいと思うのである。

ＡＴＡＡは字幕付けにエレガントな定義を与えている。字幕付けは「話された言葉、書かれた言葉、映像との親密な出会いである。それは二つの転記を同時に行うがゆえに、とりわけ複雑な現地語化の一形式である。すなわち、一方には、ある言語から別の言語への転記があり、他方には、話すことから書くことへの転記がある」[7]。ここで気になるのがこの「現地語化」という語だ。歴史家たちの間でも[8]、ティトラフィルム社のような有名な会社内でも、一貫して用いられているこの語は何を意味しているのだろうか。おそらく確かだと思われるのは、「字幕付けを翻訳だと言い続けるとしても、その翻訳はどうあがいても直訳ではあり得ない」[9]。ジャン＝ポール・オベールとマルク・マルティ（物語・文化・社会学際研究所（LIRCES）会員、コート・ダジュール大学）の言葉を借りれば、「字幕付けとは会話の圧縮を意味する」のである。ちなみに、この二人の教育者＝研究者は、学生向けの導入的アドバイスとして、行そろえに関する次のような重要な基本原則を提示している。

平均的な観客は一文字読むのに 1/12 秒かかるとされる。映画の回転速度は毎秒二四枚の映像である。この数字から出発して、わたしたちは一般的に次のように考える。

・16ミリ映画では、一行は三二文字を超えてはいけない。
・35ミリ映画では、一行四二文字まで。
・ヴィデオ、DVD、テレビでは一行三六文字まで。

こうした一般的規則（これはフランス語の字幕のみに適用される）に加えて、配給会社ごとの特殊な要求がある[10]。

すなわち、翻訳という作業に内在しているありとあらゆる困難に加えて、字幕にはさらに複雑な行程が加わる。生理学的な配慮（視聴時の個人の知覚・識別能力）と技術的な配慮、つまりは映画というメディアに特有の配慮が加わるのである。ありがたいことに、今日、これらの複雑な作業は情報技術によって処理されており、字幕付けの作業の一部（不可欠ではあるが副次的なものである）は、何よりも、毎回異なるソフトウェアをいかに使いこなすかという点に求められる。というのも、各配給会社は、競合する他社と差別化するために自社製ソフトウェアを使用するのが一般的だからである。いずれにしても各社のソフトウェアが共通して行うのは、字幕の出現時間を自動的に計算し、それに合わせて使用できる文字数を決定することである。

ここにティトラフィルム社の「現地語化ファイル」の一つを紹介しておこう。

サンプル：

字幕ごとの総文字数を超えないようにしてください。

（空白を含め、一行は四〇字まで）

一、［字幕開始］10:19:46:19［字幕終了］10:19:50:08　五四字

Ici Joe Morse, du *Herald Tribune*.（ここに『ヘラルド・トリビューン』紙のジョー・モーズがいる。）

Dites à M. Hall（ホール氏に言ってくれ）

一行目：　三五字
二行目：　一五字
字幕総文字数：五〇字。標準規格（一行四〇字）及び字幕の読解性（五四字以内）は守られている。

さらには、現地語化せねばならない内容や目標言語のタイプにしたがって、一連の規格、規則、書記上の規範、句読法がこれに加わる。字幕付けにも編集作業があるのだ。本稿との関係で重要なのは、こうした規範の目的が「映像に寄生しているスクリーン上の過剰負荷」を最小限にすることにあるという点である。なぜなら、「時間／文字の関係を無視すると〔……〕、〔例えば〕長過ぎたりすると、字幕の読み取りが甚だしく困難になる。そうなると、結局、観客はストレスを感じ始め、その注意は映像よりも字幕に向かってしまう[11]」。こうした配慮の結果、観客は、脇道にそれた、大事にされて、過保護ですらある次のような読者となってしまうのだ。ATAAのサイトによれば、「〔事実〕翻訳者は、観客が〝映画を読んでいる〟のだということを気がつかないように全力を尽くさねばならない」し、「理想的には、〔……〕観客に自分が読んでいるということを気づかせすらしてはならない」。

この極めて簡単な注意を書き読んだだけでも、字幕付けの曖昧さがわかっていただけたことだろう。それは翻訳ではないし、翻訳とはなりえないものなのだ。実際、この曖昧さと同じぐらいに曖昧なのは、字幕付け作業者の立場である。知的財産法第L112-3条の定義にしたがえば、彼らは法的には「字幕係」ではなく、「字幕作者」と呼ばれる[12]。しかしながら、この特権には、気がかりな欠点や権利返還要求、かつてないほどに神聖視される傾向にある起点テクストに対する事前の釈明が伴うことだろう。もしもあらゆる字幕が不可視であり、字幕係が作者であるとしたなら、アイロニー抜きで、次のように言うことができるだろう。つまり、おそらく字幕は、六〇年代にロラン・バルトやミシェル・フーコーを筆頭とする何人かの思想家たちが口にしていた、「消去《エファスマン》」[13]、さらには「作者の死」[14]という願いが最大の明証性をもって叶えられた実践である、と。

多義性、多重リズム、多重言語主義——字幕の袋小路

どうしてこの現状を少しばかり問題にしなければならないのか。それは、今後いくらコンピューターが処理してくれるとしても、以上の約束事や規範では転記できない内容があるからである。この点に関しては、むしろ逆に、字幕のより大きな可視性を、過剰負荷すらも主張してもよいのではないだろうか。また、観客の方も、多分、麻痺状態でいるのをやめて、ストレスの増加を受け入れ、注意力をより研ぎ澄ますことが必要なのである。こうした見解を現実に支持してくれる三つの端的な例をあげてみよう。

コンピュータソフトでは手に負えない最初の例は、言葉遊びである。良かれ悪しかれ、映画字幕には訳注をつけることができない。つまり、意味やニュアンスが著しく失われるのだ。起点テクストを理解させるために必要な改変を行う、例えば、外国人観客の理解を助けるために、あまりに簡潔な応答を説明的にしたいと思っても、画面がすぐに切り替わってしまうのでそれが果たせないことが多い。また、説明的な字幕を入れるために続くシークェンスの沈黙を利用することも難しいだろう。

日本語字幕において、もっとも頭をひねらねばならないケースの一つは、日本語の語彙に関わるもので、訓読みと音読みを用いた言葉遊び、同一の漢字から派生するさまざまな意味、そして同音異義語である。数多い例の中から、吉田喜重（一九三三―）監督の問題作『エロス＋虐殺』（一九六九年）を取り上げてみよう。この作品では、さまざまなタイプの言説（政治的言説vsおしゃべり、ユートピアvsファンタスム、宣言vsフィクション）が対決させられる。そのいくつかは、現実の土台からまるっきり切り離されてしまい、デリダを再び引けば、「参照先による保証を必要としない」という状態になっているものもある。

例えば、次の二つのシーンがそうである。最初のものは、シャワーから出た束帯永子が友人のめぐみから送られてきたばかりの手紙を読むシーンである。

永子「…あたしは24時間以内に確実に死ぬことに決めたの…　めぐみ」
「……」
「めぐみ…　御恵み…　恵む…　恵ま、ざれば…　めぐむ…　めぐむ…　慈悲、恩寵　…なにを？」(15)

二つ目は、同じ永子が刑事に自分が何者であるかを名乗るシーンである。

永子の声

「東帯永子、永はＡＢＣのＡ、永久の永、永住の永、永遠の永、永劫の永、永眠の永。つまりなんでもいいんだわ、その女は私であっても私でなくても、私にとってどうでもいいのよ。どうでもいいってことは、私にとっては私はないいってことよ、わかって？」[16]

この応答の中の込み入った存在論的な側面を捨象しても、部分的に展開される同音異義語をフランス語で再現することは困難であり、これらの熟語の連なりは不完全にしか翻訳できそうにない。訳注が禁じられている以上、日本人にはかくも自然な、自分の姓や名を誰もが知っている他の語によって説明する（「永遠の永」）という行為を説明することができない。それゆえ、この応答にこめられた深いアイロニーは失われてしまうのだ。

また、一九五六年の中平康監督『狂った果実』では別の状況が問題となる。この作品は石原裕次郎と津川雅彦のとりとめのないおしゃべり、若者たちの多くに典型的に見られるような、女の子についての話題、また、彼女たちを誘惑する際の自分の力についてのおしゃべりから始まる。だが、その内容はここではほとんど重要ではない。ともかくも大事なのは話し方である。実際、二人の俳優はとても早口で話している。あまりに速すぎる？　批評家や観客たちが感じたはずのこの当惑に対して、中平康はこう答えている。

私の作品が、もし異常に早いテンポとリズムで物語られているとしても、それは全く私自身の生理的、感覚的な話術のテンポとリズムから規定されたものである。

なるほど、ごく少数のひとびとの作品を除いては、私の語りくちは他の方々に比べて早いことは確からしい。ところで、あまり日本映画を見ない私だが、〔……〕肉体的な焦燥感、ちょうど、回転の遅れたレコードを聞かされているときの不快感を感じないで、最後まで見ることのできる作品は、ほとんどない。〔……〕現実の、われわれの囲りの生活感情は、すでに従来の日本映画のテンポをはるかに追い越しているのではないか。なるほど、私の話術は現在の日本の、アベレージの生活感覚からは、いくぶん早いかも知れないが、現実に都会地ではそうなのであるし、地方でも見る見るスピードアップされているのではないか。凡百の日本映画のスロー・テンポに適合するのは、総理大臣の施政方針演説くらいしかないのではあるまいかと考えている。〔……〕私は、早すぎない。他のひとたちが遅すぎるのだ。[17]

宣言文めいたこの文章を読めば、次の問いが的外れでないことがわかるだろう。『狂った果実』冒頭のやりとりの真の内容とは何なのか。その何を翻訳し、その何を伝達するべきなのか。

五〇年代終わりから、中平康は増村保造や蔵原惟義、今村昌平らとともに、日本映画の刷新をリードしてきた。彼は、石原慎太郎の小説『太陽の季節』にあやかって「太陽映画」とも総称される「近代派」の一人であると同時に、理論的な文章を書き、登場人物たちの話し方に見られるような、とくに「テンポ」と「リズム」に基づいた自分の美学の新しさを説明する戦後世代の先駆者の一人でもあった。プログラムされた規範に縛られたままで、果たしてソフトウェアはこの映画の歴史的な重要性を真の意味で把握することができるのだろうか。圧縮された、読解可能（すなわち不可視）な字幕では、この映画の新しさ、中平康の意図、当時の観客の気持ちを汲み取ることは難しい。とりわけ、当時の観客の気持ちを理解するためには、若い娘たちをひっかけたいという二人の登場人物の欲望よりも、オベールとマルティが絶対的に避けるべきとしたストレス、歴史的、美学的にははるかに意味を持つと思われるこのストレスこそが重要なのである。もちろん、平均的なスピードの字幕で意味が伝えられたのでは、日本研究者でもない限り、一般の観客が会話の速度の増加と独特の調子を知覚することは不可能である。むしろ、異常なスピードの字幕、そして、規則の二行を超える文字数という過剰負荷だけが、日本研究者ではない観客たちにこのストレスを実感させることができるはずである。

最後の例は、より最近のもので二〇一七年公開の富田克也監督『バンコクナイツ』である。この作品はタニヤ（日本人を主たる客として生まれたバンコクの売春地区）を主要な舞台としている。しかし、タイ東北部のイーサーン地方にも行くし、ラオス国境の町に行ってフィリピン人ラッパーの「クルー」にも出会う。舞台となる土地が多様になれば、使用言語も多様になる。日本語とタイ語はもちろん、イーサーン方言、タガログ語、そして、ところどころ英語とフランス語まで用いられる。聴覚だけでは明らかに聞き分けられない以上、どのようにしてこの多言語環境を再現したらよいだろうか。なるほど大部分の観客は日本語、フランス語、英語、タガログ語までは聞き分けることができるかもしれない。だが、タイ語とイーサーン方言をどこまで聞き分けることができるだろうか。しかも、この基本的な情報がわからなければ、登場人物たちの友好関係も、ライバル関係も、排斥しあう関係もわからないのだ。果たして高校卒業以来、英語を話していない、ましてや、作中の他の言語など話さないフランス人観客に対して、単一言語の字幕によって、どこまでこの言語の違いを伝えることができるだろうか。しかも、この映画の論点が、まさしくタイ国が現在も直面し続けている日本やフランス、アメリカによる「ポスト植民地時代の植民地化」への辛辣な批判にあるだけに、こうした単一言語主義の決定的な貧しさを嘆かずにはいられない。ちなみに、最近、パク・チャヌク監督『お嬢さん』の翻訳者たちは一つの可能性を切り開いた。物語の植民地主義的コンテクストをスクリーン上に反映すべく、日本語とハングルを黄色と青で区別したのだ。しかし、こうした選択は今日でも特殊な例にとどまり、多くは『バンコクナイツ』のようにプロデューサーや配給会社に却下されてしまう。

映画的映像のより豊かな定義のための可視的な字幕

以上の三つの例は、少なくとも二つのことを共通して主張している。

第一には、それらの例は、視聴覚の領域においても、翻訳が補助的な資料調査を必要とするということを強調している。映画作家、作家の主張、作家の理論的文章に関する知識がなければならない。さらに、映画世界の背景、地理的、歴史的な資料に当たることも時に必要である（『バンコクナイツ』ではイーサーン地方の歴史と詩作に当たることが必要となった）。また、多少なりとも、起点となる映画に関する美学的分析にも時間を使うことが望ましい。そうすれば、言説上のフォルムの質的な違いを利用した映画（『エロス＋虐殺』）における言葉遊びの重要性や、日本映画のリズム全体を早めようと目論む映画（『狂った果実』）における発話のスピードの重要性を過小評価することはない。

第二には、これらの例は、字幕付けの可視化を擁護するものである。それは、もはやシニフィエに、中身に、物語内容に従属しない実践の擁護であり、映画とは最初から最後まで、よく言われるような「物語を語る」という欲望には必ずしも還元されないということを主張している。こうした物言いは漠然としたものに響くかもしれないが、一本の映画とは、フォルムを、美学的ないし造形的な解法、つまりは映画的な解法を提示するものであり、そこでは物語は往々にして二次的なものでしかない。それゆえ、影響力のある批評家の蓮實重彥は自らの分析方法の基盤を次の二つに置いている。一方は、フォルムを明るみに出すこと。「あらゆる創造行為がたどりつくはての沈黙の虚像として、つまり、無限の意味作用が可能であるが故にものを言うことをこばんでいる。[18]」他方は、「意味の圧政というファシズム[19]」の容赦ない批判である。蓮實が個人的方法の特殊性以外のことを語らないのは、意味作用の通り道が映画には複数あるということを逆さから示すための模範例である。

しかし、純粋にして単一のシニフィエを超えて、映画のフォルムを開花させるためには、すなわち、テクストと言語に抗して、映画における至高の映像の価値を認めさせるには、まさしく字幕をより一層不可視とせねばならないという反駁が出るだろう。だが、ここでは逆説を提示しておきたい。字幕を可視的に、不透明にすることによってこそ、映像を正当に評価することができるのである。

おそらく、映画はトーキー到来以前の言葉のない幼年時代の記憶をとどめている。おそらく映画は、言うべきことを全て沈黙のうちに表現できればいいのにと時々夢見ている。シネマテーク・フランセーズを創立したアンリ・ラングロワはフランスで正当に敬愛されているが、保存と上映への情熱に駆られたこの人物は、いくつかのフィルムをまさしく理想的な条件で上映を行っていた。コスタ・ガブラはそれを次のように回想する。

シネマテークは、誇張なしに、アリババの洞窟だった。〔……〕めちゃくちゃな字幕で映画を観るのは魅力的だった。例えば、フィンランド語の字幕のロシア映画である。細部は理解できないまま、映像と登場人物だけを頼りに物語を再構成しなければならなかったものだ。[20]

こうした証言を読むと、映画とは何にもまして視覚に立脚するものであり、その言語的な内容は副次的なものに過ぎないと考えたくなる。会話やインタータイトルや画面上の文字を全く理解できなくても、「それでも私たちは理解する」のだ。ただし、映画の映像には、さらにより複雑な定義が必要である。

映画は映像と音から成る。書かれたものも映像の中に現れるし、言葉も音の中に現れる。言葉ないしは書かれたものという形を取って、言語活動はそこに現前している。ただし言語活動の現前の仕方は暗黙で、目立たないのだ。書かれたものや言葉の次元を超えて、言語活動はバスター・キートンの映画もアラン・レネの映画の全てを端から端まで貫いている。表現手段としての映画は、言語活動を映像と音とに結びつけることに完全に立脚している。この結びつきは、制作の際も鑑賞の際も、等しく現前している。言語活動と視覚とは完全に同時生起するのだ。しかも、映画の意味は、視覚、聴覚、言語活動の出会いと闘争から引き出されるのだ。それゆえ、映像の芸術について語るのは難しい。むしろ、「映像」という語によって、ある複合体を、「ブロック・

イメージ」（ポール・ヴィリリオ）を、視覚、言葉、音を伴った包括的な映像を意味する必要があるのだ。[21]

以上の議論を踏まえたとき、プログラマー、翻訳者、字幕作者は、この複合体の中を沈黙のうちに通り過ぎるもの、つまりは、「不可視」となることに甘んじているものについて決定するのに、何を拠り所としたらよいのだろうか。

マラルメの有名な言葉を用いれば、芸術――文学と同じく映画も――が行うのは「あらゆるもののルポルタージュ」だけではない。それどころか、諸芸術には観客を石化させ、時間を中断する力、少なくとも、運動・リズム・さまざまな交換・言語活動に関する私たちの通常の考え方を中断する、別の言い方をすれば、感覚器官の通常の支配体制を中断する力が宿り得るのだ。

問いは未解決のままである。いかにしたら字幕は、純粋な透明性でも、物語の理解のための単なる手段でもない、不透明な映像、映像＝物質の一部となり得るのだろうか。

＊

以上のあまりに簡略な考察は、映画的快楽についてのある種の考え方を明らかに逆なでするものである。冒頭で「ユートピア的な異論」という表現を用いたのはそのためである。おそらく、字幕を使うことで、映画の原始時代に戻りたいと思う人は誰もいないだろう。初期フィルムのことごとくが、観客にとって「本物の攻撃であり、目玉がえぐられるような視覚的な怪物性[22]」として感じられた時代である。しかしながら、最新の技術的進歩を考慮するならば、映画館で上映される唯一にして中断されざる映像とは異なった、視聴覚体験というものを夢見てもいいのではないだろうか。ＤＶＤやブルーレイディスクは、その記憶容量の大きさを活かして、二つの選択肢を用意することができるではないか。一つは字幕の生理学的かつ情報技術的な要請を遵守したもの、もう一つは中断と過剰負荷を認め、厳密さと科学性の観点から書籍版や考証資料の内容に迫るものである。こうした字幕によって、映像・音声トラックの解像度を上げるのとは別の観点（それはすでに沢山ある）からの映画の保存と修復が可能になるはずである。言い換えるならば、２Ｋ、４Ｋ、８Ｋの字幕が来る日をいつか夢見てもいいのではないだろうか。

（福島勲訳）

［註］

（１）　Jacques Derrida, *Trace et archive, image et art*, Bry-sur-Marne, INA éditions, coll. « Collège iconique », 2014.
（２）　*Ibid.*, p. 39.
（３）　*Ibid.*

（４）　*Ibid*., p. 25.

（５）　*Ibid*., p. 39-40.

（６）　Sylvain Gourgeon et Guillaume Regourd, « Sous-titrage : du travail d'amateur ? », http://www.ataa.fr/blog/sous-titrage-du-travail-damateur/, 2009.

（７）　Chloé Leleu, « Sous-titrage », https://beta.ataa.fr/guide/sous-titrage, 2018.

（８）　Jean-François Cornu, « Pratiques du sous-titrage en France des années 1930 à nos jours », in Jean-Marc Lavaur et Adriana Serban, *La traduction audiovisuelle – Approche interdisciplinaire du sous-titrage*, Bruxelles, Éd. De Boeck, coll. « Traducto », 2008.

（９）　Chloé Leleu, *op. cit*.

（10）　Jean-Paul Aubert et Marc Marti, « Quelques conseils pour le sous-titrage », http://lingalog.net/dokuwiki/_media/cours/sg/trad/methodest.pdf.

（11）　*Ibid*.

（12）　Alain Boillat et Laure Cordonnier, « La traduction audiovisuelle : contraintes (et) pratiques – Entretien avec Isabelle Audinot et Sylvestre Meininger », *Décadrages – Cinéma, à travers champs*, n° 23-24, dossier « Le doublage », https://journals.openedition.org/decadrages/695?lang=en, 2013.

（13）　Michel Foucault, « Qu'est-ce qu'un auteur ? », *in Dits et écrits. I. 1954-1975*, Gallimard, coll. « Quarto », 2001 [1969].〔ミシェル・フーコー「作者とは何か」清水徹・根本美作子訳、『フーコー・コレクション２　文学・侵犯』、ちくま書房、二〇〇六年所収〕

（14）　Roland Barthes, « La mort de l'auteur », *Le bruissement de la langue*, Paris, Éd. Seuil, coll. « Points », 1984 [1968].〔ロラン・バルト『言語のざわめき』花輪光訳、みすず書房、一九八七年〕

（15）　吉田喜重・山田正弘「シナリオ『エロス＋虐殺』」、吉田喜重『自己否定の論理・想像力による変身』、三一書房、一九七〇年、二三八頁。

（16）　同書、一五五頁。
（17）　中平康「日本映画のテンポとリズム　その伝統的・固定観念の打破について」（『キネマ旬報』一九五九年三月上旬号初出）、中平まみ『ブラックシープ　映画監督「中平康」伝』、ワイズ出版、一九九九年、一七五―一七六、一八二頁。
（18）　蓮實重彦「鈴木清順　その沈黙のなりたち」『シネマ69』No. 2、一九六九年、四九頁。
（19）　（鼎談）蓮實重彦・上野昂志・山根貞男「映画を演奏する時代　映画的環境をいかに活性化するか」（一九八〇年）、蓮實重彦『映画狂人、語る』、河出書房新社、二〇〇一年、一四一頁。
（20）　Costa-Gavras, « Préface : la caverne d'Ali-Baba », in Henri Langlois, *Écrits de cinéma, (1931-1977)*, Paris, Flammarion/La Cinémathèque française, 2014, p. 20.
（21）　Jean-Louis Leutrat et Suzanne Liandrat-Guigues, *Penser le cinéma*, Paris, Éd.Klincksieck, 2010, p. 56.
（22）　Jacques Aumont, *L'œil interminable*, Paris, Éditions de la Différence, coll. « Les essais », 2007, pp. 113-114.

翻訳における他性の痕跡としての発話行為

ジャック・レヴィ

翻訳はどのような他性を痕跡としてとどめうるのか。一見、この問いは長いあいだ文学翻訳に関する理論的な議論を賑わせてきた「翻訳は可能か」という問いのヴァリエーションだと思われるかもしれない。「翻訳は可能か」という問いによって、翻訳における言語間の還元不可能性が強調され、テクストの意味に忠実だとされる翻訳は必然的に字句を裏切るとか、翻訳者の使命はむしろ原文のシニフィアンの再構成にあり、たとえ目標言語を捻じ曲げたとしても仕方なく、意味の再構成は形態の再創造の補助でしかないなどと主張されてきた。しかしながら本稿では、このような問題構成から離れ、中上健次や阿部和重を訳した私の経験から出発し、「他性」に関する問いをずらして論じたい。私の関心はフィクションにおける語りの行為にある。この語りの行為こそがフィクションを構成するものだが、私はそれを発話行為と呼ぶことにする。するとまたもや、「忠実さ」を原則として、言ってみたくなるかもしれない。翻訳者の責任とは、物語行為の発話的性質（語りの行為に属する見せかけのナイーヴさ、アイロニカルな異化効果、二次的なもの等々に属する）を復元し、起点言語から目標言語への還元不可能性に直面しながらも、想像力を再創造すること、あるいはそこにまで至らなくとも少なくともその性質をうまく用いることにしかありえない、と。しかし、多くのテクストにおいて、問題は、ある物語的虚構《フィクション》のテクストにおいて語っているのは誰か（作者なのか。登場人物としての語り手なのか。「幽霊」的な語りの審級なのか）よくわからないということなのだ。はたして誰かが語っているかさえわからない、と言う理論家もいるのだ(1)。

語っているのは誰か

しばしば、「翻訳作品の著者」という表現が用いられる。この表現は、法的には正当だとしても、必ずしも受け入れられるものではない。とりわけ、翻訳は原典の延長であり発展であるといった魅力的だが自己満足的な考えの下にこの表現が用いられるときには。というのも、翻訳者はテクストにおける発話者ではありえないし、あるべきでもないからだ。このことは、フィクション以外のあらゆる文章の場合、容易に理解できよう。しかし、フィクションにおいては、発話行為が対象に対して取る距離――それがみせかけのものであれ、なかれ――を測ろうとするやいなや、発話行為の領域確定はしばしば難しいことがわかる。まさにこのような場所で、明白な区分基準が不在なために、翻訳者は最大の自由を手に入れ、さらには自らが発話者のつもりになってしまうのだ。たとえ、翻訳者が、発話者にはならないように全面的に努力し、テクストの中で見られるがままのあり方で語りの行為の他性を尊重した、と主張したとしてもそうなのだ。

発話行為に関する研究は、言語学ではエミール・バンヴェニスト、物語理論についてはジェラール・ジュネット以来、ここ数十年の間に飛躍的に進歩したことはよく知られている。こうした研究の一側面を強調し、本稿でも機能すると思われるものを示すために、オズワルド・デュクロの著作『言うことと言われたこと』の次の一節を引用したい。「一切の発話は、それとともに発話行為の性質決定をもたらすが、私の考えでは、この性質決定こそが発話の意味をなす。したがって、意味論的（あるいは言語学的）語用論の目的は、発話にしたがって、パロールによって生み出されるものを説明することにある。そのために、発話を通して伝達される発話行為のイメージを体系的に描写しなければならない(2)。」

仮に翻訳がこの方針に従うならば、「発話を通じて運ばれる発話行為のイメージを体系的に」〈描写〉するのではなく、再現しなければならなくなるだろう。だが、翻訳者にはそれができるのか、そうしなければならないのか。翻訳者は再現を試み、それに成功するかもしれないが、パラフレーズすることでテクストの分量は倍増する。たいていの場合、翻訳者が従うのは、ウンベルト・エーコの本の題名『ほとんど同じことを言うこと』が仄めかしている原則であり、発話行為のうちのある〈イメージ〉を特権化して選別することだろう。そうでなければ、そしてこれがあまりにしばしば起こることなのだが、翻訳者は発話行為について自身の〈イメージ〉を押し付けることになる。そうなると、作品の想像界は、翻訳者の〈兆候〉に取って代わられてしまう。

しかしながら、発話における発話行為のイメージやしるしは見分けることができ、記述可能なのだから、翻訳者は単にそれを考慮するだけでなく、実践しなければならない。また、発話行為の性質に関しては、翻訳者の「想像力」が依然として制約されているのは、テクストの意味領域がその想像力に従属しているからだ。翻訳の〈進歩〉がありうるとすれば、それは「言うこと」と「言われたもの」のこの関係を取り扱う能力に本質的に関連している。そして、物語的虚構《フィクション》の場合、必須であるのは、発話行為の他性の再構成を探求することだ。つまり、一方で、その源においては虚構を構成する語りの審級を探求し、他方で、そこから派生した、この同じ審級によって語られ、移しかえられ、関係付けられた言説（登場人物の言葉や思考）を探求することである。

　こうした条件の下に、翻訳はとても長い抽出の作業をしなければならない。翻訳とは、通常考えられるような、読解の延長や掘り下げ、つまり、言われたものについて理解したものの延長や掘り下げだけではない。翻訳者は、言われたもののみを理解すればいいだけでなく、再び語らなければならないからだ。いずれにせよ、理想的には、翻訳者はテクストにおける発話行為による意味のあらゆる効果を、目標言語における発話行為の様態に合わせる形で、改めて獲得しなければならない。翻訳者は、文字と精神、シニフィアンとシニフィエといった伝統的な対立によって、発話行為の語用論的次元が判読不可能になることを認めさえすれば、逐語翻訳か自由翻訳かという伝統的なジレンマから遠ざかることになろう。

中上健次『重力の都』の場合

ここで、私は自分が翻訳した二人の作家、中上健次と阿部和重を取り上げ、歴史的文脈も書き方もまったく異なる彼らを、近接性のうちで示したい。二人の著者においては虚構的物語が問題なのであるから、作家と区別すべき虚構的な語り手自身の発話行為の要請に対する彼らの言語使用について問うてみたい（というのも、古典的な物語理論の前提に立てば、虚構的物語のテクストにおいて発話行為は、著者ではなく、語り手に帰属するからだ。著者は自分が思いついたことを書いたり、書き取らせたりする。それに対して、語り手は虚構を語ることで、虚構を構成する）。

八〇年代前半に書かれた短篇集『重力の都』の最後に、短い（パラ）テクストがある。[3] そこで中上は、「大谷崎」へと捧げたオマージュに続けて、次のように宣言している。「『重力の都』で物語という重力の愉楽をぞんぶんに味わった。小説が批評であるはずがない、闘争であるはずがないと確認したのもこの連作であった。[4]」

人びとは、どうやらこのくだりに当時の文学批評のライトモチーフ、つまり、「小説」と「物語」は同義と反義の間で揺れているが、「物語」の制約から離れることで「小説」は「物語」に抗するという考えを見て取ったようだ。そして、中上の解説者の多くは、中上を小説の批評的実践の体現者だとみなしていたので、この宣言は人をくったものに見えたのだ。しかし、中上に矛盾はつきものであるし、ここではこの矛盾を問題にするつもりはない。むしろこの発言を文字通りに捉えよう。物語とは、逸楽あるいは「愉楽」という言葉で表明される引力の場だと言うのである。——どうやら、ひとびとが短篇集の題名[5]のうちに読み取ったのは、重力が「物語」と等しく、重力がそこから作用する「都」が新宮の古い被差別部落の虚構的名称であり、中上の多くの物語の枠組みでもある「路地」に等しいということらしい。

中上の中篇や長篇を読んだことのある読者なら誰しも認めることだと思うが、彼の物語には発話を運びさる流れのようなものがあり、それは抑えがたきものの美学とでも呼びうるものの効果をもつ。伝聞の言説（対話や独り言の形態による登場人物の思考や言葉）は、一人称でない場合はしばしば非人称や匿名的な語りのテクストと混同されるようだが、これは『岬』[6]以前からすでに中上作品に見られたものである。渡部直己はこれを「自由伝聞話法」という形で捉え、「自由間接話法」の特別な用法ないしは変形と位置づけた[7]。日本語の「伝聞」は、第三者の発話行為である言説を伝える形式を示す。したがって、まさに自由間接話法の一形式である。こうして、特定されているか否かはともかく、ある第三者の言説へと連結され、発話者はこの第三者の視点を採ることで発話行為を第三者に完全に譲るように見えるのだ。あるいは出所のはっきりしない「噂」にもなる。（たとえ「〜らしい」とか「〜という話だ」など曖昧であったとしても）。それはそれでよかろう。中上作品の読者である私たちは、時には制御され、また時には侵入してくるような、抑えがたい「噂」に運ばれることになるかもしれないのだから。しかし、翻訳者にとっては事情は異なる。というのも、叙法的発話行為と呼ばれることもあるこの視点が、物語の内的あるいは外的焦点化によって登場人物たちにしばしば委ねられると、それがきわめて滑らかなためパースペクティヴが逃げ去る印象を与えるかもしれないが、語りの声は、たとえ目立たないものであるとしても、けっしてそのような複数のパースペクティヴではなく、つねに単一的なものだからだ。この意味で、例えばオリュウノオバは、物語の語り手として紹介されてはいるものの、『千年の愉楽』という連作の語り手ではけっしてない。厳密に言えば、中上の小説にポリフォニーはなく、むしろ、声の側面を消し去り、叙法的な側面に譲る形で、語り手の声が無際限化するのである。こう言ってよければ、無際限化はそれでもやはり物語に課された限界であり、中上はそのことに非常に意識的だった。だからこそ、これらの多くの裂け目が、この語りの流れ、作品の行程全体の中で、開かれたり、再び閉じられたりするのだ。このようにして、しばしば幻覚的なひとつの声という形で逆説的な要請と特定の表現が立ち現れ、それを多くの人が中上「ワールド」の大きな主題的特徴とみなすが、この逆説的な要請と特定の表現が語りの流れにリズムを与え、ときには流れを破壊するまでにいたるのだ。言うまでもなく、こうした効果を目標言語に再び導き入れる際に翻訳者に求められるのは、きわめて逆説的な変化の中になお見られる語りの声の単一性や、先述した「伝聞」や「噂」による自由間接話法などの叙法上の新技法による発話行為の消去によりいっそうの注意を払うことである。

語りの結合から分離へ

八〇年代初めまで、語り（つまり、語りの声あるいは声の発話行為）の結びつきについては、（主題的側面によって決められた局所的発話行為であれ、叙法的発話行為であれ）物語の行動や出来事に従って展開される登場人物たちの観点からすれば、中上作品においても他の多くの作家の作品と同様、声と視点、物語の実質とその語りの枠組みの結合の探求が特徴的であったように思われる。一方、阿部和重が作品を発表しはじめた九〇年代、ポストモダンと呼ばれた文学風景の傾向は、反対に、声と視点の離脱に価値を置き、この分離が虚構の活力にまでなっていた。間違いなく、阿部の物語はこうした流れに位置づけられる。しかし、遊戯的で笑わせるその筋立て、大胆な語り、文体の欠如と言われるのが常のその「文体」の彼方に、阿部作品には、中上作品と同様、真性な探求があるように思われる。それはしばしばやむをえず虚構的「現実」(あるいは虚構によってしか到達しえないだろう現実)と呼ばれる対象の探求である。阿部和重の物語の多くは、虚構でありときに事実でもある行動と出来事の原因と動機を明かすことが筋立てとなっているが、それはしばしば中断され、しまいには、それまでマイナーだった登場人物の介入にあいまいな仕方で委ねられる。この人物は、語りの声の変化を経て、最初の語り手に代わって一人称で表されることになる。こうして、最初の語り手は他の多くの声の中の一つに格下げされる。その上、『シンセミア』以来、阿部は作者の転喩法を最大限にまで用いる。実際、今『文學界』に連載中の最新小説『Orga(ni)sm』では、中心人物は「阿部和重」と名づけられ、いつものように、虚構を構成する語り手とその「全知」はきわめて抑制されている。もちろん、虚構の物語の通常の閉鎖性に逆らって介入する登場人物それ自体は真新しいものではない。しかし、この著者のやり方は、語りの構築のアポリアという現実を確定しようという企図によって動機づけられており、単なるメタフィクション的遊戯の反復ではないように思われる。一方、中上の小説には狭義での転喩法なりメタフィクションはけっして見当たらない。それでも、のちほど見るように、阿部によれば、中上の小説には物語の閉鎖性からの逃げ道の探求の跡がかいまみえるようだ。さしあたり、私は彼らのテクストの語りの装置の歯車にこれ以上踏み込むことはせず、中上と阿部の語りの発話行為の親近性と予告したものについて次のようにまとめるにとどめておこう。中上作品において発話行為は、決して消されることがなく、「噂」の無際限化がしばしばいくつものパースペクティヴの逆説的な混乱に至るまでなされる。一方、阿部作品において発話行為は、主題的な舞台上でありそうもない出現を目指して、分離が追求される、と。

阿部和重が提起する問い

フランスの出版社は、私が最初に訳した阿部作品『インディヴィジュアル・プロジェクション』に『Projection privée』という題名をつけてきた[9]。だがじつは、阿部は、英語の Individual Projection を日本語に音写するにあたって、individual を indivisual へと変え、d と s の文字を入れ替えた同音異議語で戯れている。仏訳タイトルは、visible（可視的なもの）/ invisible（不可視なもの）、divisible（分割可能なもの）/ indivisible（分割不可能なもの）という対概念をかいまみせるために、『Projection indivisible』と訳せたらよかったと思う。というのも、阿部のねらいは間違いなく分割不可能なものを可視化することにあるからだ。ここで、「indivisible（分割視覚化不可能なもの）」とは、いくら小説の語りの装置（題名にもある「プロジェクション」）が凝った入り組んだものであろうとも発話されたものにおける発話行為の不可能な（そしてそれゆえ「現実的な」）分離のことである。

どのような説話の形象を可視的に介入させることによって、小説は、物語とその愉楽の無際限な囲いに裂け目を入れることができるのか。まさにこの問いこそが、『千年の愉楽』と『奇蹟』を収録したインスクリプト出版の『中上健次集　七』の解説で阿部が挑む問いである。[10] まず、彼が注意を向けるのは中上作品の流儀である。中上のテクストにおいて物語は何らかの液体の流れにしたがって形成され、配置される、と阿部は指摘する。じっさい、「路地」では、血はもちろんのこと、精液、愛液、涙、汗が頻繁に流れる。さらに、大量に雨が降る。男たちは、酒を飲み、ヒロポンを打つ。小競り合いのちに血に塗れた男たちは、路地の賢明な女性オリュウノオバの元に駆けこみ、体を産湯で洗う。登場人物たちが引き合いに出す神話にしたがえば、「路地」を苦しめるあらゆる災いは、いうまでもなく、蓮池の埋め立てによる部落の拡張が原因である。この神話はもっともらしいものとして受け入れられており、悲劇が続けて起こるたびに確かなものとなる。このように『千年の愉楽』と『奇蹟』が表現するのは、伝聞や伝承の形態で根を下ろす物語が、いかに「路地」と呼ばれるフィクションの現実を支配するゲームの規則を指示しているかということだろう。池から湧き出る清らかな水をかつて汚し、いまも汚し続けていること、美しいハスの花をかつて踏みにじり、いまも踏みにじり続けていることが、路地に呪いをかけると同時に、路地を逸楽と愉楽の場所へと変える。それに続く阿部の分析が示すのは、共同体は自らの災いを理解することなく物語を強固にするが、小説の想像力と「出来事」は、行動と出来事が物語のうちに予め統合されることにいかにして抵抗できるかということだ。ここで問題となっているのは、フォークロア的な物語は被差別共同体が自らの不幸を説明するために発案されるという広く流布された考えでもなければ、排斥と同時に愉楽の道具でもある物語の逆説がいかに中上を魅了したかでもない。阿部は、このような条件の下で、われわれは物語の力を前にした小説家の最終的な敗北を宣言したくなるかもしれない、と言う。しかし、『奇蹟』を最後まで読む人にとっては、別の逃げ道がありうるということをも、彼は付け加えている。

驚異的な瞬間に到達するために

路地のかつての親分であり、いまはアルコール中毒者の保護施設に収容されているトモノオジの、ときに明晰でときに錯乱した精神が、タイチの人生を描くこの小説の語り全体を支えている。「路地の高貴にして澱んだ中本の血」を継ぐ最後の中本であるタイチは、オリュウノオバの言葉によれば、仏の呪いから路地を解放する者であり、トモノオジはタイチこそがかつての「路地の三朋輩」の失敗を償ってくれると考え、目をかける。ところで、小説の終わりで、トモノオジが突然遺尿症にかかる。だが、阿部によれば、この液体の流出は物語の論理に例外的に統合されない。そのとき、トモノオジは二つのトモノオジ、転がったままのトモノオジと立った方のトモノオジに二重化される。立った方のトモノオジは、(純粋な大地という仏教徒の)天国で、「巨大な魚」であるクエへの妄想に定期的に囚われている転がったままのトモノオジを追い払う。立った方のトモノオジは、このとき、彼を訪れてきた「若衆」に、これまで気が触れたように見せかけただけであって、これからは自分の運命を引き受ける準備ができているといたずらっぽく宣言する。

したがって、『奇蹟』の最後に開かれた裂け目は、血、精液、涙、汗などのあらゆる他の爆発とは逆で、物語によって回収されないままだろう。阿部が解説の最後で語るのは、小説もまた切断や裂け目を期待する狂気のシミュレーションであるということだ。それが開かれるのは、物語によって組み立てられたみせかけの中であり、物語の発話者が与えられた役割をようやく捨て、〈物語〉の境界をなす不可視なものから自分のものにする現前を救い出すことができるときである。

しかし、説話論的システムと主題論的システムを対峙させる批評モデル(11)に影響を受けていると思われる、語りの閉鎖性を先送りする主題論的な出来事のこの形象=文彩《フィギュール》よりも、私としては、そこまで物語の発話行為の支持体の役割を担ってきたトモノオジが別のトモノオジへと二重化することの方に注目し、これをあえて翻訳の問題へと外挿することで本稿を終えることにしたい。発話行為から受容へと進む流れを遡行し、変造よりはむしろ他性を選択することを望みさえすれば、翻訳者もまた、トモノオジのように、自らの発話行為が他なるものになるこの驚異的な瞬間に到達するはずではなかろうか。

（黒木秀房訳）

【註】

（1） 私が念頭においているのは、アン・バンフィールドの著作（*Phrase sans paroles*, Seuil, 1995）の延長線上で研究を行っている者たちである。

（2）Oswald Ductot, *Le dire et le dit*, Minuit, 1984.

（3）中上健次『重力の都』、新潮社、一九八八年。

（4）同前、一九三頁。

（5）この題名はトマス・ピンチョンの小説『重力の虹』に影響を受けている。

（6）中上健次『岬』、文藝春秋、一九七六年。

（7）渡部直己『小説技術論』、河出書房新社、二〇一五年。

（8）最初に出版された彼の小説は『アメリカの夜』（一九九四年）で、中上健次が亡くなった二年後のことだった。

（9）Abe Kazushige, *Projection privée*, Actes Sud, 1999.

（10）『中上健次集　七　千年の愉楽、奇蹟』、インスクリプト、二〇一二年。

（11）とりわけ、蓮實重彥の「主題論」と「説話論」。

大岡信と谷川俊太郎の詩にみる言葉遊び
——翻訳家の挑戦

ドミニック・パルメ

文学作品の翻訳には、ただでさえ落とし穴がつきものなのだから、日本語の詩をフランス語に訳することがいっそう困難なのは明らかであろう。ましてや言葉遊びは、どのように訳すれば良いだろうか。翻訳は不可能と判断して、即座に諦めるべきだろうか。私の答えは、もちろん「否」である。そこで、私の好きな二人の詩人、谷川俊太郎と大岡信の作品を例にして、翻訳家がどのような分析を行い、どのような意匠を凝らして、乗り越えられそうもない困難を越えていくか紹介したい。また、「適切な語」が見つかったと思う時、というよりは、その語がついに「与えられた」という印象を受けた時に得られる喜びを共有したいと思う。

何よりも実践――職人としての翻訳者

四十年ほど前、「翻訳学」という語がまだなかった頃、私は独学で日本語の詩の翻訳を学んだ。一九七八年にフランス国立東洋言語文化大学（INALCO）に提出した修士論文の中で、私は、北原白秋の第二詩集『思い出』（一九一一年）、そして一九三〇年代中頃までに書かれた数多くの童謡を引用する必要にかられた[1]。詩の翻訳を試みたのは、このときが初めてであった。

こういった経歴から推察できるように、本論で提示する具体例および解決策は、何かしらの「翻訳理論」の適用によって得られたものではない。この翻訳の経験から、体系的な方法を身に付けることができたわけではなく、せいぜいいくつかの原則を確認できただけである。ある特定の状況では「機能した」原則も、たとえ似たような状況でも機械的に適用できるわけではなく、基本レシピなんてものは存在しないことを理解するにはそれほど多くの時間を要しなかった。思うに、翻訳の質と正確さは、翻訳者が自国語の統辞法、語彙、文彩にどれだけ通じているか、その技術的な習熟度に左右されるものである。

詩の翻訳に関する私の考え方は、『古今集』の訳で有名な東洋学者ジョルジュ・ボノー（一八九七―一九七二）のそれとほとんど変わりはない。一九三八年に刊行された短い試論[2]の中で、ボノーは「特異な親縁性によって、フランス語の詩節と日本語の詩節は、音節的に同じ基本音階を形成している。どちらも同じ技法が、同じ手法で用いられる。だからこそ日本の詩歌は、そのニュアンスに至るまで、厳密な方法によって、フランス語に翻訳可能、置き換え可能なのだ[3]」ということを説得的に証明している。この結論に先立って、他の西洋語（古代ギリシア語、ラテン語、英語）の詩では、多少とも強弱アクセントを重視しながら詩節を構成する語が読まれるのに引き換え、フランス語は音節（脚）の数が重視されることが説明されている。そのお陰で、ボノーの主張はより説得力をもつものとなっている。

この主張は、翻訳者にとっては大変励みになるものである。しかし、これは日本の詩人が日本語のリズムや語彙の持つ表現力を駆使しながら、音と意味の次元に漢字という西洋語にはない第三の次元を加える時も有効だろうか。大岡信の詩から拾い出したいくつかの例を介してこの疑問に対する回答の糸口を示す前に、谷川俊太郎の作品を見ておきたい。というのも、ここで扱う谷川の詩には漢字の問題がない分だけ、別の問題を含んでいるからである。

音遊び――翻訳不能の境界で

言葉遊びといえば、最初に頭をよぎる作品はもちろん、ひらがなのみで書かれた十五の詩篇を収めた詩集『ことばあそびうた[4]』である。この詩集には、同音異義語を使って多義性を持たせるという大原則に従って、ある言葉、つまりある主題に対する名人芸的な変奏をみせる作品が収録されている。これは漢字を使っていたら不可能な試みである。この本に収められた詩は、日本語の音声上の単調さが余すところなく利用され、並外れた発想の豊かさが導き出す音遊びの好個の例となっている。しかし、音を操りながら、谷川俊太郎は時々矛盾した結果に至っている。というのも、言葉の意味は重要性を失い、可能な限り無意味性の極致に至ることの方が大事になっているからだ。

この点に関しては、そもそも『ことばあそび』という詩集の題に解釈の余地がある。「ことばあそび」は、子供が言語活動を学ぶ初期段階で、言葉について遊ぶのではなく、言葉で遊ぶ自然発生的な状況を想起させる。単なる「音＝材料」という状態になった言葉は、まるで好きなようにこねる粘土や、組立の順番を無視して遊ぶブロックのピースみたいなものになる。このような遊びの要素は、詩集全体に通底している。「かっぱ」はその最たるものの一つである。

かっぱかっぱらった　KAPPA KAPPARATTA
かっぱらっぱかっぱらった　KAPPA RAPPA KAPPARATTA
とってちってた　TOTTE CHITTETA

かっぱなっぱかった　KAPPA NAPPA KATTA
かっぱなっぱいっぱかった　KAPPA NAPPA IPPA KATTA
かってきってくった　KATTE KITTE KUTTA

この詩集の録音に際して谷川俊太郎は、「かっぱ」を二通りの方法で「朗読」することで、聴衆を煙に巻いて楽しんでいる。最初の朗読は、とりわけ面を喰らわせるものである。

かつぱかつぱら
つたかつぱらつ
ぱかつぱらつた
とつてちつ
てたかつぱなつぱかつたかつぱな
つぱいつぱかつたかつてきつてく
つた？

KATSUPAKATSUPARA
TSUTAKATSUPARATSU
PAKATSUPARATSUTA
TOTSUTECHITSU
TETATSUPANATSUPAKATSUTAKATSUPANA
TSUPAITSUPAKATSUTAKATSUTEKITSUTEKU
TSUTA ?

このように全ての音節（その中には促音の「っ」も含まれている）を同じ音価で発話する朗読法は、読み方の練習を始めたばかりの子供が文の意味や声の抑揚を無視して、ひらがなをたどたどしく読む様子を思い起こさせる。個人的には、このような読み方は、曲をどのようなテンポ、分節、ニュアンス付けをして演奏するか決める前に、音楽家が楽譜の音符を一つずつ読み取る姿に似ているように思われる。

このような詩が、翻訳者泣かせだということは言うまでもない。失敗とまではいかなくとも凡庸な結果しか望めない試みには、最初から背を向けた方が良いのだろうか。このようなジレンマから抜け出すために、ベンヤミンが「翻訳者の課題[5]」の中で論じている諸言語間の「独特な収斂[6]」を自己流に解釈することで、この問題に対して逆転の発想を積極的に提案してみたい。翻訳者が、作家に取って代わるのではなく、一時的に作家の責務を担うことを想像してみてはどうだろうか。そうすれば、「河童」（西欧の民間伝承には存在しない河の小さな精）の複製のような詩の代わりに、例えば、水源や泉に住んで、時に善行も働けば、時には悪戯もするブルターニュ地方の民話に伝わるコリガンを登場させて、相補的な分身のような詩を書くこともできるだろう。しかし、そのような冒険をするまでもなく、少なくとも潜在的な読者には、あまり説得力を持たないことも承知している。実際、日本人にとって、河童は昔からいる身近なあやしい生き物なのに対して、コリガンは、ブルターニュの伝統文化には親しみのない大部分のフランス人の心には何も訴えかけてこないからである。

音と意味が作り出す「有機的な織物」

童心を忘れていない人たちを楽しませ、魅了するように書かれた谷川俊太郎の詩は、音と意味の不可分で親密な関係で織りあげられた成果のように思える。これは特に、言葉の意味が独特で普遍的な感情を伝える時、より鮮明になる。

『モーツァルトを聴く人』[7]に収録された「なみだうた」はその一例であろう。主題は単純である。母親が出かけて帰宅が遅れている時、孤独で見捨てられたような気持ちに陥った——誰もが幼少のころにこのような気持ちを抱いたことがあるに違いない——少年の心を満たす苦しみと怒りが描かれている。構成に関しては、散文詩に近い自由詩とわらべ歌という二つの形式が引き立つように交互に配置されている。わらべ歌は、自由詩の間に二回挿入されており、一度の例外を除いて「だ」か「た」の歯音で終わり、同じリズムの四行二詩節で構成されている。

以下にみる詩句は、その音の構成から、同音異義語をうまく利用して訳さなければならなかったものである〔仏訳からの再訳もあわせて示す〕。

（一）第一部　第二詩節

まぶたにたたえた
あみだのなみだ
からだはからだ
なんまいだ

Sur les cils fertile source
Du Bouddha les larmes douces
Et le corps écorce vide
Namu amida

（二）第二部　第一詩節

なみだなみだ
おおなみこなみ
うみからよせた
ほっぺたぬれた

Les larmes sont vague à l'âme
Vaguelettes larmichettes
Houle à l'assaut du visage
Aspergeant les joues

例（一）では、「からだ、体」は、「殻《から》」と「空《から》」を意味する「から」と関係づけられている。ただし、同じ詩節で仏陀、阿弥陀が二度出てくるので意味としては「空《から》」の方が重要であろう。それでも、「殻《から》」から「皮・樹皮（écorce）」が連想されたため、「et le **corps écorce** vide（そして体《からだ》は空《から》の皮）」という訳をあてることで、語中韻と「/e/」を繰り返させ、原文のこだまくらいは響かせることができているだろう。

例（二）の最初の詩句「なみだなみだ」も、同音異義語が利用されており、二行目では「おおなみこなみ」と変奏されて、「涙《なみだ》」と「波《なみ》」の類似性がより強調されている。実は、フランス語では「曖昧で、不明瞭で、うまく定義できないもの」を意味する「vague」と「波」を意味する「vague」は同音異義語となっている。この詩句を読んだとき、悲しみや憂愁を帯びた心地を意味する「魂が漠然とする（avoir du vague à l'âme）」という表現が、すぐに心に浮かんだ。そこでこの慣用句を若干変えて「les **larmes** sont vague **à l'âme**（涙は魂に曖昧で）」とし、二つの語の「偽りの同義性」を示し、「larme / âme（涙／魂）」という半諧音を用いることで、この詩句にある完璧な同音異議性を一部再現することができた。これこそ、ベンヤミンの言う諸言語間の「独特な収斂」という現象が説明してくれる小さな奇跡ではないだろうか。

音の「あそび」から言葉の「たわむれ」へ

谷川俊太郎は、鳥がさえずるような自然さで（知的に熟練した自然さではあるが）詩を書くのに対して、大岡信はより思索的な詩人である。大岡にとって詩とは、この世における我々の存在だけではなく、詩集『詩とはなにか』(8)という題が示すように、詩そのものについて考える場である。ただ、友人でもある谷川俊太郎と共有しているのは、言葉に対する並外れた愛情であろう。

そのことは「丘のうなじ」(9)という詩が証明してくれる。この詩では、現実離れしたイメージが氾濫する中で、「あめつちのはじめ　非有だけがあった日」や「在りし日」から「ぼくらは未来へころげた」と綴られることで、曖昧な悲しみが刻印された未来へと読者は導かれ、詩人の「たはむれ」と愛する女の思い出が語られている。二一詩節四二行で構成されているこの詩で、最初に読者の目を引くのは、繰り返しあらわれる「たはむれ」という語である。平仮名で「たはむれ」と書かれることで、詩は見事に「いろどられ」ている。実際「たはむれ」は、「あそび」のように「jeu（遊び）」と仏訳できるものの、「あそび」よりも広い意味を持っているので、「amusement（楽しみ）/ divertissement（気晴らし）/ plaisanterie（からかい）」または、「flirt（恋の戯れ）」を少し進ませた意味も含まれる「badinage（ふざけ）」も候補となる。こういった文脈で、二つのレベルの読解が入り混じる。つまり「ことば遊び」を通して、詩人と恋人の性的な戯れに、言葉による戯れが重ねられているのである。大岡信が言葉と結んだ「肉体的関係」に言及しながら、そこに谷川俊太郎が「汎エロティシズム」を見出すことに驚きはないだろう。

以下の詩句は、「たはむれ」という語が、同じような構文の中で、意味の異なる二語を対峙させている最もわかりやすい例である。

（一）とどろくことと　おどろくことのたはむれを（第八詩節、一二行目）

（二）うちあけることと　匿すことのたはむれを　（第一〇詩節、二行目）
（三）かむことと　はにかむことのたはむれを　（第一七詩節、一行目）

最初の例（第八詩節、二行目）では、「とどろく」の「と」の音が「お」に変化するだけで意味を変えた語になっており、翻訳者の創意を掻き立てるものであった。語彙の選択に困った時によくするように、ここでも段階を追って、日本語の単語に対応するフランス語の同義語を探すところから始めた。「とどろく」の選択肢は多い（retentir, gronder, vrombir, tonner）のに対して、「おどろく」の訳（être surpris ou stupéfait / s'étonner）は限られていたものの、音の響きから以下の訳を導き出すには十分だった――「Et du badinage entre le **détonant** et l'**étonnant**（そして、とどろきと、おどろきのたわむれ）」。「détonation（爆発音）」も「étonnement（驚き）」も同じ「tonnerre（雷鳴）」を意味するラテン語「tonitrus」から派生しており、偶然得られた「/t/」と「/d/」という歯音の畳韻を使うことが、最も説得的な解決策に思えた。

「たわむれ」が連続する中で、第一〇詩節の二行目は、音でも言葉でも遊ばずに、ほぼ対義語の「うちあける」と「匿す」という二語を使っている点で例外になっている。それでも、詩の軽快な調子にも影響され、翻訳者の判断で原文にはないリズムをつくるために、同じ音節から始まり完全押韻を踏む二語が含まれる「Et du badinage entre le **dévoilement** et le **déguisement**（暴露とみせかけのたわむれ）」という訳を考えた。

しかし、翻訳者の頭を最も悩ませたのは、間違いなく第一七詩節の一行目である。どのようにすれば「かむ」と「はにかむ」の音と動詞の意味を同時に訳することができるだろうか。あまり信憑性は高くないが、「はにかむ」は、元々「歯並びが悪い」ことを意味していたものが「笑うときに醜い歯を見せることに困惑する」、そして「気詰まりや内気な表情を浮かべる」という意味になったという説がある。この詩では、文の流れから噛んでしまったことを恥ずかしく思っていると解釈できるが、フランス語に訳すときにはどのような音をあてれば良いだろうか。まずは、「rongement（かじること）/ rougissement（紅潮）」さらには「rugissement（ほえ声）/ rougissement（紅潮）」という訳が思い浮かんだが、音の点からこれらの語はあまりにもきれいに重なりすぎているように思え、最終的には以下のように訳した、「Et du badinage entre la **mor**sure et le re**mor**ds（かみつくことと後悔のたわむれ）」。「morsure（かみつくこと）」と「remords（後悔）」は、語源的には似ているラテン語から派生しており（mordere と remordere）、原文にある部分的な同音を保つことができた。

漢字遊びが入ってくる場合

必ずではないが、言葉遊びに視覚の要素を持つ漢字が加わると状況はより複雑になる。そして、西洋語に訳されると失われるこの視覚的要素を補うために、どのような手段を用いる時でも、詩を訳するときはなおさら、ベンヤミンが提唱した原則を適応することを心掛けている。「翻訳者の課題は、翻訳先の言語へと向かう志向《インテンツィオーン》を見出すことにある。その志向から、この翻訳先の言語のなかで、原作のこだまが呼び起こされる。」[10]

『光のとりで』[11]という詩集の中に、まるで旅行記のように散文調で始まる「大崩壊[12]」という作品がある。そこでは、ポンペイで発掘された遺跡が展示されているシカゴ近辺の美術館を訪れた時のことが語られている。ところが（この都市が数時間で埋没していく速度を物質化する数字が刻まれたチューブという）実際の観測から、詩人は「どこかの観測所の透明な歴年チューブ」にすでに刻まれているに違いない一九九五年一月の神戸の地震、そして同年三月に東京であったサリン事件を想像している。さらに、この作品の最後の方では、一九四五年という年が記録され、突然以下の言葉が流れ出てくる。

> そのチューブには半世紀前の大崩壊の年号も刻まれてゐるが、
> 一《せん》九四五年といふその年は、「人生」に色気づいた十四歳には
> 大開放の年だつた。戦争よあばよ、死よさよなら。

一見すると「大崩壊」と「大解放」の二語が安易な語呂合わせになっている印象を受けるかもしれないが、作為的に仕組まれたものである。というのも、これは第二次世界大戦の終戦時に多くの若い日本人たちが抱いた矛盾する主観的な心情の現実を描いたものなのだ。広島と長崎の原爆投下によって決定的となった日本列島の「大崩壊」は、大惨事として認識されたわけではなく、解放をもたらすもの、つまりは死に対する生の勝利を意味するものであった。この根源的な転覆を記すために大岡信は、音節の順番を倒置しているのである。この場合は、滑稽さを演出するためではないが、これはコ

ントルペートリ〔＝単語の音節を置き換えることで滑稽な効果を狙う言葉遊び〕と同じつくりになっている。
「大崩壊はすばやく来る」という詩句によって、この転覆の力強さと突発性ははっきりと記されている。そこで、詩人の「衝撃的な」言葉を十分に伝えられる力強い言葉、そして部分的にでも「ほうかい」と「かいほう」という音の類似性を伝えられる音価を選ぶ必要があった。その結果が以下の訳である〔仏訳からの再訳もあわせて示す〕。

Sur ce tube doit figurer aussi la date du cataclysme survenu il y a un demi-siècle
1945 : cette année-là fut, pour mes quatorze ans qui s'éveillaient à la sensualité de la « vie »,
celle de la catharsis. Salut la guerre, adieu la mort !

半世紀前に突然生じた激変の日付もそのチューブに刻まれるに違いない
一九四五――この年は、「生」の官能性に目覚めつつあった十四歳の私にとって
カタルシスの年であった。戦争よさらば、死よさようなら！

（語源のギリシア語で「完全に／上から下まで」を意味する）接頭辞「kata」によって示される力強さから「cataclysme（激変）」という語の選択は必然であった。さらに、「catharsis（カタルシス）」は、文脈によって「魂の浄化」や「トラウマからの解放」を意味するため、詩人の言葉として最適

に思えた。原文にある音節の置換を逐語的に再現するのは不可能であったが、「**cataclysme**（激変）／**catharsis**（カタルシス）」という音価から、原文にある音の類似性を辛うじて残すことができた。

「霊府」[13]は、太平洋戦争で海に消えた兵士たちへ捧げる鎮魂歌であると同時に、子供を亡くした全ての母親たちの苦しみに捧げた詩でもある。この詩は、日本の現代史と深い関係をもっているが、生者と死者との交霊という伝説にまで至っており、古色めいた言葉が用いられている。この詩の終わりで、二度登場する「はこびあめ」という語は、二度目に使われるとき、視覚的な要素を強くする漢字があてられることで特別な意味を持つことになる。

海の上の運び雨、暗く燃える、魄魂飛《はこび》雨。

「運び雨」とは、宮城の方で「時雨」の意味としてまだ使われている方言で、特に秋に降るにわか雨のことを指す。しかし、万葉仮名を思わせる独特の表記法は、驟雨が死んだ祖先の魂も一緒に運んでくるという古の信仰を想起させる。魄魂飛《はこび》雨（「魂と精霊が飛んでいる雨」）という表記は、日本の読者には意味を付与してくれるものだが、翻訳者には困難をもたらすものである。詩の言葉を重くしてしまうような、長い説明文は避けたかった。そこで、旋律とリズムの効果によって、原文の絵画的なイメージが持つ特異性を呼び覚ますことができる語を、今まで以上に探さなければいけなかった。

最初は「Averse sur la mer, flambant sombrement, averse où volent les esprits et les âmes（海の上の驟雨、薄暗く炎を上げて、精霊と魂が飛ぶ驟雨）」という字義通りの下訳から始め、手探りしながら以下の訳にたどり着いた。「Pluie d'abat fondant sur la mer, embrasement sombre, pluie d'âmes et d'ombres.（海の上消えゆくにわか雨、薄暗い大火、魂と影の雨）」

この訳では、「/b/」と「/d/」の子音の畳韻、そして不完全押韻（「fond**ant** / embrasem**ent**」）と完全押韻（「sombre / ombres」）という二つの韻によって詩句の音楽性を強めることができた。また「ombres（影）」は、詩全体に漂う幻想的な雰囲気を増大させ、詩を読み終わった後も、こだまの効果で夢の方へ想像力を誘っている。

楽譜として捉えた詩

言葉遊びや詩の音楽性によって翻訳が困難な時、――それだけ刺激的な挑戦となるのだが――ベンヤミンが提唱した「収斂」の概念がよき指針となることが多い。また、迷いが生じた時には、「翻訳――それは表現を旅させることである。［……］元の力を一切失うことなく、別の声で話す言語に偏在性を与えることである[14]」というポルトガルの作家ミゲル・トルガ（一九〇七―一九九五）の明快な言葉も拠り所となる。

翻訳する際に大切なのは、確かに「元の声の力」を伝えることである。トルガと意見は少し異なるが、その声が発する響きによって若干変化させられた声は、翻訳された時、おそらく「まったくおなじものでもなく、まったく別のものでもない」ように思われる。それはモーツァルトの曲も、ピアニストによって違う音を奏でるのと同じである。大事なのは、どのような演奏であっても、聴衆がその作曲家固有の音色を見出せることである。翻訳者の側は、音楽の演奏同様、どんなニュアンスでも再生させることができるように、楽譜にこめられた純粋に技術的な難しさに対応できる熟練の腕が必要となる。そのためには、原文の形式的な束縛を利用するだけではなく、「直訳調」を回避するために、母国語にあるすべての資源を活用できないといけない。繰り言になるが、翻訳は簡単な作業ではなく、時には苛立ちの募る仕事である。しかしこの試練に挑むことは、――納得のいく解決策が見つからず、諦めようとする時――自然に生まれてきたかのように、突然感動を与えてくれる言葉が現れるのを待って、耳を立て、精神を研ぎ澄ますことを意味するのである。

　こういった精神の霊感を警戒していたポール・ヴァレリー（一八七一―一九四五）は、以下のように述べている。「神々は恵み深くもわれわれに第一句を与える。しかるに、この第一句と音韻を等しくする第二句、先に生まれた超自然の兄に対して恥ずかしからぬ第二句を作るのはわれわれである。」[15] この文を模して以下のように結論したい。「時々、神々は恵み深くも翻訳者に最後の言葉を与える。」

（畠山達訳）

[註]

（1） Dominique Palmé, *Chansons pour l'enfance : un poète japonais*, *KITAHARA Hakushû*, Publications Orientalistes de France, 1982.

（2） Georges Bonneau, *Le Problème de la poésie japonaise : technique et traduction*, Librairie Paul Geuthner, 1938.

（3） 前掲書、五二頁。強調は著者による。

（4） 谷川俊太郎『ことばあそびうた』、福音館書店、一九七三年。

（5） Walter Benjamin, *Die Aufgabe des Übersetzers*, Weimar, Richard Weißbach, 1923. ボードレールの『悪の華』の一章「パリ情景」のドイツ語訳への序文へ代えて。〔邦訳は「翻訳者の使命」圓子修平訳、『ヴァルター・ベンヤミン著作集6　ボードレール』川村二郎・野村修編、晶文社、一九七五年。「翻訳者の使命」内村博信訳、『ベンヤミン・コレクション2　エッセイの思想』浅井健二郎編訳、ちくま学芸文庫、一九九六年。「翻訳者の課題」、『ベンヤミン・アンソロジー』山口裕之訳、河出文庫、二〇一一年を参考にした。〕

（6） 「翻訳も、最終的には、さまざまな言語間のもっとも内的な関係の表出にとって合目的的である。〔……〕しかし、ここで考えられている、言語間のきわめて内的な関係は、ある独特な収斂の関係である。この関係のもっとも重要な点は、諸言語は互いに無関係なものなのではなく、ア・プリオリに、そしてあらゆる歴史的関係とは別のこととして、それらが言おうとしていることにおいて互いに親近的な関係にあるということにある。」強調は著者による。〔「翻訳者の課題」、前掲書、九一—九二頁〕

（7） 谷川俊太郎『モーツァルトを聴く人』、小学館、一九九五年。

（8） 大岡信『詩とはなにか』、青土社、一九八五年。

（9） この詩は、書肆山田から一九七八年に出版された『春　少女に』に収録されている。四十年に及ぶ詩作を振り返って大岡信自身が選んだ六十八篇の詩を収録している *Citadelle de lumière*, *Anthologie personnelle de poèmes (1956-1997)*, Éditions Philippe Picquier-Unesco, 2002, p. 64-65 に拙訳がある。

（10） 強調は著者による。〔「翻訳者の課題」、前掲書、九九頁〕

(11) 大岡信『光のとりで』、花神社、一九九七年。
(12) *Citadelle de lumière*, 前掲書、一三二―一三三頁に仏訳がある。
(13) 大岡信『水府　みえないまち』、思潮社、一九八一年に収録。仏訳は前掲書（註9）、七二―七三頁。
(14) 一九八八年にコインブラ大学で行われた講演。強調は筆者による。Miguel Torga, *En chair vive*, trad. par Claire Cayron, Corti, 1997, p. 225.
(15) Paul Valéry, *Variétés I : Au sujet d'Adonis* (1924) ; *Œuvres*, t. I., Gallimard, coll. « Bibliothèque de la Pléiade », Édition de Jean Hytier, 1957, p. 482.〔ヴァレリー「『アドニス』について」、『ヴァレリー全集8』伊吹武彦訳、筑摩書房、一九七三年、一二〇頁〕

韻文口語訳の音楽
――ランボー「陶酔の船」*Le Bateau ivre* を例に

中地義和

詩とは、言うまでもなく、限られた言語空間のなかに高度に組織された自律的な想像世界を現出させる芸術である。詩人は語の配置にあたって、イメージの流れ、音やリズムの効果、各部の照応、そして何よりも基調となるトーンと文体の創造に格別の注意を払う。翻訳者にはそれに見合うアプローチが求められる。訳詩の理想とは、原詩が誕生した言語と文化のなかで鋭敏な読者が受け取ったはずのものを、同時代の読者に伝えることだとひとまずは言えるだろう。言うは易く実現のむずかしい理想である。翻訳とは、どんな名訳であれ、原作に変形を加える行為であるからだ。この困難は、たとえばフランス詩の英語やイタリア語への翻訳にもつきまとう。言語構造において近接し、文化基盤を相当程度共有するとはいえ、ヨーロッパ諸語、諸文化相互の間にも種々のずれが存在して、翻訳者は近接しているがゆえの落とし穴に陥ることが少なくないからだ。それは、かつてランボーの散文詩「精霊」の英訳、伊訳、独訳をつぶさに検討したエチアンブルが示して見せたところである(1)。しかし一般的に言って、フランス詩の日本語への翻訳には、言語構造の隔たりひとつをとっても、他の西洋近代語への翻訳にはない障壁が立ちはだかる。逆に言えば、その障壁が、訳者に付託される創造の部分をより大きくする。日本語の土壌でフランス詩が新たな生命を獲得するために訳者に要請される創意工夫の幅は、他のヨーロッパ語への翻訳の場合よりもまちがいなく大きい。逆に、日本詩のフランス語訳についても同様の要請が働くことは容易に想像がつく。翻訳は必然的に、ある種の翻案にならざるを得ない。

ランボーは苦手？

問題が最も先鋭な形で表れるのは韻文詩の翻訳である。フランス定型詩では、音節数と押韻を軸とする厳格な規則に則って生まれる独特の韻律に詩人の才が発揮される。日本の伝統詩歌にも音数律を軸とする固有の規則がある。そこで、明治期のフランス詩の訳者が採った方針は、一方の作詩法から他方のそれになかば機械的に転置する方針であった。たとえば、フランス詩の最も格調高い詩句とされるアレクサンドラン（十二音節詩句）を七五調のリズムに移すという選択である。上田敏の訳詩集『海潮音』（一九〇五年）は、その最初の輝かしい成果である。その後、永井荷風の『珊瑚集』（一三年）、堀口大學の『月下の一群』（二五年）と続く訳詩集三冊は、フランス語圏近代詩の清新の風を伝えるにとどまらず、それぞれ新体詩から近代詩へと脱皮する文語定型詩、そして文語自由詩、さらには口語自由詩と推移していく日本の近代詩の各局面を刺激し、それに範を示す役割を果たした。

『海潮音』はイタリア語、英語、ドイツ語の詩も収録したヨーロッパ詩のアンソロジーであるが、フランスとベルギーの高踏派、象徴派の詩人の作が大半を占める。二十九人の詩人の全五十七篇中、十四人の三十一篇がフランス語からの訳詩である。ルコント・ド・リール、エレディア、コペーら高踏派、アンリ・ド・レニエ、ヴィエレ＝グリファン、サマン、モレアスら、世紀末の「象徴派」を名乗った詩人たち、ヴェラーレン、ローデンバックのベルギー詩人と並んで、ボードレール、マラルメ、ヴェルレーヌが収録されているが、ランボーの作品はない。上田敏はランボーを知らなかったわけでも、ランボーに関心がなかったわけでもない。一九〇九年五月には『女子文壇』誌に韻文詩「虱とるひと」（*Les Chercheuses de poux*）の訳を発表しており、これが今日知られているランボーの公刊された最初の邦訳である。また、上田の遺稿集のなかに、試行錯誤を重ねたらしい「酔ひどれ船」（*Le Bateau ivre*）訳の未定稿四種が発見されている（うち二つは、二十五連百行からなるこの長詩の冒頭部分のみ）[2]。元来、上田敏が長けていたのは、定型を完璧に遵守した高踏派ふうの詩を、絢爛豪華な古語・漢語を駆使してこれまた厳格な七五調に移植する術だった。たとえば、『海潮音』に収められたル・コント・ド・リール「眞晝《まひる》」（*Midi*）など、その典型である。

「夏」の帝の「眞晝時《まひるどき》」は、大野《おほの》が原に廣ごりて、
白銀色《しろがねいろ》の布引《ぬのびき》に、青天《あをぞら》くだし天降《あもり》しぬ。
寂《じやく》たるよもの光景《けしき》かな。耀《かがや》く虚空、風絶えて、
炎のころも纏《まと》ひたる地《つち》の熟睡《うまい》の静心《しづごころ》[3]。

しかしランボーのアレクサンドランは古典的規範性とは程遠く、しばしば半句切れを無視し、送り語や句またがりを多数含む。四種の未定稿はそうした破調を反映させるために、七五調を基本としながら定型からの逸脱を加味する苦心の跡をとどめている。

『珊瑚集』の四十一篇中には、ボードレールとヴェルレーヌが各七篇、アンリ・ド・レニエが最も多く十篇、ランボーは最初期の「そぞろあるき」(*Sensation*) 一篇だけが収められている。ランボー特有の破格の毒気が最も稀薄な二連八行からなる短詩が選ばれ、二つの四行詩連はそれぞれ六行と七行に自由に改変され、二行目「麦の香に酔《え》ひ」は明らかにエラーであるものの、文語体だが七五調のくびきを脱した軽快な律動を作り出している。

蒼《あお》き夏の夜や
麦の香に酔《え》ひ野草《のぐさ》をふみて
小みちを行かば
心はゆめみ、我《わが》足さはやかに
わがあらはなる額《ひたい》、
吹く風に浴《ゆあ》みすべし。

Par les soirs bleus d'été, j'irai dans les sentiers,
Picoté par les blés, fouler l'herbe menue :
Rêveur, j'en sentirai la fraîcheur à mes pieds.
Je laisserai le vent baigner ma tête nue.

われ語らず、われ思わず、

Je ne parlerai pas, je ne penserai rien :

われたゞ限りなき愛
魂の底に湧出《わきいず》るを覚ゆべし。
宿なき人の如く
いや遠くわれは歩まん。
恋人と行く如く心うれしく
「自然」と共にわれは歩まん。(4)

Mais l'amour infini me montera dans l'âme,
Et j'irai loin, bien loin, comme un bohémien,
Par la Nature, – heureux comme avec une femme.

さらに、六十六人の詩人の三百三十九篇を収める『月下の一群』になると、ボードレール、ヴェルレーヌ、マラルメら常連に加えて世紀末詩人が大勢取り上げられ、とりわけアポリネール、コクトー、ラディゲら二十世紀初頭の詩人たちに大きな場所が与えられる。この大部な訳詩集にもランボーは登場しない。有名なクローデルの序文付きのメルキュール・ド・フランス版のランボー作品集（一九一二年）が広く流布していたことを考えると、奇妙な欠落に見える。後年、白水社版『月下の一群』（一九五二年）のあとがきで、堀口はこう述懐している――「好きな詩人でありながら、息がちがうというか、どうしても僕の日本語にはなりがたい種類の詩人がある。ランボオとマラルメが、すでに久しく、僕にこの嘆声を洩らさせる。『月下の一群』には、そんなわけでランボオの作は短詩一つさえ入っていない。『酔いどれ舟』の訳をなし得たのは『月下の一群』の後、十年過ぎたころのことである。(5)」

フランス近代詩の紹介に重要な役割を果たしただけでなく、日本近代詩の展開にも多大なインパクトを及ぼした訳詩集のパイオニアたちは、どうやらそろってランボーを苦手としたらしい。定型にはまりながらそれをはみ出すランボーの詩句は、彼らの語感に取り込みがたい、日本語の詩的律動に同化しがたい難物であったようだ。代々の訳者たちは、いかにしてその困難を克服しようとしたか。また、初訳ではなく、ランボーのようなすでに十指に余る邦訳の存在する古典について、さらに新訳を試みることにはどんな意義があるか。――新たなランボー訳を準備中の筆者にとっても切実なこれらの問題を考えてみたい。素材とするのは、この少年詩人が十七になるかならないかの時期に野心を込めて書き上げ、パリの先輩詩人たちを瞠目させた彼の定型韻文の総決算 *Le Bateau ivre* である。

Le Bateau ivre ――小林訳と中原訳

ランボー受容史上最も大きな役割を果たしたのは、上述の三つの訳詩集に続く時代に出た小林秀雄訳と中原中也訳である。小林秀雄は主にランボーの散文作品（『地獄の一季節』〔小林訳では『地獄の季節』〕と『イリュミナシオン』〔小林訳では『飾画』〕）を訳し、一九三〇年に白水社から『地獄の季節』として刊行した。三八年には改訳版が岩波文庫に入り、その後、ランボーの原文校訂が刷新されたこともあってさらなる改訳を施し、二〇一七年現在で八一刷を数えるロングセラーになっている。小林は韻文詩も数篇訳しており、『酩酊船』は一九三一年に白水社から、単行本として刊行された。[6]一方、中原は、小林との棲み分けへの配慮もあってか、もっぱら韻文詩を訳し、『ランボー詩集』を一九三七年、死の直前に野田書房より刊行している。[7]小林訳「酩酊船」と中原訳「酔ひどれ船」を比較すると、興味深いパラドックスが浮かび上がる。また、彼らの訳がその後のランボー訳の対照的な二つの傾向を指し示している点でも興味深い。この長詩の冒頭を見てみよう（次頁参照）。

船が語るという設定が、この詩の重要な仕掛けである。船の擬人化とも言えるが、むしろ船のダイナミズムそのものと化した意識が語ると言うべきだろう。中原が「赤肌人」と訳した Peaux-rouges とは、アメリカ・インディアンの当時の俗称で、この船は新大陸から船出することがわかる[8]。内陸を縫う大河を下り継いだ末に海に出るまでが冒頭二連で語られるが、この八行の間に重大な事件が起きる。当時の船舶は原動機を備えず、風力と水力を利用して動いたので、船出に際しては陸から船を綱で曳いて推進力を付ける船曳が必要だった。船曳も船の乗員の一部であるが、その作業中にインディアンの襲撃を受けて殺されてしまう。「私」が気づいたときには、船曳たちは彩色した杭に縛られ、インディアンの弓矢の的にされていたというのである。ただし、このできごとについて「私」はほとんど無関心である。船が願うのはもっぱら、海に出ることだからだ。この船は元来商船で、物資（フランドルの麦、イギリスの綿）を積んでいるが、船荷の中身さえ正確には知らない。やがて船曳たちが殺され、一連の喧騒が収まると、当初の冷淡な態度を翻したかのような大河から動力を授けられ、望みどおりに海に出る。まず、こうした状況が二人の訳からどの程度伝わるだろうか。小林訳「罵り騒ぐ蠻人」（第三句）は必ずしも「アメリカ・インディアン」を暗示せず、船の旅が新大陸を起点とすることが汲みとれない。また「ゆけ、フラマンの小麦船、イギリスの綿船よ」（第六句）は上田敏訳そのままの借用であるが[9]、これは不適切な借用である。Porteur de blés flamands ou de cotons anglais は、第五句 Je の同格として「私」の身分を明かすととるのが最も自然であり、自身への呼びかけや鼓舞

Comme je descendais des Fleuves impassibles,
Je ne me sentis plus guidé par les haleurs :
Des Peaux-rouges criards les avaient pris pour cibles
4 Les ayant cloués nus aux poteaux de couleurs.

J'étais insoucieux de tous les équipages,
Porteur de blés flamands ou de cotons anglais
Quand avec mes haleurs ont fini ces tapages
8 Les Fleuves m'ont laissé descendre où je voulais.

われ、非情の河より河を下りしが、
船曳《ふなひき》の綱のいざなひ、いつか覚えず。
罵り騒ぐ蠻人は、船曳等《やつら》を標的《まと》に引つ捕へ、
4 彩色《いろ》とりどりに立ち並ぶ、杭《くひ》に赤裸《はだか》に釘付けぬ。

船員も船具も今は何かせん。
ゆけ、フラマンの小麦船、イギリスの綿船よ。
わが船曳等の去りてより、騒擾《さわぎ》の聲もはやあらず。
8 流れ流れて思ふまゝ、われは下りき。　(小林秀雄訳)

私は不感な河を下って行つたのだが、
何時しか私の曳船人等は、私を離れてゐるのであつた。
みれば罵り喚く赤肌人等《あかはだびと》が、彼らを的《まと》にと引ッ捕らへ、
4 色とりどりの棒杭に裸かのままで釘附けてゐた。

私は一行の者、フラマンの小麦や英綿《えいめん》の荷役には
とんと頓着してゐなかった。
曳船人等とその騒ぎとが、私を去つてしまってからは
8 河は私の思ふまま下らせてくれるのであった。　(中原中也訳)

ではない。

一方、中原訳は、Porteur... を第五句 équipages の同格と解しているが、これは上田＝小林の誤読よりもさらに初歩的なエラーである。今日に比して知識も研究の蓄積もはるかに乏しかった八十余年前に、ランボーをほとんど素手で読み込み、果敢に独自の言語に同化しようとした詩人＝翻訳者の功績を貶めるつもりはない。しかし中原訳にはこのレベルの難点が多いという客観的事実は認めなければならない。おそらく小林訳を踏襲したと思われる第七句「曳船人等とその騒ぎとが、私を去つてしまつてからは」（小林訳は「わが船曳等の去りてより、騒擾《さわぎ》の聲もはやあらず」――これ自体、上田訳の踏襲である）の「去る」も、正確には「終わる、収まる」（船曳については「死ぬ」の意）とすべきところだろう。倒置されている avec mes haleurs は、tapages avec mes haleurs「船曳をめぐる騒ぎ」の意味にも、en même temps que les haleurs「船曳が絶命するとともに騒ぎがおさまると」（finir に曳船人の絶命と騒ぎの終焉の両義を掛ける）の意味にも解せるが、小林も中原も後者の解釈を採っている。[10]

いずれにせよ、船出には殺戮が刻印されている。船曳を失うことで船は大きな痛手を被るはずだが、じつはそうではない。第五句で明言されるように、船は乗組の運命には無頓着である。そもそも船曳たちの張る綱は、陸から船に差し出される助力にして安寧の保証であると同時に、海に乗り出そうとする船をなお陸につなぎとめる拘束でもあった。彼らが殺されて綱の感触がなくなるとは、船があらゆる束縛から解放されて完全な自由を得ることでもある。その自由は危険と裏腹である。第一句と第八句は、船曳の殺戮を間に挟んで、冷淡なほど穏やかな大河を船が自分を御しながら下る様態から、大河が加担者ないし共謀者として船にダイナミズムを付与する様態への変化を際立たせる。「私は大河を下った」から「大河は私を下らせた」へのこの転換は、中原訳のように、原文における主語と目的語の入れ替えを忠実に移すことが望ましい。小林訳のように、第八句を「われ」を主語にして日本語らしく訳しては、船と大河の関係の変質が見えなくなる。

律動の観点から見ると、小林訳は、多分に上田敏訳を踏襲して、七音と五音を基調に、上田訳よりも多めの変則を加味しているのがわかる。第一節は、第一句こそ2－11［4＋7］－5と変則的だが、第二句は5－7－7、第三句は7－5－8－5、第四句は7－5－7－5と、七五調がときに五七に転じながらも七と五の組み合わせが支配的である。第二連は、9－8、2－10［5＋5］－10［5＋5］、8－5－6－6、7－5－7と第一連よりも変則性が高い。しかし全篇にわたって七と五を基調に、その周囲に小刻みな変化を作り出していく方針は変わらない。

中原訳には、この種の律動は現れていない。しかも「……ゐるのであった」「……くれるのであった」の叙述調、「みれば」や「とんと」を交えた平俗な口語体は、小林訳の気張った韻文調と鮮明な対照をなす。中原は創作では、平易で多様な律動を持つ口語自由詩の律動を生み出しながら七と五のリズムもけっして排除しない。見やすい例を挙げれば、「帰郷」の冒頭四行はこうだ――「柱も庭も乾いてゐる／今日は好い天気だ／椽《えん》の下では蜘蛛の巣が／心細そうに揺れてゐる」。とりとめない一日の感覚を言う平板な前半二行と、日常の隠れた一角を凝視する後半二行の七五調とが融合している。「曇天」では、口語体と文語体が入り混じり、七と五に拠りながらそれを視覚的にかき乱すかのように、文節ごとに空白を挿む――「ある朝　僕は　空の　中に、／黒い　旗が　はためくを　見た。／はたはた　それは　はためいて　ゐたが、／音は　きこえぬ　高きが　ゆゑに」。「ハタ」の音の呪文のような反復が、韻文調を補強する。「酔ひどれ船」でも、全百行中には、「アルコールよりもなほ強く、竪琴よりも渺茫《びょうぼう》と、／愛執のにがい茶色も漂った！」（二七―二八）、「凪の中心《もなか》に海水は流れいそそぎ／遠方《をちかた》は淵をめがけて滝となる！」（五一―五二）のように、七と五のリズムが基調をなす古風な箇所もたしかにある。しかし全体としては、原文に準じた行分けにもかかわらず、冒頭二連の訳が示すような、律動の薄まった口語訳への志向が強い。

　批評家、散文家の小林が律動的な韻文訳に向かい(11)、詩人の中原が律動を抑えた散文調を志向するというのは、おもしろい対照である。そこにはこのランボーの長詩に対する彼らの感性が、そしてその背後で彼らの言語美学そのものが働いている。小林は彼の訳したランボーの数少ない韻文詩のなかでもこの長詩には格別のこだわりを持っていた。最後のランボー論のなかでこの詩をこうコメントしている――「最初のストロオフが終るかと思ふと、船の姿は消えて、もう海に呑み込まれている。叙事とか抒情とかいふ言葉は、もはや用をなさぬ。それは、物質への突入の様である。人間の認識心理は雲散霧消して、海が眼を見開き、唸る。快い音楽なぞは人工の架空の幻に過ぎぬ。強い単調な永遠のリズムが鳴り、その上に、海は、壮麗なもの繊細なもの、醜悪なもの兇暴なもの、あらゆる色感と量感とを織って行く。(12)」船船としての機能の喪失を代価に海のうねりと一体となり、興奮から歓喜へと高まりながらやがて疲弊し、不安から恐怖、落胆へと下降する船の冒険の熾烈な抑揚を、その強度を保ったまま日本語に捉えなおすこと、それが訳者小林のねらいだった。それは物事を劇的に捉え語る彼の気質(13)にも適っていた。一方中原は、ランボーの詩句の目まぐるしい転調を、その熱気そのままの日本語で演じなおそうとはしなかった。船の自称代名詞として「俺」ではなく「私」を選んだことからもわかるように、彼の訳では、船は自らの冒険の熱狂と破綻を一種冷めた目で、他人事のように淡々と振り返る。これは、切実な感情をも一歩突き放すかのように飄々《ひょうひょう》と歌う、彼の詩学に則している。中原版「酔ひどれ船」は、韻文詩の形を維持しながら、原文の音楽的側面を日本語に移植することは最初から断念している、あるいはその必要を認めていない。たとえそれが彼独自のもうひとつの音楽への移植だとしても、それは原文との交響を旨とするものではない。

脱定律と「インナアリズム」

中原の「酔ひどれ船」は、口語をベースにときに文語を混ぜ、自由詩をベースに七と五の律動も散在させるといった混淆的文体を呈しているが、全体としては脱律動、散文化に傾いている。ところで中原訳以前に、外交官で詩人でもあった柳澤健《たけし》が純然たる散文で「酔ひどれの舟」訳を試みている。(14)刊行は「酔いどれ船」を収録した『上田敏詩集』よりも九年早い一九一四年のことで、この詩の邦訳としては目下知られている最初のものである。行分けを施さずに一連を一段落に変換し、段落内部ではまさに散文に訳し下す。冒頭二節を以下に引く。

浩蕩《こうとう》たる『大河』をば自分が下った時、もはや船曳者《ふなひき》に嚮導《きょうどう》して貰へないことが自分に判った。喧轟《けんごう》せる赤銅土人の群が、船曳者をば捉へて裸にし、色彩《いろど》つた柱に釘付けて射標となした。

普羅曼麦《フラマンむぎ》と英吉利斯《イギリス》綿《わた》との所持者たる自分は、すべての船員について、無頓着であった。自分の船曳者《ふなひき》についての騒擾が静まって、『大河』は自分の望むでる所へこの身躰を運んで行った。

散文的に訳すことの効用は、形式にとらわれず、細かなニュアンスを明示できる点にある。たとえば、大河を下る船は、あるとき、ふと船曳の綱に曳かれる感触がなくなっていることに気づき、怪訝に思う(第二句)。そこで周囲の状況を確認すると、船曳たちが赤肌の捕囚となり、弓矢の的として杭に縛り付けられていることがわかる。ランボーの原文では、綱の感触がなくなっていることに気づく一瞬には単純過去 sentis が、赤肌が船曳たちを捕囚にしたのはそれ以前のできごとなので大過去 avaient pris が、できごとの背景となる行為の持続には半過去 descendais が使い分けられ、曖昧さはない。ところが口語日本語動詞には種々の過去を区別する指標に乏しいので、たとえば中原訳は、第三句冒頭に「みれば」の一語を足すことで、船自身による状況把握の一瞬を挿入する。原詩では言外にあるこの意識の動きをさりげなく明示することで曖昧さを払拭し、通りのよい訳文にしている。パラフレーズに近いこうした平易化、音数律にとらわれない細部の照射こそ、口語散文訳の効用だろう。残念ながら柳澤の散文訳は、パイオニアの功績は認められて当然だとしても、直訳の域を出ず、散文訳ならではのメリットを発揮するに至っていない。

日本の近代詩が西洋詩の養分を吸収しながら独自の形式と音楽を模索する過程で、伝統的な七と五の定律を脱しながら、時代の語感、個人の情操に根ざしたそのつど新たな律動を創造することが、すなわち口語自由詩の実践が、詩人たちにとっての目標となった。それはつねに更新されるべき、困難で終わりのない目標である。定律詩ではないが散文詩でもない自由詩のパイオニアにして、最も重要な実践者は萩原朔太郎である。彼は、第二詩集『青猫』（一九二三年）の附録に添えた文章「自由詩のリズムに就て[15]」で、自由詩と散文詩、自由詩と定律詩の違いの定義を試みている。それによると、散文で書かれたものが十分に詩としての魅惑を与える場合がありえ、それを「詩」と呼ぶことには何の差支えもない[16]。そのうえで、自由詩は散文とは違い、リズムを持つものだとする。ただしそのリズムは、だれもがいつでも使用でき、それに乗せれば民謡も牧歌も詩としてそれなりの「力」を持ってしまうでき合いの定律ではない。それは「我我自身の心の中に内在する節奏《リズム》、即ち自由詩人の所謂インナアリズム」であり、定律の『拍節本意』『拍子本意』の音楽を捨てて、新しく『感情本意』『旋律本意』の音楽を創造」すべきだと言う。「旋律」「メロヂカル」の語で内的リズムを指す萩原の用語法は強引だが、言わんとするところは明瞭である。「心内の節奏と言葉の節奏」とを、「内部の韻律と外部の韻律」とを「符節」させるのが「自由詩の本領」だとするのだ。

　こうした萩原の自由詩論は、フランス十九世紀末の「象徴派」を自称した若い詩人たち、「詩句の危機」のマラルメを慨嘆させた「自由詩」の実践者たち、ジャン・モレアスやギュスターヴ・カーンらの主張に通じるところがある。ただし文学史的に見れば、フランス象徴派の詩人たちが、師と仰ぐボードレール、マラルメ、ヴェルレーヌ、そしてランボーの詩に比肩する作品を生み出せなかったのに対し、日本では萩原自身が近代詩の新たな道を敷設し、高い達成を示し、口語自由詩は以後の詩的創造の基調となった。それは今日まで続いていると言える。とはいえ、萩原は楽天的な詩論家ではなかった。自由詩を「表現として最高級のもの」としながらも、定律詩では予め「韻律の軌道」ができ上がっていて、「内容の低劣な者と雖も、尚多少の韻律的美感を讀者にあたへることができる」のとは対照的に、「自由詩の低劣な者には、全然どこにも韻律的な魅惑がない〔……〕本質的に全く『詩』でない」ことを明言していた。そのつど内的韻律にふさわしい言葉の韻律を見出すという課題を自らに課した詩人たちは、じつに険しい道に足を踏み入れたと言える。

萩原の詩論から四十年が経過した一九六三年、当時の現代詩について、菅野昭正は次のような評言を記している――「現在の詩の最大の問題のひとつは、音楽性の獲得への意志が著しく稀薄化していることである。」[17] 菅野は、伝統的韻律を踏まえながらそれに独自の変奏を加えることにより安定した形式を獲得した詩人として三好達治と中原中也の名を挙げたあと、高度なイメージ造形力を発揮している当代の詩人数名を引き合いに出しながらも、それと緊密に結び合わされるべき「豊かな音調を擁する韻律」、「魅惑を秘めた音楽性」の欠如に不満を表明し、「詩語の純粋性というものは、聴覚的な実体と視覚的な実体とのあいだに均衡が保たれたときに、はじめて充実した耀きを帯びて完成されるはずである」と結ぶ。この音楽性の獲得の問題は、西洋韻文詩の訳詩にもそっくりあてはまる。それはランボーの韻文、なかでも *Le Bateau ivre* の翻訳者たちが悪戦苦闘してきた難問である。

この詩がアレクサンドランで書かれながら、高踏派ふうの規範的詩法からはほど遠い書き方がなされていることを示す、韻律上、構文上の極端な破格の例を二つだけ示そう。第一の例は、先の引用に続く第三連の韻律に認められる。原文とその拙訳を掲げよう。

Dans les clapotements furieux des marées

Moi l'autre hiver plus sourd que les cerveaux d'enfants
Je courus ! Et les Péninsules démarrées
N'ont pas subi tohu-bohus plus triomphants

荒れ狂う波濤のどよめきのただ中を
先の冬、子供たちの脳髄よりもかたくなに
ぼくは駆けた！　ともづなを解かれた半島も
あれほど圧倒的な混沌を味わったためしはない。

前二句はそれぞれ真ん中で（clapotements のあと、sourd のあと）六音節ずつの半句二つに切れる。ところが第一一句では、第六音節と第七音節の境が単語の内部であるため（Pé/ninsules）、Je courus ! の直後でしか切れず、三音節と九音節のいびつな分割になる。第一二句はさらに破格の度を増し、元来の切れ目が合成語のつなぎ目（tohu-/bohu）にあたるうえに、この語は直後の形容句 plus triomphant との結びつきが強く、句の内部に切れ目が作れない。朗読者は急くように一気に発声しなければならない。これは河から大洋に出た船の興奮を表すにふさわしい焦燥の調子であって、作者の計算が働いている。詩句がまさに舫《もや》い綱を解かれてはしゃいでいる趣がある。こうした効果を日本語の細部のなかに移すのはまず不可能だ。急きこんだ昂揚の調子をこの一連全体の訳文から醸し出すのが関の山だ(18)。訳者は迂回的、間接的に近似的効果を生む工夫を施すほかない。

小林訳と中原訳の間に位置する堀口大學訳「酔ひどれ船」（一九三四年）は、定律を脱しながらも漢字と文語調を多用して、『月下の一群』に収められた二十世紀モダニズム詩人たちの訳とは打って変わった古風な訳詩になっている。ランボー韻文詩の新訳はその後も、金子光晴（一九五一年）、鈴木信太郎（五二年）、粟津則雄（六五年）、平井啓之（七六／九四年）、清岡卓行（七七年）、渋沢孝輔（八一年）、宇佐美斉（九六年）、鈴木創士（二〇一〇年）、鈴村和成（一一年）と引きも切らずに試みられてきた。鈴木信太郎を除いて、いずれもが口語訳である。しかも一般的傾向として、時代を下るにしたがって律動はいよいよ稀薄になり、かりに原文に倣って行分けが施されていなければ平明な散文と見分けのつかない訳もある。たとえば、清岡卓行訳の第三節はこうだ。

それは去年の冬のこと、猛り狂うその潮騒のなかを、
このぼく、幼な児の脳髄よりも聞き入れのわるいぼくは、
駆けずり廻ったのである！　それよりも誇らしげな混沌を
纜《ともづな》を解かれたかずかずの半島も、堪えて忍んだことはない。(19)

この詩を書くランボーにおいて、萩原朔太郎の言う「インナアリズム」とは、船出の昂揚感、波浪の動きとひとつになる運動感、大自然の壮麗な絵巻を前にしての感嘆、その間にじわじわとにじみ出る疲労感、自由と引き換えの船としての破砕の不安、陸の安寧への郷愁、憔悴状態における隷従への抵抗、失意のなかの破滅の衝動といった烈しい屈折、転調である。定型詩句の枠を突き破る破調は、

この内的律動の言語的律動への「符節」である。ランボーの訳者のなかには詩人も多いが、どの訳者もランボーのこの「インナアリズム」を同化しながら、それにふさわしい訳語と語調を模索する。しかも情動的落差の大きな韻文を、口語的平明の要請と折り合わせる綱渡りを演じなければならない。

「破格」のダイナミズム

今度は構文上の極端な破格の例を見てみよう。第一八—二一連にかけて、船はもはや海面を水平に航行するにとどまらず、風に煽られ、空中を浮遊しては海に投げ落とされる垂直の運動を生きる。興奮の極であると同時に破滅の危機でもある。ランボーは単一の文をセミコロンまたはカンマで接合しながら四連にまたがる奇形的な構文のなかに、パセティックなせり上がりを演出する。翻訳者には最大の難所である。原文と拙訳を掲げる(次頁見開き参照)。

船は航行不能に陥っている。自分を「残骸」と呼び、アメリカの南北戦争の時代に使用された装甲艦や、さらに時間をさかのぼって中世に北方の海で海洋警察の役目を果たしたハンザ同盟の帆船を登場させる歴史的幻想を交え、どちらも今や残骸と化した自分を拾い上げてはくれなかっただろうと言う。引用第一連は、詩のタイトルを形成する名詞「船」bateau と形容詞「酔い痴れた」ivre とがともに登場する唯一の箇所であるが、両者はもはや幸福な形では結びつかない。「陶酔の船」とはかけ離れて、泥酔し人事不省に陥った酒飲みを思わせる。それは船にとっては不面目な展開であり、従来の邦訳に採用されてきた表題「酩酊船」「酔ひどれ船」「酔っぱらった船」などは、どれもこの面を強調

陶酔の船（第 18-21 連）

さてぼくは、入り江の藻の髪の下に迷い込み
疾風に鳥さえいない天空へと吹き飛ばされた船、
海水に酔い痴れた残骸は、モニトル艦や
ハンザの帆船に拾われるはずもなく、

自由気ままに、煙を吐き、紫の霧を乗せて
赤みのさす空を壁のようにくり抜いたが、
そこには太陽の苔と蒼空の洟《はな》がこびりつき、
よき詩人たちにはいかにも美味なジャム、

灼熱の漏斗を並べた群青の大空を
七月が棍棒で叩き崩していたそのときに、
電光きらめく衛星に染まり、黒い海馬に護られた
狂おしい板切れとなってぼくは駆けた、

発情した怪獣ベヘモットと猛烈な大渦《メルシュトルム》が
五十海里の先でうなる気配にぼくは慄いていた、
不動の青海原に果てしもなく水脈《みお》を引く者、
そのぼくは今、古い胸壁の並び立つヨーロッパが懐かしい！

（筆者訳）

LE BATEAU IVRE (strophes 18-21)

Or moi, bateau perdu sous les cheveux des anses,
Jeté par l'ouragan dans l'éther sans oiseau
Moi dont les Monitors et les voiliers des Hanses
N'auraient pas repêché la carcasse ivre d'eau ;

Libre, fumant, monté de brumes violettes,
Moi qui trouais le ciel rougeoyant comme un mur,
Qui porte, confiture exquise aux bons poètes,
Des lichens de soleil et des morves d'azur,

Qui courais, taché de lunules électriques,
Planche folle, escorté des hippocampes noirs,
Quand les juillets faisaient crouler à coups de triques
Les cieux ultramarins aux ardents entonnoirs ;

Moi qui tremblais, sentant geindre à cinquante lieues
Le rut des Béhémots et les Maelstroms épais,
Fileur éternel des immobilités bleues
Je regrette l'Europe aux anciens parapets !

してしまう不都合がある。筆者個人は「陶酔の船」をタイトルとしたい。

ここに引いた四連は、船が板切れ一枚に身を削ぎながら純粋な動性と化すプロセスを語る。船の昂揚は疲労と、陶酔は恐怖と表裏一体で、こうした両義的な冒険の極まりの裏で離脱の欲求が沸き上がる。古い、退屈な、しかし安心を与える陸の世界との訣別が、船の冒険の出発点にはあった。船は、「港の灯りの間抜けた目など懐かしむこともなく」（sans regretter l'œil niais des falots !〔一六〕）、海上を行く者に陸が提供する道標など歯牙にもかけなかった。ところが今や、「船」を捉えているのは陸の安寧の希求である。引用最終行「古い胸壁の並び立つヨーロッパが懐かしい！」は、抑圧されていたノスタルジーが堰を切ったようにほとばしる瞬間、経験の報告に割かれてきた語りが現在時における感慨の表明に取って代わられる瞬間である。その意味で、現在形「ぼくは〔……〕懐かしい」je regrette は、詩の展開中で最も強い劇的インパクトをはらむ一句である。これを「古い胸壁をめぐらしたヨーロッパをつねになつかしんだ」[20]（金子光晴訳）、「ふるびた手すりに寄って、ヨーロッパをなつかしんだ！」[21]（鈴村和成訳）などと訳しては、元も子もない。

未知の世界に無条件に身を委ねる姿勢から安寧の欲求への反転の劇を演出するのに、ランボーはきわめて特異な文体を織り上げている。« Or moi, bateau perdu... Moi dont les Monitors... Moi qui trouais... Qui courais... Moi qui tremblais... Fileur éternel... » と同格表現をいくつも重ね、その全負荷を引用最終行のつましい一人称代名詞「ぼく」je に担わせる構文である。それぞれの同格が個別のヴィジョン、船の異なる様相を示している。構文上の連続性とイメージの断絶とに特徴づけられたこのような劇的反転をいかに日本語に移すか？　訳者に突きつけられる挑戦である。訳者の創意工夫の発揮しどころである。これがたとえば英訳だと、少なくとも形の上ではたいして苦労なく処理できる。たとえば、数ある英訳のなかでも定評のあるウォーレス・ファウリーの訳は、《Now I, boat lost... I whose water-drunk carcass... I who pierced... Who ran... I, who trembled,... Eternal spinner..., I miss Europe...》と、フランス語構文をそのままなぞりながらほとんど逐語的に訳している。(22) これで十分通じる訳になりえる。言うまでもなく、日本語では構文をめぐるこのような機械的処理は不可能だ。日本の訳者たちはどのように処理してきたか。

四つの連を相互に結ぶと同時に分かつ二重の機能を果たすセミコロンやカンマを、上にあげた邦訳者のほぼ全員が、一様に句点で処理し、四つの別々の文に分けている。連と連を読点でつないでいるのは中原中也ひとりである。各連はそれぞれ異なるイメージ、様相を語るのだから句点でも読点でも変わらない、と言ってしまえばそれまでだ。しかしそうすると、Moi qui... の同格を畳みかけた文体的特徴を捨象し、ランボーのねらった劇的効果が生まれない。そこで拙訳では、断絶をはらむ四連をともかくも一文としてつなぎ、蓄積された同格の重量を第八三―八四句の「ぼくは……懐かしい」に収斂させたいと考えた。しかしその反復変奏を包含したリズムのある口語訳を作るのは至難の業である。不充足感は解消されない。そのような試みの先例として渋沢孝輔訳がある。各連を句点で切りながらも、四連をひとつの流れとして捉え、構文の劇的性格を伝える意図が反映した訳である――「ところでおれ、鳥影のない気圏のなかへ大旋風にとばされて、／入り江の藻の髪の下に沈んだ船、／モニトル艦でもハンザの帆前船でも、／水に酔い痴れたこのおれの残骸を引きあげるはずもなく。／／自由気儘に、煙をはき〔……〕くりぬいたおれ。〔……〕美味なジャム。／／〔……〕駆けたおれ。／

／／〔……〕身を震わせたおれ、／不動の青海原の永遠の紡ぎ手の／そのおれはいま、昔ながらの胸壁に囲まれたヨーロッパを懐かしむ！[23]」

＊

韻律や構文の破格[24]をちりばめているとはいえ、*Le Bateau ivre* は堂々たる定型十二音節詩句の枠のなかで書かれている。しかし日本語に移植する場合に、詩句のはらむ音楽とイメージの動性が七と五の定数律に収まりきらないことは、上田敏、小林秀雄ら初期の訳者が直感していた。日本語では定数律そのものを崩さなければ破格の効果が出ないので、七と五を基調としながら、そこに異質なリズムを加味する道が選ばれた。中原中也以後、定数律から離れて口語自由詩としての訳が始まったが、言文一致の平明さの要請は相当程度満たされたのとは裏腹に、訳詩が散文化する趨勢はとどめようがなかった。今日なおこの詩の新訳が企てられることに意義があるとすれば、それは口語自由詩の訳詩のなかに、原文の律動を近似的あるいは代替的に喚起するある種の音楽性、それも古めかしくない音楽性を創出する可能性のなかに見出されるものだろう。渋沢孝輔をはじめとしてこの要請に敏感であった訳者もいるが、試みそのものは開かれたままである。おそらくは終わりのない、つねに更新されるべき企てなのだろう。*Le Bateau ivre* 邦訳の歩みは、ランボーの韻文のみならずフランス語韻文、いや西洋の韻文一般の口語日本語訳における音楽の問題を集約している観がある。

［註］

（1）　Étiemble, « Sur quelques traductions de *"Génie"* », *Arthur Rimbaud 4*, sous la direction de Louis Forestier, Lettres modernes-Minard, 1980, p.67-83.

（2）　四種の未定稿（A―D稿）は、『上田敏全集（定本）』（全十巻、教育出版センター）の第十巻（一九八一年）に収録。全二五節中の第一五節のみを欠く最も整ったA稿が、竹友藻風の補訳を経て『上田敏詩集』（玄文社、一九二三年）に収められたのが初出である。現行の岩波文庫版もこれに拠る。

（3）　『上田敏全訳詩集』、山内義雄・矢野峰人編、岩波文庫、一九六二年、二一二頁。

（4）　『珊瑚集　仏蘭西近代抒情詩選』永井荷風訳、岩波文庫、一九九一年、三一―三二頁。ランボーの原文は以下の版による――Rimbaud, *Œuvres complètes*, édition établie par André Guyaux avec la collaboration d'Aurélia Cervoni, Gallimard, coll. « Bibliothèque de la Pléiade », 2009.（以下『PL版全集』と略す）

（5）　堀口大學『月下の一群』、講談社学術文庫、一九九六年、六〇三頁。

（6）　『小林秀雄全集』第二巻、新潮社、一九六八年、解題、三九八頁。小林訳「酩酊船」は今日、創元社版『ランボオ詩集』か『小林秀雄全集』で読める。本稿における引用は上記『全集』に基づく。

（7）　今日では中原訳『ランボオ詩集』（岩波文庫、緑版、二〇一三年）が簡便である。本稿における引用はこれに基づく。

（8）　一八七〇年夏、休暇で実家に帰省中のシャルルヴィル高等中学校の若い教師イザンバールの留守宅の蔵書を自由に読むことを許されたランボーは、旅行家でもあったフランス人作家ガブリエル・フェリー（一八〇九―五二）の冒険小説『女王の龍、あるいはインディアンのコスタル』（五二年）を見つけ、「おもしろい小説」という感想をイザンバールに書き綴っている（『PL版全集』三三一頁／『ランボー全集』、青土社、二〇〇六年、四二〇頁）。

（9）　上田敏の四種の未定稿のうち最も欠落部分の少ないA稿の冒頭二節は以下のとおり――「われ非情の大河を下り行くほどに／曳舟の綱手のさそひいつか無し。／喊《わめ》き罵る赤人等、水夫を裸に的にして／色鮮やかにゑどりたる杙《くひ》に結ひつけ射止めたり。／／われいかでかかる船員に心残あらむ、／ゆけ、フラマンの小麦船、イギリスの綿船よ、

／かの乗組の去りしより騒擾はたと止みければ、／大河はわれを思ひのままに下り行かしむ。」

(10) たとえば渋沢孝輔訳は、もう一方の解釈に基づいている――「船曳どもにまつわるその騒ぎにけりがつくと」(『世界文学全集55 C・ボードレール、A・ランボー、J・ラフォルグ』、講談社、一九八一年、二五二頁)。

(11) もっとも小林秀雄も、ランボーの自伝的韻文詩「七歳の詩人」については散文訳を試みている。定型詩句を模す行分けも施さない完全な散文訳である。前掲『全集』第二巻、二七八―二八〇頁。

(12) 「ランボオⅢ」、同書、一六三頁。

(13) 「僕がはじめてランボオに出くわしたのは。廿三歳の春であった。その時、僕は、神田をぶらぶら歩いてゐた、と書いてもよい。向こうからやって來た見知らぬ男が、いきなり僕を叩きのめしたのである」で始まる「ランボオⅢ」(同書、一五二頁)は、その典型である。

(14) 柳澤健『果樹園』[詩集]、東雲堂、一九一四年。「酔ひどれの舟」はその巻末に補遺として添えられ、「大正二[一九一三]年十二月譯」とある。早稲田大学図書館所蔵本のデジタル版が以下のサイトで閲覧可能――http://www.wul.waseda.ac.jp/kotenseki/html/bunko03a/bunko03a_00890/index.html　なお、自らランボー訳(『ランボー全詩集』ちくま書房、一九九六年)を手がけている宇佐美斉は、*Le Bateau ivre* の上田訳と柳澤訳を対置して、韻文詩翻訳の二つの可能性を見る(「韻文詩翻訳の二つの可能性――上田敏と柳澤健によるLE BATEAU IVRE翻訳の試み――」、『人文學報』(京都大学)、七二:一九九三―三、一―三八頁)。

(15) 『萩原朔太郎全集』第一巻、筑摩書房、一九七五(昭和五〇)年、二二九―二五五頁。

(16) 実際、萩原はアフォリズム集として刊行した『新しき欲情』(一九二二年)、『虚妄の正義』(一九二九年)、『絶望の逃走』(一九三五年)のなかから散文詩の名にふさわしいものを選び、それに新作を加えて散文詩集『宿命』(一九三九年／『全集』第二巻、一九七六年)を刊行している。ボードレール『パリの憂鬱』を手本に、散文詩に哲学的なエッセイやコントの側面を打ち出した点が独創的であった。

(17) 菅野昭正「現代詩の恢復」、『文芸』、一九六三(昭和三八)年二月号／『現代詩論体系 第四巻 一九六〇～一九六四上』大岡信編・解説、一九八〇年、六〇―七〇頁。

（18）　ちなみにこの一節の小林訳、中原訳は以下のとおり。「怒り高鳴る潮騒を、小兒等《こどもら》の脳髄ほどにもきゝ判《わ》けず、／われ流浪《さすら》ひしはいつの冬《ひ》か。／纜《ともづな》ときし半島も、この揚々《やうやう》たる混沌を、／忍びしためしはなしと聞く。」（小林訳）「私は浪の狂へる中を、さる冬のこと／子供の脳より聾乎《ぼっ》として漂ったことがあつたつけが！／怒濤繞《めぐ》らす半島と雖も／その時程の動乱を蒙《う》けたためしはないのであつた」（中原訳）

（19）　『文芸読本ランボー』、河出書房新社、一九七七年、二〇四頁。

（20）　『ランボー詩集』、金子光晴訳、角川文庫、一九五一年、六七頁。

（21）　『ランボー全集　個人新訳』、鈴村和成訳、みすず書房、二〇一一年、一五二頁。なお、鈴村訳は、aux anciens parapets を regrette にかかる副詞句（「ぼく」の位置する場所）と解しているが、金子訳のように Europe にかかる形容詞句と解すべきところである（［参考］次註に挙げたファウリー英訳――"I miss Europe with its ancient parapets."）。

（22）　Rimbaud, *Complete Works, Selected Letters*. A Bilingual Edition, Translated with an Introduction and Notes by Wallace Fowlie, Updated, Revised, and with a Foreword by Seth Whidden, The University of Chicago Press (Chicago and London), 2005, p.133-135.

（23）　前掲書（註10を見よ）、二五三頁。

（24）　本論文ではくわしく触れる余裕はないが、「陶酔の船」には語彙の破格の側面もある。この詩で用いられた lactescent, flottaison, bleuité, nacreux, dérade, ultramarin, clabaudeur などの語は、ランボーの新造語か、以前から存在してはいたもののランボーが独自の意味・用法を付与した語である。その多くは、この詩を契機にフランス語の語彙に入ったことを、『フランス語宝典』（*Trésor de la langue française*）をはじめとする辞書が示している。

V　世界文学と翻訳、残るものとその可能性

「世界文学」と「日本近代文学」

水村美苗

今年の初め、八十近いアメリカ人で、いわゆる「フランス好き」でパリに住んでいる人から、あるフランス語の本を、くり返し薦められました。彼が口にした英訳の題は『When the World Spoke French』（「世界がフランス語を話していたころ」）。歴史家であり、エッセイストであり、しかもアカデミー・フランセーズのメンバーでもある、マルク・フュマロリという人が二〇〇一年に出版した本で、「光の世紀」と呼ばれる十八世紀、いかにヨーロッパの上流階級、そして知識階級が、共通語としてフランス語を使い、互いに啓蒙し合っていたかという話です。

英訳が出たのは、十年後の二〇一一年。私は怠け者だし、それに、もう残された時間が限られていますので、もちろん読みませんでした。読んでもいない本の話から始めるのは著者にも皆さんにも失礼ではありますが、実は私はこの本のタイトルに興味を覚えたのです。くり返しますが、英訳の題は『When the World Spoke French』。「Spoke」という動詞。その動詞の主語は、普通は「人間」です。（人間しか言葉を話しませんから。）それを「世界」にした、意表を突いたタイトルです。私は当然フランス語のタイトルも、『Quand le monde parlait français』だと思っていました。ところが、そうではなかったのです。フランス語は『Quand l'Europe parlait français』（「ヨーロッパがフランス語を話していたころ」）でした。本の内容を考えれば、ずっと正確ですが、ずっとインパクトのないタイトル——謙虚なタイトルだったのです。

その謙虚なタイトルを見て、私は時代が移ったことを、ひしひしと感じました。このような本が、第二次世界大戦が終わって十年二十年のうちに出たとしましょう。圧倒的な軍事力、経済力を背景に、アメリカ文化の覇権が揺るぎのないものになっていった時代です。十八世紀に頂点を極めたフランス語の覇権も、そのころにはついに英語に譲らねばならなくなってしまった。それでも、もしそのころに、このような本が出たとする。そうしたら、そのタイトルが『Quand le monde parlait français』（「世界がフランス語を話していたころ」）となっていても、まだ不思議はなかったと思うのです。世界と言えば、ヨーロッパを意味して当然だった時代の名残りが、今から半世紀ぐらい前まではまだ色濃く残っていたからです。

ところが、今や、新しい時代に入って久しい。今や、誰もが小さなスクリーンを前に地球を鳥瞰図的に見ることができる。地球のさまざまな場所で、さまざまな人が、それぞれの言葉で何やら色々と言わんとしているのがわかる。今や、たとえ、ヨーロッパ人がヨーロッパ語で書いていようと、ヨーロッパは、「世界」ではなく、世界の一部でしかないという認識をもたざるを得ないのです。

私はこの『Quand l'Europe parlait français』という題にある「ヨーロッパ」という言葉を前に、そのことをしみじみと思いました。著者は一九三二年生まれ。新しい時代の認識に追いつくまでにさぞやいわく言い難い痛みがあったであろうと想像されます。英訳が「世界」という言葉を使ったのも、時代錯誤ゆえではなく、この時代、もはや舞台の中心から退き、どこか古くさく聞こえる「ヨーロッパ」という言葉を抹殺したかったからにちがいありません。世界はヨーロッパの外側、さらには、西洋語圏の外側に漠々と広がっている――これが新しい時代が西洋に強いる、いわゆるグローバルな視点です。

さて、今回のシンポジウムのテーマは、「世界文学の可能性、日仏翻訳の遠近法」とあります。私は小説家で、小説家というのは、小説を読んで書くだけで、文学研究者のようには勉強はしません。「世界文学」という概念に触れたのも、去年、フェロー諸島という北の島で開かれた文学祭で、その概念を広めた研究者の一人、デイヴィッド・ダムロッシュという人がたまたまそこにいたからです。「世界」という言葉が地球全体を指し示すようになった今、西洋の外で書かれた文学も含む、「世界文学」という概念。そのような概念が出てくるのは必然だとは思いました。でも、その時も、ふーん、といった感じで、あまり深く考えずにいました。小説家というのは、自分が書きたいことを書くのであって、そうか、それでは「世界文学」を書こう、などと言って腕まくりをするものではないからです。ただ、今回のこのシンポジウムのために、英語のウィキペディアで「World Literature」という項目を調べ、ふと思ったことがあります。

残された時間でそれについてお話しします。

ご存じの方もいらっしゃると思いますが、私は父親の仕事の都合で、十二歳からアメリカで育ち、教育を受けました。ただ、英語になじめず、英語で勉強するのを避けられるよう、かつ、好きな文学をたくさん読めるよう、大学でフランス文学を専攻しました。

日本人がアメリカの大学でフランス文学を専攻するというのは、アメリカ人にしてみれば、いや日本人以外の人にしてみれば、かなり妙に見えたと思います。でも、私も、私の両親も、私の知っている日本の知人も、ごくあたりまえのこととして捉えていました。日本の中産階級の娘がフランス語をお勉強するというのは、当時は、ピアノやお茶を習うのと同じようによくあることでした。それだけではありません。今となってもう一つ見えてくるのは、日本人の私が大学でフランス文学を専攻しようとしたこと――それは、その後、日本語の小説家になった人間にとっては、恥ずかしいほどあたりまえな道を選んだに過ぎなかったということです。

近代に入ってから、極東の日本でエリート教育を受けた人は、英語、ドイツ語、フランス語のどれかを学ばなくてはなりませんでした。英語は、すでにもっとも実用的な言葉として重要視されてはいましたが、文学を志した人の多くは、ヨーロッパという異なった文化のエッセンスに触れたいという憧れと情熱に突き動かされ、フランス語を学んだのです。そして、そんな彼らが、フランス語の文学を日本に根づかせようと、せっせと日本語に翻訳していったのです。するとフランス語を読めない日本人も、彼らの翻訳を通じてフランス文学に親しみを覚えるようになっていった。「秋の日の　ヴィオロンの　ためいきの　身にしみて　ひたぶるに　うら悲し」(上田敏訳)。このヴェルレーヌの詩などあたかも最初から日本語で書かれたかのように有名になりました。こういう一連の流れに乗って、戦後、私のようなふつうのサラリーマンの家に生まれた娘も、小学生のときに、フランス語から翻訳された文学に親しむことができたのです。『愛の妖精』『風車小屋だより』『ああ無情』『マテオ・ファルコーネ』『椿姫』『三銃士』『家なき子』などなど。『愛の妖精』なんぞはいったい何度読んだことでしょう。そして、フランス文学に慣れ親しみ、いつのまにかアメリカの大学でフランス文学を専攻するようになり、しまいにはこうして日本語の小説家になったりしたのです。

さて、ここで、ヨーロッパの反対側でおこっていたこのような状況を、今日、いわゆるグローバルと呼ばれる視点から距離を置き、まさにその反対側の視点でもって、さらには、それを「世界文学」という概念との関係において、新たに理解してみたいと思います。

お手元にある今回のシンポジウムの主旨を纏めた文章ですが、そのフランス語のほうをご覧ください。その出だしを少し省略して翻訳します。「十九世紀終わりから……フランス文学、そしてより広くはフランスの思想が、くり返し、大量に日本語に翻訳されてきた」(Depuis la fin du XIXe siècle, la littérature française, et plus largement la pensée française, ont été abondamment traduites et retraduites en japonais,...)。この文章は、まったくもって正しい。ただ、私はここで、もう一歩踏みこんで考えるために、一つ、問いを発したいと思うのです。ここで、一見、たんに当り前のことを当り前に述べているだけに見える文章――「くり返し、大量に日本語に翻訳されてきた」という文章の、その「日本語」という部分。果たしてその部分を、西洋の言葉ではない、ほかの言葉に置き換えることができるでしょうか。たとえば、「ベトナム語」「ラオス語」あるいはセネガルでもっとも使われている「ウォロフ語」などに……。おそらくできないでしょう。

十九世紀終わりからというのは、まさにフランスが自国の植民地をアジア・アフリカに広げていった歳月——フランス語を、アジア・アフリカに広げていった歳月と重なります。そして、フランスが植民地化した国では何がおこったか。そこでは少数のエリートがそのままフランス語を読むようになっただけで、彼らがフランス文学を現地の言葉に翻訳するなどということはほとんどなかったのです。植民地化された地域では、宗主国の言葉が書き言葉としてそのまま流通します。市場経済も発達しておらず、その国の言葉で書かれた本が一般庶民のあいだで流通していなければなおさらです。

この近代史を踏まえて、さきほどの文章に手を加え、「十九世紀終わりから……フランス文学、そしてより広くはフランスの思想が、初めて、ヨーロッパの言葉ではない、日本語という言葉に、くり返し、大量に翻訳されるようになった」としてみる。

すると何が見えてくるでしょうか。

「世界文学」という概念に触れる最初のきっかけを与えてくれたデイヴィッド・ダムロッシュ氏は、『What Is World Literature? (Translation / Transnation)』(「世界文学とは何か——翻訳と越境」、プリンストン大学出版局、二〇〇三年)という本で、「世界文学」をこう定義しています。「一つの作品は二つの過程を経て世界文学となる。まずは文学として読まれること、次に、それが、もともと書かれた言葉と文化とを越え、より広い世界で流通すること」(A work enters into world literature by a double process: first, by being read *as* literature; second, by circulating out into a broader world beyond its linguistic and cultural point of origin.)。重要なのは、後半です。「それが、もともと書かれた言葉と文化とを越え、より広い世界で流通すること」。すなわち、文学は、もとの言葉と異なった言葉の中、異なった文化の中で流通することによって初めて「世界文学」となる。

「世界文学」が、こう定義されれば、この本の副題が、「Translation / Transnation」、すなわち「翻訳と越境」なっているのも当然でしょう。そして、近代日本でおこったことをより明確に理解する鍵となるのは、まさにこの「翻訳と越境」という文学の可能性なのです。近代日本でおこったこと。それを、「翻訳と越境」という文学の可能性を中心に考えていく。すると、いったい何が起こるか。すると、不思議なことに、これまでとはずいぶんとちがった風景が広がるのです。フランス文学、さらには、日本近代文学が、これまでとはずいぶんとちがったものに見えてくるのです。大げさかもしれませんが、まるで世の中がひっくり返ってしまったかのように、近代においてのフランス文学のローカル性とでもいうべきもの、そして日本近代文学の世界性とでもいうべきものが、急に見えてくるのです。

フランス文学は、ヨーロッパが「世界」であったころ、その世界の中で光り輝くものだった。ところが、今、いわゆるグローバルと呼ばれる視点からも距離を置き、まさにその反対側の視点から、さらには、「世界文学」という概念との関係において見てみる。すると、それは、ヨーロッパが「世界」だと思っていた人たちのあいだでのローカルな文学でしかなかった。それだけではない。それは、極東の日本にたどり着き、形を整えつつあった日本語に翻訳され、日本の文学に深く浸透していったことによって、初めて真の「世界文学」になった——と、そう考えることができるのです。

長いラテン語の支配から逃れたヨーロッパ人は、近代に入り、互いの言葉で書かれたものを翻訳し合ってはいました。でも、ヨーロッパとは、互いの言葉も近く、越えるべき大きな境ももたない、一つの文化圏です。知識人は、フランス語を始め重要な言葉をいくつか読めて当然だとされており、人がフランス文学を翻訳で読んだとしても、それはあくまで補助的な行為でしかなかったのです。

しかるに、その同じフランス文学が日本に入ってきたとき、「翻訳と越境」という行為が、初めて、文学の中心に躍り出た。フランス文学は、まったくちがう言葉に翻訳され、まったくちがう文化圏で突然広く流通するようになったのです。文字通り極東にあり、当時の「世界」からもっとも遠くにあったことに助けられ、西洋列強による植民地化を危うく逃れた日本——その日本で、フランス文学は、初めて「世界文学」として大きく花開いていったのです。フランス人は気にもしていなかったでしょうが……。

もちろん、日本語への翻訳を通じて「世界文学」となったのは、フランス文学に限りません。英文学、ドイツ文学、ロシア文学、イタリア文学、スペイン文学などなど、西洋の言葉で書かれた文学は、日本語という極東の言葉に翻訳され、日本で大きく花開くことによって、それぞれ初めて「世界文学」となったと言えるのです。

「世界文学」——それが何であるかは、実際にはさまざまな歴史的な定義があるでしょう。研究者も諸説をおもちでしょう。でも近年そのような概念に光があたるようになったのは、くり返しますが、地球を鳥瞰図的に見るのがいよいよあたりまえになり、西洋の外にも世界が広がっているのに西洋の目が向いたことと関わっています。そしてその根底には、当然、西洋中心主義に対する批判がある。

しかしながら、このように考えていきますと、その批判さえ、西洋中心主義の枠組みに囚われているように思えます。川端康成がその英訳によってノーベル文学賞を受賞したのが一九六八年。西洋の側から見てみますと、そのころから徐々に西洋以外の文学が、西洋の言葉に翻訳され、それによって、「世界文学」というものが世界で流通し始めたということになる。そのような歴史の見方の根底にあるのは、西洋にとって、西洋語で書かれた文学はしばしば、アプリオリに、「世界文学」たりうるという前提です。西洋語の外で書かれた文学は、西洋の言葉に訳されることによって初めて「世界文学」たりうる可能性が出てくる。ところが、視点をぐるっと一八〇度変えてみる。すると、「世界文学」が今こうして話題になる百年前、まずは西洋の文学が、西洋の言葉ではない言葉に翻訳され、それによって、初めて「世界文学」というものが真に世界で流通し始めたという風に言えるのです。「翻訳と越境」という文学の可能性を、憧れと情熱をもって開拓し、そこから自分たちの文学を生んでいったという日本近代文学。それは、近代において、世界に先駆けて世界性をもった文学だったと、そう言いきることができるのではないでしょうか。当時の日本語の小説家はそんな僭越な思いもなく、西洋語の小説をお手本に書こうと努力していただけでしょうが。

人はしばしば自分がやっていることに意味づけしようとします。私もその一人です。日本語の小説家として、今、日本近代文学をそのように歴史の中に位置づけ、いささか誇りに思い、その命を細々とても次世代につなげられればと思いながら日々書いています。自分の作品が「世界文学」たりうるかどうかなどは読者の方たちが決めることで、作家は、その人なりの最善をつくすよりほかはありませんから……。

どうもありがとうございました。

翻訳という名の希望

野崎歓

児童向け世界文学全集の時代

現在、文学批評における新たな概念として注目を集める「世界文学」は、個人的には何よりも一種の懐かしさを呼び覚ます言葉である。

かつての日本において世界文学は、今とは比べならないほど確固たる存在感を放っていた。日本の出版界に独特なシステムであった「世界文学全集」のおかげである。

いまを去ること数十年前、多くの家庭に、あたかも必需品であるかのように世界文学全集が備え付けられていた。その発行部数の多さは今日では想像もつかないものだった。とりわけ、港町での売り上げには顕著なものがあったという(1)。はるか遠洋航路の旅に出る前に、船乗りたちは家庭における自らの不在を埋める役割を、名作文学に託したのだろうか。庶民の暮らしと世界文学とのあいだに結ばれていたそうした親密さこそは、今日もっとも失われてしまったものであるかもしれない。

いわゆる文学全集の黄金時代に少年期を過ごした世代にとって、とりわけ思い出深いのは児童向けの世界文学全集ではないだろうか。まず先鞭をつけたのは創元社の《世界少年少女文学全集》（一九五三—一九五六年）、であり、続いて講談社が創立五〇周年企画として《少年少女世界文学全集》（一九五九—一九六二年）を刊行した。いずれも全五〇巻の威容を示して並び立った。筆者が親しんだのは、それらに続く小学館の《少年少女世界の名作文学》（一九六四—六八年）である。[2] こちらも先行する二つの全集に引けを取るまいと、やはり全五〇巻の壮大なスケールを誇示していた。いま改めて全巻目次に目をとおしてみると、ギリシャ神話や聖書物語から始まって、『ロビンソン・クルーソー』や『三銃士』を経て『ドリトル先生航海記』や『車輪の下』に至るその内容の広がりと豊かさに圧倒されずにはいられない。

全体の編集は大人向け世界文学全集の通例をそっくり踏襲した、いわゆる「地域割り方式」による。イギリス編七巻、アメリカ編九巻に対し、フランス編八巻、ドイツ編六巻、ソビエト編五巻、さらには北欧編二巻、南欧編二巻と、その内容はいささかも英語圏にのみ偏るものではない。とはいえもちろん、そこには明治維新以来の欧米偏重の価値観があらわであり、東洋編に三巻、日本編に五巻が割かれているとはいえ、それらはあくまで傍流という印象を与えもする。しかしながら同時に、空間的にも時間的にも多様性を確保しようとする意志も明らかに感じ取れる。何しろそこではホメロスや『古事記』や『ニーベルンゲンの歌』、『ガルガンチュワ物語』や『聊斎志異』や『白鯨』が、ペロー童話やグリム童話やアンデルセン童話と共存しているのである。さらに各巻には各国の有名な美術作品がカラー口絵としてふんだんにあしらわれ、人々の暮らしぶりを示す写真も掲載されていて、ヴィジュアル的にも年少の読者を彼の地へといざなってやまないものとなっていた。

収録作品に話を限るなら、こうした驚くべき巨大な集成が可能になったのは、原典をそっくり翻訳するのではなく、子どもにわかりやすい文体に書き換えた「再話」や「抄訳」を用いていたからである。今日では、オリジナルに忠実ではないそうしたテクストを子どもに読ませるのは避けるべきだとする考えが主流になっているようである。しかし、毎月配本される全集の一冊を楽しみに読んだ当時の子どもにとって、再話だの抄訳だのといった問題は何の関係もなかった。ずらりと並んだ古典のちにはとっつきの悪そうなものも多く含まれていたが、たちまち夢中で読みふけってしまうような作品との出会いもあった。数々の名作を子どもにも早い時期から読ませてやるべきであるという編集側の信念は、子ども読者によって確かに受け止められ、世界文学との胸躍る出会いが可能になった。

自分の場合を振り返って考えてみると、フランス文学に憧れ、研究者となったのち、古典的作品から現代の小説に至るまでさまざまな作家を翻訳してきたが、その根幹にあるのは結局、子どものころに出会った「世界文学全集」的な価値観だったといえるかもしれない。「フランス」編に収録すべき作家はだれかという発想が、いつになっても抜けないのである。

ワールド・リテラチャー・ナウ

欧米中心主義にもとづく国別の編集には、今日の目から見れば、国民国家を絶対視する時代ならで

は の枠にとらわれた不自由さが感じられるかもしれない。文学の総体を国境によって分割することが当然とみなされていたのである。

今日広まりつつある世界文学という概念は、それとはまったく別種の、多文化主義的な、国境を超えた発想にもとづくものであるはずだ。ところがその概念には何かわれわれ——つまり、かつては世界文学に冠たる誉れを担っていたはずだが、いまではいささか凋落してしまったといわれることの多いフランス文学を専門としている人間——にとって、いささか不安を覚えさせる要素があるのではないか。さらにはまた、かつての地域割り世界文学全集の、どこかオリンピック的ないしワールドカップ的なにぎにぎしさを忘れがたい人間にとっては、いささか違和感を禁じ得ない部分を含むのではないか。

すなわち、いにしえの世界文学が各国文学の代表選手たちが一堂に会するNational Literaturesの宴だったとしたら、現今のWorld Literatureとは世界文学の「単数形」化であり、さらにいえば英語化ではないのか？　さまざまなルーツをもつ移民作家たちが英語で表現することにより多くの読者へのアクセスが可能になる——それが現在、世界文学のもっとも活発な部分を形作っているわけだが、そのことは英語への依存が増す一方であることの表れでもある。

日本の大学における語学教育の現況を考えてみれば、そこにもまた英語一本化への圧力が押し戻しようもなく働いている。いわゆる「第二外国語」学習がもはや必修とされなくなる一方で、実用英語、コミュニケーション英語のみが求められ、英語以外の語学教員の雇用は徹底的に切り詰められている。筆者のような「フランス文学者」の目には、そうした英語中心主義の一大潮流と、World Literatureの再定義とが連動して進行しているというふうに映るのである。英語以外の外国語習得の機会が減らされていくと同時に、いわゆる「訳読」方式、すなわち文学的テクストをつぶさに日本語訳しながら読解する形式の講義は事実上、死滅しつつあるようだ。だがそうした形式による鍛錬こそは、これまでの日本的な翻訳文化を支えてきたものだった。大人向けの、そしてまた子ども向けの世界文学全集が林立する状況が生じたのも、訳読の訓練を経てテクストの読解に習熟した「外国文学者」たちの豊富な人材に支えられてのことだった。ところが、いまや外国文学者の存在は危機にさらされ、熟達した翻訳者となるべき層はやせ細る一方である。そのなかでかろうじて踏みとどまり、外国文学研究への志を保ち続ける若手研究者たちは、業績としてカウントされる論文を多く生み出すことという至上命令のもと、翻訳には情熱を燃やしにくくなっている。デイヴィッド・ダムロッシュのいうとおり「世界文学とは、翻訳を通して豊かになる作品である」[3]とすれば、その基盤は大きく揺らいでいる。わが国において英語以外の言語のスペシャリストが養成されにくくなっている現状は、翻訳をめぐる世界的な文脈の変化と重なりあう。現在の世界文学におけるスターである、カズオ・イシグロの場合を考えてみよう。

イシグロ作品が翻訳を想起させるような性格をもつことはすでに指摘されてきた。作家・中島京子は、アメリカ文学者・柴田元幸との対談[4]で、イシグロのどことなくニュートラルな文体に関して「もしかしたら谷崎の英訳であるとか、そういうものとは少し近い雰囲気があるのかもしれない」と述べている。それに対し柴田は「村上春樹さんの文体がアメリカの小説の翻訳のようだと言われたのと似たような、逆のようなケースですね」と応じている。イシグロが非英語圏に出自をもちつつ英語を表現のツールとする代表例だとすれば、村上はアメリカ文学との密接な関係において自らの小説を構築してきた。いずれの場合も、そこには今日の文学が英語主導のグローバリゼーションのただなかにあることが示されている。

しかしイシグロ本人がそうした状況に対する憂慮を隠さず、またそのなかでむしろマイノリティとしての自己のポジションを強く意識していることに注目したい。数年前のインタビューで彼は、かつて自分の作品は他の国々で翻訳によって読まれていたが、いまでは「英語のまま」読む若い読者が増え、「状況が急速に変わってきている」と述べていた。そして「あまりにも英語が支配的になってきている」ことで「ほかの言語で書く、非常に貴重な作家が無視されている危険が」生じており、「世界が文化的にあまりにも均一化されてしまう」恐れがあると警鐘を鳴らしていたのである。[5]

イシグロ自身に、自らが「支配的」な文化を体現しているという意識はあまりないだろう。同じインタビューで彼は「私が作家になったのは、私が日本からの『亡命者』であることに大いに関わっています」述べている。自分がイギリスという国をつねに、日本人である両親の目をとおして見、周囲の社会に距離を置いて育ったことが、作家となるうえでプラスに作用したと彼は語っている。異国の客としての視線が失われることはなく、ズレや違和の感覚が創作のための刺激となったのだ。

いずれにせよ、イシグロが英語圏を代表する人気作家であることは間違いないのだから、英語中心的な文学観を強化する役割を彼が（自らの意思とは関わりなく）果たしていると考えることもできるかもしれない。しかしながら、日本が二重国籍を認めないがゆえに、「感情的には日本」を選びたかったにもかかわらずイギリス国籍を選ばざるを得なかったという彼の言葉には真率なものがある。ヨーロッパの多くの国のように日本が二重国籍を許す国だったならば、イシグロの受賞によって――日本人が大変気にかけているように思える――日本人ノーベル賞受賞者の数は、さらに一人増えていたはずだった。

外国語としての日本語による文学

多様な言語の集う場所、異なる社会や文化を体験できる場所であるべき「世界文学」が、一言語による他言語の支配、そして多言語の包摂という状況につながるとしたらそれは好ましい事態とはいえない。マイナー言語を母語とする人々が英語のおかげで「世界」に向けて表現する手段を得ることはもちろん、ポジティヴな意味をもつ。だがそうしたメカニズムが強まることは、英語による周縁言語の吸収という結果を招きかねない。やがてすべては英語によって流通し、翻訳による仲介が不要になる日が来るのではないかという、不吉な予感さえ抱いてしまう。そこにＡＩテクノロジーによる自動翻訳の急激な発展も加わって、世界は「翻訳が滅びるとき」へと向かって着実に近づいているのだろうか。

だが、英語中心主義による文化の一元化のみが私たちに可能な将来のヴィジョンではない。文学の現在に目を向けるならば、それとはまったく異なる様相もまた浮かび上がってくる。「普遍語」としての英語が他（多）言語を吸い上げていく強力な垂直的ベクトルに抗う、「現地語」のあいだでの交流の可能性を示す作品が、日本においても生まれている。そこに別の意味での「世界文学」の可能性を感じずにはいられない(6)。

楊逸《ヤン・イー》が「時が滲む朝」によって、日本語を母語としない作家として初めて芥川賞を受賞したのが二〇〇七年。以後、言葉を横断する体験を創作の前提条件とする作家たちの登場は途切れることなく続いている。そのうち二人の例を紹介しておきたい。一人は『ジニのパズル』(講談社、二〇一六年)で一躍注目を集めた崔実《チエ・シル》。主人公にして語り手のジニは「東京で一番大きな朝鮮学校」に通った中学生時代を回想する。いわゆる在日朝鮮人二世の家庭に育ち、小学校は「日本学校」に通っていたジニは、朝鮮語ができない。それゆえ、朝鮮学校の生徒となったことは彼女に言葉の問題を突きつけずにはおかない。だれもいない音楽室でジニがピアノを弾いていると、ボクシング部に属する屈強な男子が突然入ってきたときの挿話が象徴的だ。一瞬の静寂を破って、くだんの男子はジニに言ったのである。「脱ぐ?」ジニは恐慌を来し、男子を振り切って逃げ出す。「ヌグ?」が「だれ?」を意味する朝鮮語だと彼女が気づくのはあとになってからのことだった。

こうして朝鮮学校の中でジニは一人、自分にはその環境に身を置く資格が欠けていることを痛切に感じる。違和感は次第に薄らぐどころか強まり続ける。教室の中にうやうやしく飾られた金日成と金正日の肖像画が、ジニにとっては「とてつもなく気がかりなものとして目に入るようになった」。「何かが違う。何故違う、何処が違う。どうして違う」——肖像画はジニにとってそうした問いを執拗に投げかけてくる。その問いは、朝鮮学校にまったく適応できない彼女の異質さをあぶり出すものだ。

しかもそれは、北朝鮮の弾道ミサイル「テポドン1号」が発射され日本上空を通過した時期だった。チマチョゴリの制服を着て通学するジニは、学校を一歩出れば北朝鮮を目の敵にする日本人の目に晒され、迫害の危険さえ感じずにはいられない。これは一人の少女が、本人の意志とは何の関係もなく〝よそもの〟としての過酷な重荷を担わされながらも、その重さを何とかはね返そうと孤独な奮闘を続ける物語なのだ。それがむしろ軽快ささえ感じさせるような、いきいきとした日本語で綴られていることに、新鮮な驚きを覚える。

それに対し、台湾から日本にやってきて日本語を学び、日本語で小説『独り舞』を発表した李琴峰《り・ことみ》の場合は、同性愛の女性を主人公として、性的マイノリティの問題を中心に据えながら、中国文学の伝統と現代日本の文学やサブカルチャーがまじりあうような混成的な文学のあり方を切り拓こうとしている。日本の大企業に勤めている主人公・趙紀恵《ちょうのりえ》は、「超ノリノリの超紀恵です」としゃれを交えて自己紹介する。さらに、新宿二丁目のレズビアンバーでは、「女しか好きになれない、ではなく、女が好きなの」と助詞を使い分けて強調してみせるほど、高度の日本語操作能力をもつ。

趙紀恵の日本への興味の源泉は台湾の高校生時代にあった。自らのセクシュアリティをだれにも打ち明けることができず、友人を作ることもなく孤独のうちに文学に沈潜していた彼女は、邱妙津《きゅう・みょうしん》という作家と出会う。邱は「同性への愛欲で苦しむ」女性を主人公とする『ある鰐の手記』で知られる女性作家で、「自己壊滅的な絶望をぶちまけた作品群」を残して一九九五年、二十六歳の若さでパリで自死した。その作品に魅力された趙は、「邱妙津の愛読していた村上春樹や太宰治を介し」て日本語に興味を持ち、ついには日本に渡って仕事を得るに至ったのである。

そんな彼女の精神的遍歴を描く物語には、杜甫の漢詩や中華圏の人気ドラマの挿入歌の歌詞が引用され、「我是雙」といった文章が「私はバイなの」というルビとともに中国語のまま記されたりする。

主人公の人生がそうであるように、小説の書き方自体においても中国語から日本語へと越境しながら、テクストは日本語のうちに中国語の響きや文字遣いを豊かに残存させることで、二つの言葉のあいだを往還する動きを作り出す。それ自体が一個の言語的冒険となっているような作品なのだ。

これら近年の新人の例は、「普遍語」としての英語を経由するのではなく、日本語と他の「現地語」のあいだの相互作用によって文学的創造が促され得ることを雄弁に示している。水村美苗の表現を借用するなら、「〈世界性〉をもった〈国語〉」による文学の可能性がそこにある。すべてを「普遍語」に吸い上げようとする垂直のベクトルをすりぬける、別種の水平的なベクトルのうちに、新たな「世界文学」の胎動を見出すことができるだろう。

創造と翻訳的契機

朝鮮語や中国語と日本語を接近させることによって生じる刺激的な作品のありさまは、いうまでもなく翻訳によって支えられたものである。崔実の場合も李琴峰の場合も、テクストの随所に翻訳のメカニズムが働いていることが感じられる。一方の言語を他方の言語へと訳すことが、新しい表現とダイナミックな物語展開に結びついているのだ。

それは実際のところ、およそその名に値する文学の創造がつねにはらんできたメカニズムだったかもしれない。日本近代文学において、創作が翻訳的契機を含むという事実は顕著に示されてきた。

これまで筆者は、明治から昭和にかけて活躍した作家たち、森鷗外や谷崎潤一郎、さらに井伏鱒二において翻訳がいかに重要な意義を帯びているかを考察する機会があった。鷗外の場合であれば、彼自身が偉大な翻訳家であったのはもちろんのこと、その作家としての営為においても、創作はしばしば翻訳を包含し敷衍するものとして成り立っていた。『青年』の主人公は、魅惑的な未亡人・れい子の知己を得たとき、「Aude《オオド》といふ名」を思い出す。作者は「ベルジック文壇の耆宿《きしゆく》Lemonnier《ルモンニエエ》の書いたAude《オオド》」といちおうの種明かしをしているものの、日本語で読むことのできない作品への言及は読者の理解をさほど助けるとも思えず、鷗外だからこそ許される書き方ともいえよう。要するに鷗外は、ゾラ直系のベルギーの自然主義作家カミーユ・ルモニエ（一八四四—一九一三年）の、彼の地では官憲による介入も引き起こしたスキャンダラスな小説——日本での翻訳出版は難しかったろう——のヒロインを自作のうちに移り住ませて『青年』を書いたのだ[7]。自らはそれほど多くの翻訳をものしたわけではない谷崎潤一郎の場合も、異国の言語とのあいだのさまざまな交渉がその作品を豊かに彩っている。さらに、『卍』以降の関西弁を駆使した作品は、東京に生まれ育った谷崎による翻訳的エクリチュールの実践以外の何ものでもない[8]。そしてまた井伏鱒二の諸作品は、これまであまり意識されてこなかったことだが、さまざまなレベルでの翻訳的実践と不可分である点において注目すべき特徴を備えている[9]。

　さらにいくらでも増やしていくことができるだろうこうした事例は、作家たちにおいて翻訳が創作から切り離されるべき異質な営みではなく、両者がむしろ通底し、密接に連関するものであることを示している。その場合、外国語と自国語の「壁」は絶対的な強度でそびえたっているわけではない。むしろ作家たちは意外なまでに融通無碍な構えで異国の言葉と戯れ、そこから創作への着想を得ていたのである。

おそらくわれわれは、言語間の「壁」——現在のアメリカ大統領が偏愛する概念——をあまり強調すべきではない。それに代えてたとえば「膜」という、よりしなやかで柔らかく、しかしまた抵抗力をも備えた概念を用いることができるのではないか。李琴峰は自らの創作の実態に触れた興味深いエッセーで次のように述べている。

「『言葉の壁』という安易な表現がある。言語同士の間に立ちはだかる何かが、もし本当に壁のようなものだったらどんなに良かったのだろうか。壁なんて乗り越えれば済む話だ。しかし私と日本語の間にあるのは、壁より寧ろ透明な膜のようなものだ。膜は天と地の間に張られているから乗り越えられない。普段は目にも見えないし、感じ取ることもできないから、存在を忘れることもあるが、それは確実にそこにある。時には色を帯びて存在を宣言し、時には硬化して越境を阻む。辛うじて膜の向こうに散らばる言葉の宝石を掬い上げたとしても、恰もビニール手袋を嵌めているようで、宝石の手触りを確かめるのがなかなか難しい。(10)」

壁の不動性ではなく、透明であるかに見えて容易に真の接触を許そうとしない膜のしたたかさにこそ、一つの言語から別の言語へと移行しようとする者はつねに直面し続ける。それはもちろん、歯がゆさを掻き立て、フラストレーションを引き起こす体験であるに違いない。しかし同時に、「膜」という語の漂わせるなまなましい感触にも注目したい。それは壁のように破壊や突破をもくろむべき対象ではなく、それをとおして対象を撫でさすり、「手触りを確かめる」べきものなのである。そうしているうちに、そこに何らかの浸透現象が起こるかもしれないではないか。

そんなふうに想像を働かせるとき、李琴峰のエッセーを、堀口大學が名訳詩集『月下の一群』に寄せた序文に重ねあわせて読みたくなる。

「しばしば私にあつては、或るものを愛することの極みは、それに触れてみるの念願となつて現れる。ところが、美しい詩章は美しい恋人のやうに、愛すべきものだ。私は愛人の新鮮な肌に触れる時のやうな、身も世もあらぬ情念《ヴォリュプテ》をこめて、愛する詩章に手を触れた。それがこれ等の訳詩である。[11]」

堀口のような翻訳の名手といえども、はたしてフランス語の「新鮮な肌」に素手で触れ得たのかどうかは定かではない。いわんや凡庸な翻訳者の場合、翻訳とは「ビニール手袋を嵌め」たまま、おかまいなしにテクストの肌に触れようとするにも等しい、無骨なふるまいとなってしまいそうだ。最悪の場合、「美しい恋人」の面影はすっかり歪められてしまいかねない。

翻訳者は裏切り者ではない

とはいえ、隔靴掻痒の嘆きをかこちながらもなお、「愛する詩章」をこちら側に移植しようとする翻訳の試みは、それ自体、言語によって世界を表現する営みの困難と喜びを伝える一個のメタファーとしての意味を持ちうるはずだ。言葉を介して現実に向かいあい、現実を咀嚼し表現することがあらゆる人間の生に関わる事柄だとすれば、翻訳はそうした人間の条件を象徴する行為である。つまり翻訳を否定するとしたら、それは人間の根本的なあり方を否定することにつながるだろう。

最後にもう一人、二言語のはざまで表現を続ける現代作家の例を紹介したい。ナンシー・ヒューストンは『時のかさなり』[12]など何作かがフランス語から邦訳されており、現代フランス文学に興味を持つ読者には知られた存在だろう。カナダ出身と聞けば、カナダのフランス語圏出身なのだろうと思ってしまう。しかし実際にはヒューストンは非フランス語圏であるアルバータ州、およびアメリカで英語教育を受けて育ったのであり、フランス語は二十歳でパリに留学したときから初めて本格的に学んだのだった。一年間滞在する予定でパリに到着するとすぐに、彼女は興奮を覚えたという。二〇〇八年秋、東京大学での講演の際、彼女は次のように当時を回想した。「肩の荷を降ろすように死んだ言葉を捨て去り、その代わりに背中に翼が生えてきたような感じでした！　フランス語のおかげで空を飛べるようになったのです。ナンシー・ヒューストンと呼ばれるより、ナンシ・ユストンのほうがまだ我慢できました。フランス語でものを書くことを初めて試みたときも、白いページを前にした苦悩などいっさい感じませんでした。[13]」

ロラン・バルトのもとで研究を続けたのち、彼女はやがてフランス語で小説を発表するようになる。それは「フランス語という無垢な言語、私の悪さで汚染されていない、私の超自我のあずかり知らぬ言語」を用いることの楽しみに存分に浸るためだった。しかし結婚、出産を経て彼女は、自らのカナダでの子ども時代の記憶を蘇らせつつ、母語に立ち戻り、英語で小説 *Plainsong*（一九九三年）を書き、さらにはそのフランス語版 *Cantique des plaines*（同年）を出版した。[14]そこから「自己翻訳」[15]の作家としての独自のキャリアがスタートした。フランス語訳のほうが評判を取り、栄誉ある文学賞に輝いたことは、彼女にとって大きな刺激となったのだろう。それはひとつのテクストが翻訳によってより磨かれ、凝縮した表現に到達しうること、つまり大雑把にいってしまえば翻訳もまた原作と同じく——

ときには原作以上に――優れた作品となりうることの啓示だった。以後彼女は、自作の著者でもあり翻訳者でもあるという二重の立場でフランス語、英語により表現を続けている。

二カ国語を往復する創作とは、「私の知る唯一の政治的拷問の形態」なのだと、彼女はベケットを引用して言う。それほどまでに苦難に満ちた営為をやめようとしない背景には、翻訳文学に対する彼女の情熱と、揺るぎない信頼をうかがい見える。作家の使命とは、世界のフロンティアを広げ、多様性そのものを作り出すことである。そのとき創作と翻訳は、複数の言葉が共存すること、そのあいだを人が移動し得ることの貴重さを擁護し、称えるための表裏一体の営為となるだろう。

「〈翻訳すること〉、それこそが必要なのです。〈翻訳家は裏切り者ではない〉、それどころか翻訳こそは裏切らないための唯一の方法であり、翻訳しか真なるものはないのです。翻訳すること、永遠に翻訳し続けること。ドストエフスキーもリルケもソフォクレスもマルケスもラーゲレーヴもなしで、一体私の人生はどうなるでしょう？　私は彼らの翻訳者たちに、永遠に感謝し続けます。」

そんな彼女の言葉に、そうした多種多様な作家たちが一堂に会する少年少女向け世界文学全集とともに育った筆者のような人間は深い共感を誘われる。ナンシー・ヒューストンの講演の結びの言葉を、拙稿の結論としたい。

「翻訳は、裏切りではないというだけではありません。それは人類にとっての希望なのです。」

翻訳という名の希望をなおも失わずにいるために、われわれにできるのはただ、一語一語、たゆまず訳し続けることなのである。

［註］

（1）本シンポジウムにおける河出書房新社の編集者、島田和俊氏の発表による。

（2）松村由利子『少年少女のための文学全集があったころ』、人文書院、二〇一六年は当時の読書体験をヴィヴィッドに綴った貴重な証言。小学館版のもつ意義に関しては佐藤宗子「分岐点に立つ「教養」的翻訳叢書――小学館「少年少女世界の名作文学」の意味――」、『千葉大学教育学部研究紀要』、二〇一三年、第六一巻を参照のこと（http://opac.ll.chiba-u.jp/da/curator/900116872/13482084_61_510.pdf）。

（3）デイヴィッド・ダムロッシュ『世界文学とは何か』秋草俊一郎・奥彩子・桐山大介・小松真帆・平塚隼介・山辺弦訳、国書刊行会、二〇一一年。

（4）『ユリイカ』、二〇一七年一二月号（「特集　カズオ・イシグロの世界」）。

（5）『知の最先端』大野和基インタビュー・編、ＰＨＰ新書、二〇一三年。

（6）「普遍語」と「地元語」の概念は水村美苗『日本語が亡びるとき――英語の世紀の中で』、筑摩書房、二〇〇八年（ちくま文庫、二〇一五年）による。

（7）拙稿「作者と訳者の境界で――ロラン・バルトから森鷗外へ」、拙著『夢の共有――文学と翻訳と映画のはざまで』、岩波書店、二〇一六年所収。

（8）拙著『谷崎潤一郎と異国の言語』、人文書院、二〇〇三年（中公文庫、二〇一五年）、および拙稿「『痴人の愛』と外国語のレッスン」、千葉俊二、アンヌ・バヤール＝坂井編『谷崎潤一郎　境界を超えて』、笠間書院、二〇〇九年所収。

（9）拙著『水の匂いがするようだ――井伏鱒二のほうへ』集英社、二〇一八年。

（10）李琴峰「透明な膜を隔てながら」「すばる」二〇一七年九月号。

（11）堀口大學『月下の一群』白水社版（一九五二年）の訳者あとがき。『月下の一群』、岩波文庫、二〇一三年所収。

（12）横川晶子訳、新潮社、二〇〇八年。原書は *Lignes de faille*, Actes Sud, 2008.

（13）ナンシー・ヒューストン「バイリンガリズム、エクリチュール、自己翻訳――その困難と喜び」拙訳、『新潮』

二〇〇八年一一月号。
（14）　ナンシー・ヒューストン『草原賛歌』永井遼訳、水声社、二〇一三年。
（15）　同書フランス語版はカナダ総督文学賞フランス語フィクション部門賞を受賞。その際、英語からの翻訳に受賞の資格があるのかどうかをめぐってカナダでは論争が巻き起こった。真田桂子「自己翻訳文学の波紋と母語神話の崩壊――ナンシー・ヒューストンの『草原賛歌』――」、『トランスカルチュラリズムと移動文学――多元社会ケベックの移民と文学』彩流社、二〇〇六年所収を参照のこと。

あとがき

恵比寿にある日仏会館に於いて、さる二〇一八年四月十三日、十四日に行われた国際シポンジウム、「世界文学の可能性、日仏翻訳の遠近法」は満員の会場で、翻訳というアクチュアルで大きい主題を中心に、第一線で活躍されている作家や日仏の翻訳家が集合し、活発な議論が交わされた。明治期より確立されている日仏の翻訳の特別な歴史的観点や実践から、さらに現在改めて再検討されている世界文学における位置付けまで考える貴重な機会を得た。巻頭論文でベルナール・バヌンが紹介しているフランス語への翻訳史集成のような大著が、日本語への翻訳史集成の形でいつか発表される可能性についても考えさせられた。

「翻訳地帯[1]」とも形容される、作品を二重、三重、いや限りなく無数の言語文化領域へ広げてゆく翻訳という運動の重要性、政治性、および様々な効果も改めて確認された。発表者の野崎歓が「知恵熱が出る」とまで表現した、白熱した討論が繰り広げられ、作品の本髄を表すような、作家、翻訳者たちによる朗読も忘れえぬ感動を与えた。

その感動を多くの読者に届くように、また今後も翻訳研究がますます発展してゆくことを期待しながら、新たに、『翻訳家たちの挑戦——日仏交流から世界文学へ』として書き換えられた書籍としての記録集をまとめることができたことは喜ばしい。執筆者、協力者のみなさまに、心よりお礼申し上げます。

シンポジウム開催にあたっては、公益財団法人日仏会館とフランス国立日本研究所の学術協力のもと、在日フランス大使館／アンスティチュ・フランセ日本、アンスティチュ・フランセ・パリ、立教大学、フランス東アジア文化研究所（CRCAO）、ソルボンヌ大学Reigenn、フランス大学学院、また、日頃より日仏の翻訳事業全体に多大な支援を提供してくださっている公益財団法人小西国際交流財団からの助成をいただいた。また、本書の刊行、および来年二〇二〇年にピキエ社より刊行されるフランス語版への出版支援も小西国際交流財団から受けることができ、関係者一同、深く感謝の意を表したい。

本書の刊行にあたって、貴重なご助言をいただいた公益財団法人日仏会館学術委員長の三浦篤氏にもこの場を借りて御礼申し上げたい。また、フランス語発表原稿を素晴らしい日本語にしてくださった、次世代を担う翻訳者の方々、ありがとうございます。

最後になりますが、この日仏橋渡しの本をとても丁寧に担当してくださった水声社の廣瀬覚さんにも深くお礼申し上げます。

二〇一九年五月三十日

坂井セシル

［註］

（1）　エミリー・アプター『翻訳地帯』(*The Translation Zone*, 2006)、秋草俊一郎・今井亮一・坪野圭介・山辺弦訳、慶應義塾大学出版会、二〇一八年参照。

国際シンポジウム「世界文学の可能性、日仏翻訳の遠近法」プログラム

◉二〇一八年四月十三日（金） 於日仏会館・ホール

イントロダクション　坂井セシル、澤田直

基調講演（司会　坂井セシル）

ベルナール・バヌン「『フランス語翻訳史』――企画、方法、展望をめぐって」

傑作の翻訳

エマニュエル・ロズラン「正岡子規の『病状六尺』――欄外文学を翻訳する」

吉川一義「プルーストはいかに翻訳するのか？」

基調対談：文学と翻訳（司会　アンヌ・バヤール＝坂井）

多和田葉子

堀江俊幸

◉二〇一八年四月十四日（土） 於日仏会館・ホール

古典の翻訳（司会　中川成美）

ダニエル・ストリューヴ「西鶴の文体を翻訳する」

宮下志朗「新訳の必要性――ラブレーの場合」

詩歌の翻訳（司会　中川成美）

ドミニック・パルメ「大岡信と谷川俊太郎の詩における言葉遊び：翻訳家の挑戦」

中地義和「詩を訳す――忠実さと創意」

討論会1：新訳の時代と翻訳出版事情（司会　コリーヌ・カンタン）

エマニュエル・ロズラン
島田和俊
ジャンルの翻訳（司会　ミリアン・ダルトア＝赤穂）
アンヌ・バヤール＝坂井「二流文学、二流翻訳、二流読者？――娯楽小説の場合」
平岡敦「大衆文学の翻訳――ガストン・ルルー、モーリス・ルブランほか」
パトリック・ドゥヴォス「演劇翻訳」
マチュー・カペル「映像のような言葉――可視化された字幕のために」
差異の翻訳（司会　篠田勝英）
ジャック・レヴィ「翻訳と他者性の痕跡」
澤田直「開く、閉じる――差異について」
討論会2：世界文学と翻訳、残るものとその可能性（司会　坂井セシル）
水村美苗
野崎歓
沼野充義
閉会の辞　澤田直

主催：日仏会館・フランス国立日本研究所、（公財）日仏会館
助成：（公財）小西国際交流財団
協力：立教大学、フランス大学学院、ソルボンヌ大学 Reigenn、東アジア文化研究所（CRCAO）、
在日フランス大使館／アンスティチュ・フランセ日本、アンスティチュ・フランセ・パリ

編者／執筆者／訳者について

澤田直（さわだなお）　立教大学教授、公益財団法人日仏会館理事。一九五九年生まれ。専門はフランス語圏文学・思想。パリ第一大学博士課程修了（哲学博士）。主な著書に『〈呼びかけ〉の経験』（人文書院）、『ジャン＝リュック・ナンシー』（白水社）、編著に『異貌のパリ　1919-1939――シュルレアリスム、黒人芸術、大衆文化』（水声社）、訳書に、サルトル『言葉』（人文書院）、『自由への道』（岩波文庫、全六巻、共訳）、フェルナンド・ペソア『新編　不穏の書、断章』（平凡社ライブラリー）、フィリップ・フォレスト『さりながら』（白水社、日仏翻訳文学賞）など多数。

坂井セシル（Cécile SAKAI）　パリ・ディドロ大学教授、日仏会館・フランス国立日本研究所所長。一九五七年生まれ。専門は日本近現代文学。CRCAO（東アジア文化研究所）研究員。パリ第七大学博士課程修了（東洋学博士）。主な著書に *Histoire de la littérature populaire japonaise*（*1900-1980*）, L'Harmattan（日本語版『日本の大衆文学（1900-1980）』朝比奈弘治訳、平凡社）、*Kawabata le clair-obscur – Essai sur une écriture de l'ambiguïté*, PUF, coll. « Écriture »。日本近代現代文学のフランス語への翻訳に、谷崎潤一郎、川端康成、河野多恵子など二十点以上ある。谷崎潤一郎の選集（共訳）及び円地文子『女坂』（共訳）の仏訳により日仏翻訳文学賞を受賞。

＊

ベルナール・バヌン（Bernard BANOUN）　パリ・ソルボンヌ大学教授。一九六一年生まれ。専門はドイツ語圏現代文学。異文化研究、ジャンル研究、翻訳史、移動文化史をフィールドとする。ヨーゼフ・ヴィンクラー、ヴェルナー・コフラーなどドイツ・オーストリアの作家の他、多和田葉子のドイツ語作品、最近では『雪の練習生』のドイツ語版をフランス語に翻訳。*Histoire des traductions en langue française des débuts de l'imprimerie jusqu'au xx*^{e} *siècle*, tome IV, *xx*^{e} *siècle*, sous la direction de Bernard Banoun, Isabelle Poulin et Yves Chevrel, Verdier（『フランス語翻訳史』第四巻「二十世紀」）の共編者。

多和田葉子（たわだようこ）　作家。一九六〇年生まれ。チューリッヒ大学大学院博士課程修了、博士（ドイツ文学）。ドイツ語と日本語の二カ国語で小説や詩、批評を発表。一九九二年に『犬婿入り』（講談社）で芥川賞を受賞。ドイツでも数々の賞を受賞し、二〇一六年には全作品に対してクライスト賞が与えられた。『容疑者の夜行列車』（青土社、谷崎潤一郎賞）、『雲をつかむ話』（読売文学賞）、『献灯使』（全米図書賞翻訳部門）、『地球にちりばめられて』（いずれも講談社）など多数の作品があり、自ら日本語に訳している作品もある。『雪の練習生』は自らドイツ語に翻訳した。

堀江敏幸（ほりえとしゆき）　作家、早稲田大学教授。一九六四年生まれ。東京大学大学院博士課程単位取得退学。『おぱらばん』（青土社、三島由紀夫賞）、『熊の敷石』（講談社、芥川賞）、『雪沼とその周辺』（新潮社）はフランス語に翻訳されている。主な著書に『河岸忘日抄』（読売文学賞）、『その姿の消し方』（野間文芸賞、いずれも新潮社）、『坂を見あげて』（中央公論新社）、『曇天記』（都市出版）がある。訳書にジャック・レダ『パリの廃墟』（みすず書房）、パトリック・モディアノ『八月の日曜日』（水声社）、ユルスナール『なにが？　永遠が』（白水社）など多数。

宮下志朗（みやしたしろう）　放送大学客員教授、東京大学名誉教授。一九四七年生まれ。東京大学大学院修士課程修了。専攻はフランス・ルネサンス文学だが、近現代フランスの作家の翻訳も手がける。主な著書に『本の都市リヨン』（晶文社、大佛次郎賞）、『ラブレー周遊記』（東大出版会）、主な翻訳にラブレー『ガルガンチュアとパンタグリュエル』全五巻（ちくま文庫、読売文学賞、日仏翻訳文学賞）、モンテーニュ『エセー』全七巻（白水社）の他、バルザック、ゾラ、ロジェ・グルニエなど多数。

ダニエル・ストリューヴ（Daniel STRUVE）　パリ・ディドロ大学教授。一九五九年生まれ。パリ第七大学博士課程修了（東洋学博士）。CRCAO（東アジア文化研究所）研究員。専門は日本近世文学。主な論文に「垣間見――文学の常套とその変奏」（『源氏物語の透明さと不透明さ』、青簡舎）、「『西鶴大矢数』と西鶴文学における移動と変換」（『ことばの魔術師西鶴――矢数俳諧再考』、ひつじ書房）。主なフランス語への翻訳に井原西鶴の『西鶴置土産』『好色盛衰記』、井上靖『孔子』、堀辰雄『風立ちぬ』（ピエール＝フランソワ・カイエ翻訳賞）がある。

エマニュエル・ロズラン（Emmanuel LOZERAND）　フランス国立東洋言語文化大学教授。一九六〇年生まれ。フランス国立東洋言語文化大学博士課程修了、博士（東洋学）。専門は日本近代文学、とりわけ森鷗外、夏目漱石、正岡子規。著書に『名のわづらい』（日仏会館）、*Littérature et génie national – Naissance de l'histoire littéraire dans le Japon de la fin du XIXe siècle*, Les Belles-Lettres（『文学と国柄』、渋沢・クローデル賞受賞）など。フランス語への翻訳に森鷗外、武田泰淳などの小説や吉見俊哉の論考などがある。正岡子規『病牀六尺』の翻訳で日仏翻訳文学賞を受賞。

アンヌ・バヤール＝坂井（Anne BAYARD-SAKAI）　フランス国立東洋言語文化大学教授。一九五九年生まれ。パリ第七大学国家博士。専門は日本近現代文学。ガリマール社刊クワルト叢書『谷崎潤一郎』の編者。フランス語への翻訳に谷崎潤一郎の他、川端康成、大岡昇平、円地文子、大江健三郎、堀江敏幸など多数。谷崎潤一郎の選集（共訳）及び円地文子『女坂』（共訳）の仏訳により日仏翻訳文学賞、石田衣良『池袋ウェストゲートパーク』の仏訳により野間文芸翻訳賞を受賞。

平岡敦（ひらおかあつし）　中央大学非常勤講師、翻訳家。一九五五年生まれ。中央大学大学院修士課程修了。純文学から推理小説、SF、児童文学まで幅広い分野で翻訳活動を展開。これまでに八十冊を越える訳書を出している。主な翻訳にモーリス・ルブランのルパン・シリーズ、ダニエル・ペナック、イレーヌ・ネミロフスキー、ピエール・ルメートル『天国でまた会おう』（早川書房、日本翻訳家協会翻訳特別賞受賞）など。『オペラ座の怪人』（光文社古典新訳文庫）で日仏翻訳文学賞を受賞。

吉川一義（よしかわかずよし）　京都大学名誉教授。一九四八年生まれ。東京大学大学院博士課程単位取得退学。ソルボンヌ大学博士。フランス文学専攻。日本プルースト研究会代表。共編著に *MARCEL PROUST, Cahiers 1 à 75 de la Bibliothèque nationale de France*, Brepols（『マルセル・プルースト――フランス国立図書館蔵カイエ1–75』、二〇〇八年より刊行中）、著書に『プルーストと絵画』（岩波書店）、*Proust et l'art pictural*, Honoré Champion（『プルーストと絵画芸術』、カブール＝バルベック・プルースト文学サークル賞、学士院賞恩賜賞）、訳書にプルースト『失われた時を求めて』（岩波文庫、全十四巻、既刊十三巻）がある。

マチュー・カペル（Mathieu CAPEL）　日仏会館・フランス国立日本研究所研究員、グルノーブル・アルプス大学准教授。一九七五年生まれ。パリ第三大学大学院博士課程修了（映画・オーディオヴィジュアル）。専門は現代日本映画史。著書に *Évasion du Japon – Cinéma japonais des années 1960*, Éd. Les Prairies ordinaires（『日本脱出――一九六〇年代の日本映画』）。映画論を中心に翻訳者としても活躍し、三十本以上の映画と十本の演劇の字幕に携わる。フランス語への翻訳に吉田喜重『メヒコ　喜ばしき隠喩』（日仏翻訳文学賞）、平田オリザ『三人姉妹　アンドロイド版』、小林多喜二『不在地主』がある。

ジャック・レヴィ（Jacques LÉVY）　明治学院大学教授。一九五三年生まれ。パリ第七大学DEA修了。専門はフランス文学、日本文学。現代日本文学のフランス語への翻訳に、中上健次の『賛歌』（ファヤール）、『岬』（ピキエ）、『奇蹟』（ピキエ、野間文芸翻訳賞）、阿部和重の『インディヴィジュアル・プロジェクション』（アクト・シュッド、日仏翻訳文学賞）、『シンセミア』（ピキエ）、『ニッポニア・ニッポン』（ピキエ）などがある。

ドミニック・パルメ（Dominique PALMÉ）　翻訳家。一九四九年生まれ。パリ第三大学比較文学修士課程及びフランス国立東洋言語文化大学修士課程修了。日本の近代現代文学を中心に翻訳活動を営む。井上靖『蒼き狼』、宇野千代『おはん』『色ざんげ』、吉本ばなな『キッチン』（いずれもキョウコ・サトウとの共訳）、大江健三郎『ヒロシマ・ノート』、三島由紀夫『仮面の告白』『音楽』、池澤夏樹『帰ってきた男』、大岡信『日本の詩歌――その骨組みと素肌』、谷川俊太郎『世間知ラズ』の他、二十冊以上を翻訳。中村真一郎『夏』で日仏翻訳文学賞を受賞。

中地義和（なかじよしかず）　東京大学名誉教授。一九五二年生まれ。パリ第三大学博士。専門はランボーとフランス近代詩。著書に、*Combat spirituel ou immense dérision ? Essai d'analyse textuelle d'*Une saison en enfer, José Corti（渋沢・クローデル賞特別賞）、『ランボー　精霊と道化のあいだ』（青土社）、『ランボー　自画像の詩学』（岩波書店）、訳書に『ランボー全集』（共編訳、青土社）の他、ロラン・バルト、アントワーヌ・コンパニョン、ステンメッツ、とくにル・クレジオの作品の翻訳を手がける。

水村美苗（みずむらみなえ）　小説家、批評家。一九五一年生まれ。父の仕事の関係で十二歳で渡米。イェール大学卒業（仏文専攻）・同大学院博士課程修了。プリンストン大学等で日本近代文学を教える。著書に『續明暗』（筑摩書房、芸術選奨新人賞）、『私小説 from left to right』（野間文芸新人賞）、『本格小説』（読売文学賞、いずれも新潮社）、『日本語が亡びるとき——英語の世紀の中で』（筑摩書房、小林秀雄賞）、『母の遺産——新聞小説』（中央公論新社、大佛次郎賞）などがある。フランス語では評論および『本格小説』が刊行されており、英訳や他国語訳も多数ある。

野崎歓（のざきかん）　放送大学教授、東京大学名誉教授。一九五九年生まれ。東京大学大学院修士課程修了。著書に『ジャン・ルノワール——越境する映画』（サントリー学芸賞）、『赤ちゃん教育』（講談社エッセイ賞、いずれも青土社）、『異邦の香り——ネルヴァル「東方紀行」論』（講談社、読売文学賞）、『夢の共有——文学と翻訳と映画のはざまで』（岩波書店）、『水の匂いがするようだ——井伏鱒二のほうへ』（集英社）。スタンダール、バルザック、ネルヴァル、トゥーサン、ウエルベックなど約五十冊の訳書がある。

＊

中田麻理（なかたまり）　立教大学大学院博士課程在籍。一九八八年生まれ。立教大学大学院修士課程修了。専攻はフランス文学、ジェンダー研究。主な論文に「ジャン・ジュネにおける黒人像の起源と展開をめぐって——『花のノートルダム』を中心に」（『フランス語フランス文学研究』第一一二・一一三号、二〇一八）がある。

須藤瑠衣（すどうるい）　パリ・ディドロ大学大学院修士課程在籍。一九九〇年生まれ。立教大学大学院修士課程修了。専攻、フランスにおける日本文学の受容と翻訳。

小黒昌文（おぐろまさふみ）　駒澤大学准教授。一九七四年生まれ。京都大学大学院博士課程修了（文学博士）。専門は二十世紀フランス文学。著書に『プルースト——芸術と土地』（名古屋大学出版会）、共訳書にフィリップ・フォレスト『荒木経惟　つひのはてに』『夢、ゆきかひて』（いずれも白水社）、『シュレーディンガーの猫を追って』（河出書房新社）がある。

福島勲（ふくしまいさお）　早稲田大学准教授。一九七〇年生まれ。東京大学大学院博士課程修了、博士（文学）。専門はフランス文学・思想、文化資源学。著書に『バタイユと文学空間』（水声社）、共編著に『フランス文化読本』（丸善出版）、訳書に『ディアローグ　デュラス／ゴダール全対話』（読書人）、『ミヒャエル・ハネケの映画術』（水声社）などがある。

黒木秀房（くろきひでふさ）　立教大学兼任講師。一九八四年生まれ。立教大学大学院博士課程修了、博士（文学）。専攻、哲学・フランス思想。主な論文に「ドゥルーズと「フィクション」の問題——ドラマ化を中心に」（『フランス語フランス文学研究』第一〇八号、二〇一六）がある。

畠山達（はたけやまとおる）　明治学院大学准教授。一九七五年生まれ。パリ第四大学博士課程修了（文学博士）。専攻、ボードレールの詩学、フランス教育史。著書に *La Formation scolaire de Baudelaire*, Classiques Garnier、共訳書にフランソワ・キュセ『フレンチ・セオリー——アメリカにおけるフランス現代思想』（ＮＴＴ出版）がある。

装幀——宗利淳一

本書の刊行にあたり、小西国際交流財団の助成を受けた。

Konishi Foundation for International Exchange
小西国際交流財団